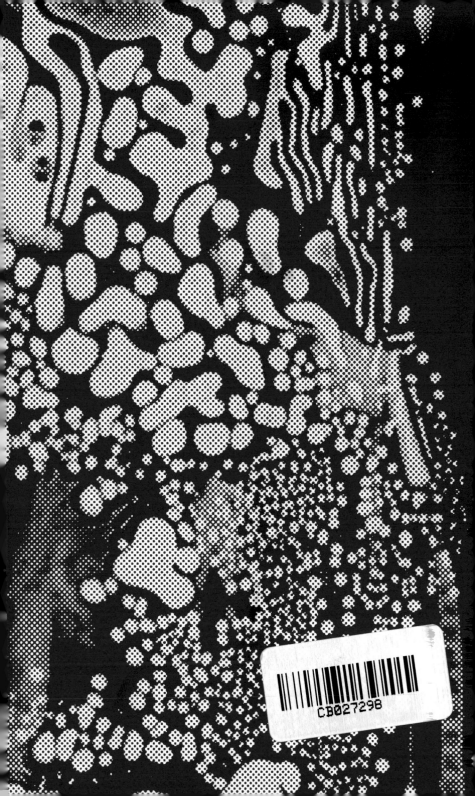

FILHOS DA ESPERANÇA

FILHOS DA ESPERANÇA

P. D. James

TRADUÇÃO
Aline Storto Pereira

Aleph

Filhos da esperança

TÍTULO ORIGINAL:
The Children of Men

COPIDESQUE:
Isabela Talarico

REVISÃO:
Tássia Carvalho
Leandro Kovacs

CAPA E PROJETO GRÁFICO:
Giovanna Cianelli

COORDENAÇÃO:
Marina Góes

DIREÇÃO EXECUTIVA:
Betty Fromer

DIREÇÃO EDITORIAL:
Adriano Fromer Piazzi

PUBLISHER:
Luara França

EDITORIAL:
Andréa Bergamaschi
Caíque Gomes
Débora Dutra Vieira
Juliana Brandt
Luiza Araujo

COMUNICAÇÃO:
Gabriella Carvalho
Giovanna de Lima Cunha
Júlia Forbes
Maria Clara Villas

COMERCIAL:
Giovani das Graças
Gustavo Mendonça
Lidiana Pessoa
Roberta Saraiva

FINANCEIRO:
Adriana Martins
Helena Telesca

DADOS INTERNACIONAIS DE CATALOGAÇÃO NA PUBLICAÇÃO (CIP) DE ACORDO COM ISBD

J27f   James, P. D.
Filhos da esperança / P. D. James ; traduzido por Aline Storto Pereira. - São Paulo : Aleph, 2023.
368 p. ; 14cm x 21cm.

Tradução de: The children of men
ISBN: 978-85-7657-571-9

1. Literatura inglesa. 2. Romance. I. Pereira, Aline Storto. II. Título.

	CDD 823
2023-712	CDU 821.111-31

ELABORADO POR VAGNER RODOLFO DA SILVA - CRB-8/9410

ÍNDICES PARA CATÁLOGO SISTEMÁTICO:
1. Literatura inglesa : Romance 823
2. Literatura inglesa : Romance 821.111-31

COPYRIGHT © P. D. JAMES, 1992
COPYRIGHT © EDITORA ALEPH, 2023

TODOS OS DIREITOS RESERVADOS. PROIBIDA A REPRODUÇÃO, NO TODO OU EM PARTE, ATRAVÉS DE QUAISQUER MEIOS SEM A DEVIDA AUTORIZAÇÃO.

Aleph

Rua Tabapuã, 81 – Conj. 134 – São Paulo/SP
CEP 04533-010 • TEL 11 3743-3202
www.editoraaleph.com.br

Outra vez, às minhas filhas,
Clare e Jane,
que me ajudaram.

Livro um

ÔMEGA

Janeiro a março de 2021

Ω

1

Sexta-feira, 1º de janeiro de 2021

Na madrugada de hoje, 1º de janeiro de 2021, três minutos após a meia-noite, o último ser humano nascido na Terra foi morto em uma briga de bar em uma área residencial de Buenos Aires, aos vinte e cinco anos, dois meses e vinte dias de idade. Se as primeiras informações forem verdadeiras, Joseph Ricardo morreu como viveu. A honra, se é que podemos chamar assim, de ser o último ser humano cujo nascimento fora oficialmente registrado – o que não guardava nenhuma relação com virtude ou talento pessoal de qualquer espécie – sempre havia sido um problema para ele. E agora está morto. A notícia nos foi dada aqui na Grã-
-Bretanha, no programa das nove horas do Serviço Estatal de Rádio, e a ouvi por acaso. Eu me sentei para começar este diário sobre a última metade da minha vida quando notei que horas eram e pensei em me inteirar das manchetes do noticiário das nove. A morte de Ricardo, a última notícia dada, foi mencionada de passagem, em duas ou três frases inexpressivas sob a voz cuidadosamente evasiva do apresentador. Mas, ao ouvi-la, senti que poderia ser uma pequena justificativa extra para começar este diário hoje: o primeiro dia de um novo ano e meu aniversário de cinquenta anos. Quando eu era criança, sempre gostei dessa distinção, apesar do inconveniente fato de que, ao fazer

anos tão pouco tempo após o Natal, tinha de me contentar com apenas um presente – que nunca parecia notavelmente superior a nenhum outro que eu pudesse receber em outra data qualquer – para ambas as celebrações.

Ao começar a escrever, os três eventos – o Ano-Novo, meu aniversário de cinquenta anos e a morte de Ricardo – mal justificam macular as primeiras páginas deste novo caderno de folhas encadernadas em espiral. Mas devo continuar, uma modesta defesa adicional contra minha peculiar indolência. Se não houver nada a registrar, registrarei o nada; e então, se e quando chegar à velhice (algo que a maioria de nós espera atingir, pois nos tornamos especialistas em prolongar a vida), abrirei uma das tantas caixinhas de fósforo acumuladas e acenderei minha pequena fogueira pessoal de vaidades. Não tenho a intenção de deixar o diário como registro dos últimos anos de um homem. Mesmo nos meus estados de ânimo mais narcisistas, não me iludo a esse ponto. Que interesse pode haver no diário de Theodore Faron, doutor em Filosofia, membro do Merton College na Universidade de Oxford, historiador da era vitoriana, divorciado, sem filhos, solitário, cujo único aspecto digno de nota é ser primo de Xan Lyppiatt, o ditador e Administrador da Inglaterra. De qualquer forma, nenhum registro pessoal adicional é necessário. Em todo o mundo, estados-nação estão se preparando para armazenar seus testemunhos para a posteridade, para aqueles que, de vez em quando, ainda acreditamos que possam vir depois de nós: criaturas de outro planeta que aterrissarão sobre esta vastidão verde perguntando-se que tipo de vida senciente teria, um dia, vivido aqui. Estamos guardando nossos livros e manuscritos, as grandes pinturas, as partituras e instrumentos musicais, os artefatos. As maiores bibliotecas do mundo estarão no máximo escuras e trancadas daqui a quarenta anos. Os edifícios, aqueles que ainda estiverem de pé, falarão por si. A pedra macia de Oxford provavelmente não sobreviverá mais do que duzentos anos. A Universidade já está discutindo se vale a pena renovar a decadente fachada do Teatro Sheldonian. Mas gosto de pensar nessas míticas criaturas aterrissando na praça de São Pedro e adentrando a enorme Basílica silenciosa e ecoante sob os séculos de poeira. Será que perceberão que aquele havia sido, no passado, um dos maiores templos construídos pelo ser humano para um de seus muitos deuses? Ficarão curiosos sobre a natureza dele, essa divindade que era cultuada com tanta pompa e esplendor, intrigados com o mistério do símbolo dele, ao mesmo tempo tão simples, os dois paus cruzados, onipresente por natureza, porém carregado de ouro, gloriosamente cheio de joias e adornado? Ou será que seus valores e processos mentais serão tão estranhos aos nossos que nenhum espanto, nenhuma admiração, será capaz de tocá-los? Mas, apesar da descoberta (foi em 1997?) de um planeta que os astrônomos disseram ser capaz de abrigar vida, poucos de nós creem mesmo que eles virão. Eles devem estar lá. Sem dúvida é irracional acreditar que apenas uma estrelinha na imensidão do universo seja capaz de desenvolver e abrigar vida inteligente. Mas nós não vamos chegar até eles, e eles não virão até nós.

Vinte anos atrás, quando o mundo já estava meio convencido de que a nossa espécie tinha perdido para sempre o poder de se reproduzir, a busca para encontrar o último nascimento humano do qual se tinha notícia tornou-se uma obsessão universal elevada a uma questão de orgulho nacional, uma competição internacional tão sem sentido, no final das contas, quanto ferrenha e cáustica. Para ser elegível, o nascimento tinha de ser oficialmente notificado, com data e horário exatos registrados. Com efeito, isso excluiu uma grande proporção da raça humana sobre a qual se sabia o dia, mas não a hora de nascimento, e era aceito, mas não enfatizado, que o resultado jamais poderia ser conclusivo. Era quase certo que, em alguma selva remota, em alguma cabana primitiva, o último ser humano entrara despercebido em um mundo negligente. Mas depois de meses verificando e reverificando, Joseph Ricardo, mestiço, nascido de forma ilegítima em um hospital de Buenos Aires às três horas e dois minutos do dia 19 de outubro de 1995, foi oficialmente reconhecido. Uma vez feito o anúncio, deixaram-no explorar sua fama como bem entendesse, enquanto o mundo, como se subitamente ciente da futilidade desse exercício, voltava sua atenção para outra coisa. Agora ele está morto, e duvido que algum país esteja ávido para resgatar outros candidatos do esquecimento.

Fomos ultrajados e desmoralizados não tanto pelo fim iminente de nossa espécie, não tanto pela nossa incapacidade de evitá-lo, mas mais por nossa falha em descobrir sua causa. A ciência e a medicina ocidentais não nos prepararam para a magnitude e a humilhação desse derradeiro fracasso. Houve muitas doenças que foram difíceis de diagnosticar ou curar, e uma delas quase despovoou dois continentes antes de desaparecer. Mas no final sempre conseguimos encontrar uma explicação. Demos nomes a vírus e germes que ainda hoje se apoderam de nós, para nosso desgosto – uma vez que parece uma afronta pessoal que ainda nos ataquem, como velhos inimigos que continuam com a rixa e derrubam a ocasional vítima quando a vitória está assegurada. A ciência ocidental tinha sido o nosso deus. Na variedade de seu poder, ela nos preservou, reconfortou, curou, aqueceu, alimentou e entreteve, e nós nos sentimos livres para criticá-la e, por vezes, rejeitá-la, assim como o ser humano sempre rejeitou seus deuses, mas sabendo que, apesar da nossa apostasia, essa divindade, nossa criatura e nossa escrava, ainda proverá para nós o anestésico para a dor, o coração reserva, o pulmão novo, os antibióticos, as rodas que se movimentam e as imagens animadas. A luz sempre acenderá quando apertarmos o interruptor e, se não acender, podemos descobrir o motivo. A ciência nunca foi um assunto com o qual me sentia à vontade. Eu entendia pouco sobre ela na escola e entendo pouco mais agora, aos cinquenta anos. No entanto, ela também foi o meu deus, mesmo que suas conquistas sejam incompreensíveis para mim, e compartilho a desilusão universal daqueles cujo deus morreu. Consigo lembrar com clareza as palavras confiantes de um biólogo quando enfim se tornou evidente que em nenhum lugar do mundo inteiro havia uma mulher grávida: "Pode levar algum tempo para descobrirmos a causa dessa aparente infertilidade universal". Tivemos vinte e cinco anos e nem sequer esperamos mais conseguir. Como um garanhão lascivo repentinamente acometido pela impotência, fomos humilhados bem no âmago da nossa fé em nós mesmos. Apesar de todo o nosso conhecimento, de toda a nossa inteligência, de todo o nosso poder, não podemos mais fazer o que os animais fazem sem pensar. Não é de admirar que nós tenhamos veneração e ao mesmo tempo ressentimento com relação a eles.

O ano de 1995 ficou conhecido como o Ano Ômega, e o termo é agora universal. O grande debate público no final dos anos 1990 era se o país que finalmente descobrisse a cura para a infertilidade universal a compartilharia com o mundo e em que condições o faria. Aceitou-se que enfrentávamos um desastre global e que deveríamos responder a ele com um mundo unido. No final dos anos

1990, ainda falávamos sobre a Ômega como uma doença, uma anomalia que seria diagnosticada no devido tempo e depois corrigida, assim como o homem achara uma cura para a tuberculose, a difteria, a pólio e até mesmo, embora tarde demais, a AIDS. Conforme os anos se passaram e os esforços unidos sob a égide das Nações Unidas não deram em nada, a determinação de franqueza total a respeito do assunto caiu por terra. As pesquisas se tornaram secretas, e os esforços das nações se tornaram um motivo de atenção fascinada e desconfiada. A Comunidade Europeia agiu em conjunto, fornecendo centros de pesquisa e mão de obra em abundância. O Centro Europeu para Fertilidade Humana, nos arredores de Paris, estava entre os mais prestigiosos do mundo. Por sua vez, ele cooperava, ao menos publicamente, com os Estados Unidos, cujos esforços talvez fossem ainda maiores. Mas não havia cooperação inter-racial: o prêmio era grande demais. As condições sob as quais o segredo poderia ser compartilhado eram motivo de especulação e debates apaixonados. Aceitava-se que a cura, quando encontrada, teria de ser compartilhada: esse era um conhecimento científico que nenhuma raça deveria, ou poderia, guardar para si mesma indefinidamente. Mas, em todos os continentes e fronteiras nacionais e raciais, observávamos uns aos outros com desconfiança, obsessão, alimentando-nos de boatos e especulações. O velho ofício da espionagem voltou. Velhos agentes saíram rastejando de suas confortáveis aposentadorias em Weybridge e Cheltenham e transmitiram sua arte. A espionagem, é claro, nunca tinha cessado, mesmo após o término oficial da Guerra Fria em 1991. O ser humano estava viciado demais nessa mistura intoxicante de pirataria adolescente e perfídia adulta para abandoná-la totalmente. No final dos anos 1990, a burocracia da espionagem floresceu como não florescia desde o fim da Guerra Fria, produzindo novos heróis, novos vilões, novas mitologias. Nós observávamos o Japão, em particular, meio receando que esse povo tecnicamente brilhante pudesse já estar a caminho de descobrir a resposta.

Dez anos depois, nós ainda observamos, mas com menos ansiedade e sem esperança. A espionagem continua, mas agora faz vinte e cinco anos que um ser humano nasceu e, intimamente, poucos de nós acreditam que o choro de uma criança recém-nascida algum dia será ouvido outra vez neste planeta. Nosso interesse por sexo está diminuindo. O amor romântico e idealizado tomou o lugar da crua satisfação carnal, apesar dos esforços do Administrador da Inglaterra, através das lojas pornográficas nacionais, para estimular o nosso fraco apetite sexual. Contudo, temos os nossos substitutos sensuais, disponíveis para todos no Serviço Nacional de Saúde. Nossos corpos envelhecidos são socados, esticados, afagados, acariciados, untados, perfumados. Cuidam das unhas de nossas mãos e de nossos pés; nos medem e nos pesam. O Salão Lady Margaret se tornou o centro de massagem de Oxford e aqui, toda terça-feira à tarde, me deito no sofá e contemplo os jardins, ainda tratados com esmero, curtindo minha hora de relaxamento, cuidadosamente cronometrada, fornecida pelo Estado. E com que assiduidade, com que preocupação obsessiva pretendemos conservar a ilusão, se não da juventude, da meia-idade vigorosa! O golfe é agora o jogo nacional. Se não tivesse existido a Ômega, os conservadores reclamariam que alguns dos mais belos acres de nossa área rural foram distorcidos e reorganizados para proporcionar campos cada vez mais desafiadores. Todos são gratuitos: faz parte do prazer prometido pelo Administrador. Alguns se tornaram exclusivos, mantendo membros indesejados de fora – não por proibição, que é ilegal, mas por aqueles sinais sutis e discriminatórios que, na Grã-Bretanha, até os menos sensíveis são treinados para interpretar desde a infância. Nós precisamos do nosso esnobismo; a igualdade é uma teoria política, não uma política prática, mesmo na Grã-Bretanha igualitária de Xan. Uma vez tentei jogar golfe, mas de cara achei o jogo totalmente desinteressante, talvez por causa da minha habilidade de deslocar as cavidades da terra, mas nunca a bola. Agora eu corro. Quase todos os dias martelo a terra fofa de Port Meadow ou as trilhas desertas de Wytham Wood, contando os quilômetros, depois medindo os batimentos cardíacos, perda de peso, energia. Estou tão ansioso para continuar vivo quanto qualquer outra pessoa, igualmente obcecado com o funcionamento do meu corpo.

Muitas dessas coisas datam do começo dos anos 1990: a busca por medicina alternativa, os óleos perfumados, a massagem, a carícia e a unção, a prática de segurar cristais, o sexo sem penetração. A pornografia e a violência sexual nos filmes, na televisão, nos livros, na vida, tinha aumentado e se tornado mais explícita; mas, no Ocidente, cada vez menos fazíamos amor e gerávamos filhos. Na época pareceu um acontecimento bem-vindo em um mundo excessivamente poluído pela superpopulação. Como historiador, vejo isso como o começo do fim.

Devíamos ter sido alertados no começo da década de 1990. Já em 1991, um relatório da Comunidade Europeia mostrava um declínio no número de crianças nascidas na Europa: 8,2 milhões em 1990, com quedas notáveis nos países católicos romanos. Nós achávamos que sabíamos as razões, que a queda era proposital, resultado de atitudes mais liberais com relação ao controle de natalidade e ao aborto, do adiamento da gravidez por parte das mulheres trabalhadoras em busca de uma carreira, do desejo das famílias por um padrão de vida mais alto. Ademais, o declínio da população foi complicado pela propagação da AIDS, particularmente na África. Alguns países europeus passaram a promover uma vigorosa campanha para encorajar o nascimento de crianças, mas a maioria de nós pensava que a queda era desejável, necessária, até. Estávamos poluindo o planeta com nossos números; se estávamos nos reproduzindo menos, era algo positivo. Grande parte da preocupação não era tanto com a diminuição da população, mas com o desejo das nações de assegurar a continuidade de seu próprio povo, da própria cultura, da própria raça – de uma geração de jovens em quantidade suficiente para manter suas estruturas econômicas. Mas, que me lembre, ninguém sugeriu que a fertilidade da raça humana estivesse mudando drasticamente. Quando a Ômega chegou, ela o fez com brusquidão dramática e foi recebida com incredulidade. Ao que parecia, de um dia para o outro a raça humana tinha perdido o poder de se reproduzir. A descoberta, em julho de 1994, de que até mesmo o esperma congelado armazenado para experimentos e para inseminação artificial havia perdido eficácia foi um horror peculiar que lançou sobre a Ômega o manto do temor supersticioso, da feitiçaria, da intervenção divina. Os velhos deuses reapareceram, terríveis em seus poderes.

O mundo não abriu mão da esperança até a geração nascida em 1995 atingir a maturidade sexual. Mas, quando as análises estavam completas e nenhum deles conseguiu produzir esperma fértil, soubemos que esse era mesmo o fim do *Homo sapiens*. Foi naquele ano, 2008, que os suicídios aumentaram. Não tanto entre os mais velhos, mas entre os da minha geração, os de meia-idade, os que teriam de suportar o fardo das necessidades humilhantes, porém insistentes, de uma sociedade que envelhecia e entrava em decadência. Xan, que àquela altura já tinha assumido o posto de Administrador da Inglaterra, tentou deter o fenômeno que estava prestes a se tornar uma epidemia impondo multas aos familiares sobreviventes mais próximos dos suicidas – assim como o Conselho agora paga belas pensões aos parentes de idosos incapacitados e dependentes que decidem se matar. A medida teve seu efeito: a taxa de suicídio caiu comparada aos números enormes em outras partes do mundo, particularmente em países cuja religião era baseada no culto aos ancestrais, na continuação da família. Mas aqueles que viviam davam lugar ao negativismo quase universal, o que os franceses chamavam de *ennui universel**. Aquilo recaiu sobre nós como uma doença insidiosa; de fato, era uma doença, com sintomas que logo se tornariam familiares: lassitude, depressão, mal-estar indefinido, predisposição a pequenas infecções, uma perpétua e debilitante dor de cabeça. Lutei contra ela, como muitos. Alguns, Xan entre eles, nunca foram acometidos, protegidos talvez pela falta de imaginação ou, no caso dele, por um egotismo tão intenso sobre o qual nenhuma catástrofe externa pode prevalecer. De vez em quando ainda preciso lutar contra ela, mas tenho menos medo agora. As armas com que luto também são minhas consolações: livros, música, comida, vinho, natureza.

Essas satisfações mitigantes também são lembretes agridoces da transitoriedade da alegria humana, mas quando é que ela foi duradoura? Ainda encontro prazer, mais intelectual do que sensual, no esplendor de uma primavera em Oxford; nas flores da Belbroughton Road, que parecem mais adoráveis a cada ano; na luz do sol se des-

---

* Tédio universal. [N. de T.]

locando nos muros de pedra; nos castanheiros-da-índia em plena floração, voando ao vento; no cheiro de uma plantação de feijão florida; nos primeiros flocos de neve a cair; na frágil compacidade de uma tulipa. O prazer não precisa ser menos entusiástico, pois há séculos de primaveras por vir, e sua floração não será vista por olhos humanos; os muros ruirão, as árvores morrerão e apodrecerão, os jardins se transformarão em mato e erva daninha, porque toda a beleza viverá mais do que a inteligência humana que a registra, aprecia e celebra. Fico me dizendo isso, mas será que acredito uma vez que o prazer agora é tão raro e, quando acontece, é tão indistinguível da dor? Sou capaz de entender por que os aristocratas e grandes donos de terra deixam suas propriedades sem cuidados. Não conseguimos vivenciar nada além do momento presente, vivido em nenhum outro segundo de vida, e entender que isso é o mais perto que podemos chegar da vida eterna. Mas as nossas mentes remontam a séculos atrás para reafirmar nossa ancestralidade, e, sem a esperança da posteridade para a nossa raça, se não para nós mesmos, sem a garantia de que estando mortos ainda assim viveremos, todos os prazeres da mente e dos sentidos às vezes me parecem não mais do que defesas patéticas e decadentes escoradas em nossa ruína.

Na nossa privação universal, como pais enlutados, afastamos todos os lembretes dolorosos da nossa perda. Os brinquedos infantis em nossos parques foram desmontados. Nos doze primeiros anos após o surgimento da Ômega, os balanços foram amarrados e presos, e os escorregadores e trepa-trepas deixaram de ser pintados. Agora eles finalmente sumiram, e os parquinhos de asfalto estão cobertos de grama ou de flores, como pequenas covas coletivas. Os brinquedos foram queimados, exceto pelas bonecas, que se tornaram, para algumas mulheres com certo grau de demência, um substituto para os filhos. As escolas, fechadas faz muito tempo, foram lacradas ou convertidas em centros para a educação de adultos. Os livros infantis foram sistematicamente retirados de nossas bibliotecas. Só em fitas e gravações ouvimos vozes de crianças; só em filmes ou em programas de televisão vemos as luminosas imagens em movimento dos jovens. Alguns acham-nas insuportáveis de ver, mas a maioria se alimentava delas como se alimentaria de drogas.

As crianças nascidas em 1995 foram chamadas de Ômegas. Nunca ninguém se atormentou tanto por uma geração, nenhuma outra foi mais estudada, examinada, torturada, valorizada ou mimada. Elas representavam a nossa esperança, a nossa promessa de salvação, e eram – ainda são – excepcionalmente belas. Às vezes parece que a natureza, em sua derradeira grosseria, quis enfatizar o que tínhamos perdido. Os rapazes, homens de vinte e cinco anos agora, são fortes, individualistas, inteligentes e bonitos como jovens deuses. Muitos também são cruéis, arrogantes e violentos, e descobriu-se que essas características se aplicam a Ômegas do mundo inteiro. Dizem que as temidas gangues dos Faces Pintadas, que dirigem pela zona rural à noite para emboscar e aterrorizar viajantes incautos, são Ômegas. Dizem que, quando um Ômega é pego, oferecem-lhe imunidade se estiver disposto a se juntar à Polícia de Segurança do Estado, enquanto o restante da gangue, tão culpada quanto ele, é enviado, em caso de condenação, à Colônia Penal da Ilha de Man, para onde são banidos agora todos os condenados por crimes de violência, roubo ou reincidência em furtos. Mas, se por um lado somos imprudentes ao transitar desprotegidos pelas estradas vicinais degradadas, é fato que nossas vilas e cidades são seguras:

o crime foi efetivamente solucionado, enfim, com a volta da política de deportação do século 19.

As mulheres Ômega têm uma beleza diferente, clássica, remota, apática, sem animação ou energia. Elas têm um estilo característico que as outras mulheres nunca copiam, talvez porque receiem fazê-lo. Usam o cabelo longo e solto, a testa adornada por uma fita ou faixa lisa ou franzida. Como suas contrapartes masculinas, parecem incapazes de sentir a empatia humana. Homens e mulheres, os Ômegas são uma raça à parte, mimados, bem tratados, temidos, vistos com uma reverência meio supersticiosa. Em alguns países, segundo dizem, são sacrificados em rituais de fertilidade que voltaram à tona após séculos de civilização superficial. Às vezes me pergunto o que nós aqui na Europa faremos se chegarem notícias de que essas oferendas queimadas foram aceitas pelos antigos deuses e uma criança viva nasceu.

Talvez nossa própria loucura tenha transformado os Ômega no que eles são; um regime que combina vigilância perpétua com total indulgência é pouco propício a um desenvolvimento saudável. Se desde a infância você trata indivíduos como deuses, eles serão suscetíveis, na vida adulta, de agir como demônios. Tenho uma lembrança nítida deles que continua sendo o ícone vivo de como os vejo, de como eles se veem. Foi em junho passado, num dia quente, mas não abafado, de luz clara com nuvens que se moviam lentamente, como pedacinhos de musselina, deslocando-se por um céu alto e azul-celeste, o ar doce e fresco tocava em nosso rosto; um dia sem nem um pouco da languidez que associo a um verão de Oxford. Eu estava visitando um colega acadêmico em Christ Church e passava sob o amplo arco Tudor da Wolsey para atravessar o grande pátio quando os vi: um grupo de quatro mulheres e quatro homens

Ômega exibindo-se elegantemente no pedestal de pedra. As mulheres, com suas auréolas onduladas de cabelos claros, as sobrancelhas altas e saltadas, as dobras e voltas artificiais de seus vestidos diáfanos, pareciam ter descido dos vitrais pré-rafaelitas da catedral. Os quatro homens estavam atrás delas, as pernas firmemente separadas, os braços cruzados, olhando não para as moças, mas por cima delas, envoltos numa atmosfera de arrogância que impunha sua soberania sobre todo o pátio. Quando passei, as mulheres voltaram para mim seus olhares inexpressivos e desinteressados que, não obstante, assinalavam uma centelha inconfundível de desdém. Os homens fizeram uma breve carranca, depois desviaram os olhos, como se o objeto não fosse digno de maior atenção, e voltaram a olhar para o pátio. Naquele momento pensei, como penso agora, em por que não ter mais de dar aula para eles. A maioria dos Ômega completava a graduação, mas isso era tudo; eles não estavam interessados em continuar os estudos. Os universitários Ômega para quem eu dei aula eram inteligentes, porém desordeiros, indisciplinados e entediados. Sua pergunta implícita – "Qual é o sentido de tudo isso? – era uma questão que fiquei feliz de não ter sido obrigado a responder. A História, que interpreta o passado para entender o presente e confrontar o futuro, é a disciplina menos recompensadora para uma espécie que está morrendo.

O único colega da universidade que aceita os Ômega com total tranquilidade é Daniel Hurstfield, mas, como professor de paleontologia estatística, sua mente abrange uma dimensão diferente de tempo. Tal qual para o Deus do velho cântico*, mil eras aos seus olhos são como uma noite

---

* Referência ao cântico "Our God, Our Help in Ages Past", de Isaac Watts, paráfrase do nonagésimo salmo do livro dos Salmos. [N. de E.]

apenas. Sentado ao meu lado em um banquete da faculdade no ano em que fui secretário de vinho, ele disse:

– O que você vai nos servir para acompanhar o faisão, Faron? Isso deve ser muito bom. Às vezes receio que você seja um pouco inclinado demais ao espírito aventureiro. E espero que tenha estabelecido um programa sensato de bebidas. Ficaria agoniado, em meu leito de morte, vendo esses bárbaros dos Ômegas tomarem conta da adega da faculdade.

Eu respondi:

– Estamos pensando nisso. Ainda estamos definindo, claro, mas em escala reduzida. Alguns dos meus colegas acham que estamos sendo pessimistas demais.

– Ah, não acho que seja possível uma coisa dessas. Não entendo por que todos vocês parecem tão surpresos com os Ômega. Afinal, das quatro bilhões de formas vivas que existiram neste planeta, 3.960.000.000 estão agora extintas. Não sabemos por quê. Alguns por extinção gratuita, alguns por meio de catástrofe natural, alguns destruídos por meteoritos e asteroides. À luz dessas extinções em massa, parece mesmo irracional supor que o *Homo sapiens* deveria estar isento. A nossa espécie está destinada a ter uma das vidas mais curtas de todas; uma mera piscada, pode-se dizer, no olho do tempo. Ômega à parte, pode muito bem haver um asteroide com tamanho suficiente para destruir este planeta a caminho nesse momento.

Ele começou a mastigar ruidosamente seu faisão, como se a perspectiva lhe proporcionasse a mais alegre das satisfações.

2

Terça-feira, 5 de janeiro de 2021

Durante aqueles dois anos em que, a convite de Xan, fui uma espécie de observador-consultor nas reuniões do Conselho, era comum os jornalistas escreverem que tínhamos sido criados juntos, que éramos próximos como irmãos. Não era verdade. A partir dos doze anos de idade, passamos as férias de verão juntos, mas isso foi tudo. O erro não era de surpreender. Até eu quase acreditei. Mesmo agora os três meses de verão parecem, em retrospecto, um encadeamento tedioso de dias previsíveis dominados pelos horários, nem dolorosos nem temidos, mas a serem suportados e, às vezes, brevemente desfrutados, uma vez que eu era inteligente e razoavelmente popular, até que chegou o abençoado momento de partir. Depois de dois dias em casa, fui mandado a Woolcombe.

Enquanto escrevo, estou tentando entender o que sentia por Xan naquela época, por que o laço se manteve tão forte e por tanto tempo. Não era sexual, a não ser pela pontada subcutânea de atração sexual que existe em quase todas as amizades próximas. Nunca nos tocamos, nem sequer, lembro-me bem, em brincadeiras mais impetuosas. Não houve brincadeira impetuosa: Xan detestava ser tocado, o que logo reconheci, e respeitei sua invisível terra de ninguém, assim como ele respeitava a minha. Também não era a história comum do parceiro dominante, o mais velho, mesmo que apenas quatro meses mais velho, que conduzia o mais novo, seu discípulo admirador. Ele nunca fez com que eu me sentisse inferior; não era sua maneira de ser. Me recebia sem nenhuma cordialidade especial, mas como se recebesse de volta um irmão gêmeo, uma parte de si mesmo. Ele tinha seu charme, claro, ainda tem. O charme costuma ser um aspecto desprezado, mas não consigo entender por quê. Não existe ninguém que tenha charme que não seja capaz de gostar verdadeiramente dos outros, pelo menos no momento de se encontrar e conversar de fato com as pessoas. O charme sempre é genuíno; pode ser superficial, mas não é falso. Quando Xan está com outra pessoa, ele dá a impressão de intimidade, de interesse, de não querer outra companhia. Ele poderia ficar sabendo da morte dessa pessoa no dia seguinte com equanimidade, provavelmente poderia até matá-la sem escrúpulos. Agora posso assistir a ele na televisão dando sua declaração trimestral à nação e ver o mesmo charme.

Tanto a minha mãe quanto a dele já estão mortas. Foram cuidadas até os últimos momentos em Woolcombe, que agora é uma casa de repouso para os indicados ao Conselho. O pai de Xan morreu em um acidente de carro na França, um ano após Xan se tornar Administrador da Inglaterra. Houve certo mistério em torno do acidente; detalhe algum jamais foi divulgado. Pensei muito a respeito na época, e ainda penso, o que diz muito sobre minha relação com Xan. Parte de mim ainda o considera capaz de qualquer coisa, quase como se eu precisasse acreditar que ele é cruel, invencível, além dos limites do comportamento comum, como parecera ser quando éramos garotos.

A vida das irmãs tinha seguido caminhos diferentes. Minha tia, por uma feliz combinação de beleza, ambição e boa sorte, casara-se com um baronete de meia-idade; minha mãe, com um funcionário público de nível médio. Xan nasceu em Woolcombe, um dos mais bonitos casarões de Dorset. Já eu nasci em Kingston, Surrey, na maternidade do hospital local, e fui levado a uma casa geminada de estilo vitoriano em uma rua comprida e monótona de residências idênticas que levavam a Richmond Park. Cresci em uma atmosfera impregnada de ressentimento. Eu me lembro de minha mãe preparando as coisas para a minha visita de verão a Woolcombe, separando ansiosamente camisas limpas, segurando meu melhor casaco, chacoalhando-o e esquadrinhando-o com uma espécie de animosidade pessoal. Parecia simultaneamente ressentida do preço que pagara e do desperdício financeiro que representava a compra de uma roupa que nunca me havia servido direito – tínhamos levado um tamanho maior para que eu pudesse usá-lo por mais tempo à medida que crescia, mas, por fim, o casaco era mesmo pequeno demais para mim. A atitude dela com relação à boa sorte da irmã era expressa em uma série de frases repetidas com frequência: "Ainda bem que eles não usam roupas especiais para o jantar. Não vou providenciar um casaco formal, não na sua idade. Ridículo!". Havia ainda a inevitável pergunta, sempre associada a um olhar furtivo, visto que ela não deixava de se envergonhar: "Eles se dão bem, não é? Claro que esse tipo de gente sempre dorme em quartos separados". E a conclusão: "Claro que para Serena está tudo bem". Até eu, aos doze anos de idade, sabia que para Serena não estava tudo bem.

Desconfio que a minha mãe pensava muito mais na irmã e no cunhado do que eles jamais pensaram nela. E até meu antiquado nome cristão eu devo a Xan. Ele recebera esse nome em homenagem a um avô e a um bisavô: Xan era um nome usado em família pelos Lyppiatt havia gerações. Também eu havia recebido meu nome em homenagem ao meu avô paterno. Minha mãe não via nenhum motivo para ficar para trás quando se tratava de dar um nome excêntrico ao filho. Mas *sir* George a intrigava. Ainda consigo ouvir sua reclamação irritadiça: "Para mim, ele não parece baronete". Sir George era o único baronete que qualquer um de nós já tinha visto e me perguntei que imagem particular ela estaria evocando: um retrato pálido e romântico de Van Dyck saindo da moldura, um fidalgo fanfarrão de rosto vermelho, com a sua arrogância byroniana rabugenta, a voz alta, o porte de caçador vigoroso. Mas eu sabia o que ela queria dizer; eu também achava que ele não parecia um baronete. Certamente não parecia ser o dono de Woolcombe. Ele tinha um rosto em formato de pá, de um tom vermelho sarapintado, com uma boca pequena e úmida sob um bigode que parecia falso e ridículo; o cabelo avermelhado que Xan herdara era desbotado, em um tom insosso de palha seca; e olhos que contemplavam suas terras com uma tristeza perplexa. Mas era bom atirador, minha mãe teria aprovado isso. Xan também era. Ele não tinha permissão para mexer com a Purdey do pai, mas tinha duas armas com as quais atirava em coelhos e havia duas pistolas que estávamos autorizados a usar para praticar tiro ao alvo. Nós colocávamos os alvos nas árvores e passávamos horas treinando para melhorar nossos resultados. Após alguns dias de prática, eu era melhor do que Xan tanto com a arma quanto com a pistola. Minha habilidade surpreendeu a nós dois, a mim em particular. Eu não esperava gostar de atirar nem ser bom nisso; fiquei quase desconcertado ao descobrir o quanto gostava, com um prazer meio culpado, quase sensual, da sensação do metal na palma da mão, o equilíbrio agradável das armas.

Xan não tinha nenhuma outra companhia nas férias e parecia não precisar delas. Nenhum amigo de Sherborne vinha a Woolcombe. Quando eu perguntava sobre a escola, ele se esquivava.

– É boa. Melhor do que teria sido a Harrow.

– Melhor do que Eton?

– A gente não estuda mais lá. O biso teve uma tremenda briga, acusações públicas, cartas irritadas, saiu de lá enojado. Esqueci qual foi o problema.

– Você nunca se incomoda de voltar para a escola?

– Por que eu deveria? Você se incomoda?

– Não, eu até que gosto. Se eu não puder estar aqui, prefiro a escola a estar de férias.

Xan ficou calado por um instante, depois falou:

– Acontece que os professores querem entender você, é isso que eles acham que ganham para fazer. Eu os deixo intrigados. Sou dedicado, tiro notas altas, queridinho do professor, com bolsa de estudos garantida na Oxford em um semestre, encrenca das grandes no outro.

– Que tipo de encrenca?

– Não suficiente para ser expulso, e claro que no semestre seguinte sou um bom menino de novo. Eles ficam confusos com isso, ficam preocupados.

Eu também não o entendia, mas isso não me preocupava. Eu não entendia a mim mesmo.

Agora sei, é claro, por que ele gostava que eu estivesse em Woolcombe. Acho que adivinhei quase de início. Ele não tinha nenhuma obrigação comigo, nenhuma responsabilidade por mim, nem sequer a obrigação da amizade ou a responsabilidade da escolha pessoal. Xan não tinha me escolhido. Eu era primo dele; minha presença lhe era imposta, eu simplesmente estava lá. Enquanto eu estivesse em Woolcombe, ele nunca precisaria encarar a inevitável pergunta: por que você não convida seus amigos para virem para cá nas férias? Por que ele deveria? Xan tinha o primo sem pai para receber. Eu tirava dele, filho único, o fardo da excessiva preocupação dos pais. Nunca estive particularmente consciente dessa preocupação, mas, sem mim, os pais dele poderiam ter se sentido obrigados a demonstrá-la. Desde a juventude Xan não tolerava perguntas, curiosidade, interferência em sua vida. Me solidarizava com isso, eu era bem parecido. Se houvesse tempo suficiente ou alguma finalidade para tal, seria interessante traçar nossa ascendência em comum para descobrir as raízes dessa autossuficiência obsessiva. Percebo agora que foi um dos motivos do fracasso de meu casamento. Provavelmente é o motivo pelo qual Xan nunca se casou. Seria necessária uma força mais poderosa do que o amor sexual para descer a ponte levadiça até as ameias que guardam sua mente e coração.

Nós raramente víamos os pais dele naquelas longas semanas de verão. Como a maioria dos adolescentes, dormíamos tarde, e eles já tinham tomado café da manhã quando descíamos. A refeição do meio-dia era um piquenique servido para nós na cozinha: uma garrafa térmica de sopa, pão, queijo, patê e fatias de um saboroso bolo de frutas caseiro preparado por uma cozinheira soturna que conseguia, sem lógica alguma, resmungar ao mesmo tempo por causa do pouco trabalho extra que dávamos a ela e pela falta de jantares festivos em que pudesse demonstrar sua habilidade. Voltávamos a tempo de trocar de roupa para o jantar. Meu tio e minha tia nunca recebiam hóspedes, pelo menos não quando eu estava lá, e a conversa se desenvolvia quase inteiramente entre eles, enquanto Xan e eu comíamos, trocando de vez em quando aqueles olhares reservados e conspiratórios dos jovens críticos.

A conversa espasmódica dos dois tratava invariavelmente de planos para nós e acontecia como se não estivéssemos presentes.

Minha tia, retirando delicadamente a casca de um pêssego, disse, sem erguer os olhos:

– Os garotos podem gostar de conhecer o Castelo Maiden.

– Não há muito o que conhecer no Castelo Maiden. Jack Manning poderia levá-los no barco quando for pegar lagostas.

– Acho que não confio em Jack Manning. Há um show amanhã em Poole que eles talvez gostem.

– Que tipo de show?

– Não lembro, dei o programa para você.

– Talvez eles gostem de passar um dia em Londres.

– Não com esse clima agradável. Eles estão muito melhor ao ar livre.

Quando Xan fez dezessete anos e pôde usar o carro do pai pela primeira vez, fomos até Poole atrás de garotas. Eu achava aqueles passeios aterrorizantes e só o acompanhei duas vezes. Era como entrar em um mundo estranho: as risadas, as garotas caçando em pares, os olhares ousados e desafiadores, a conversa aparentemente inconsequente, porém obrigatória. Depois da segunda vez, eu disse:

– Não estamos fingindo sentir afeto. Nós nem gostamos delas; elas com certeza não gostam de nós. Então, se os dois lados só querem sexo, por que não falamos logo e acabamos com todas essas preliminares constrangedoras?

– Ah, elas parecem precisar disso. De qualquer forma, as únicas mulheres que você pode abordar desse jeito querem pagamento adiantado em dinheiro. Podemos dar sorte em Poole com um filme e duas horas bebendo.

– Acho que não vou.

– Você provavelmente está certo. No dia seguinte, costumo sentir que não valeu o esforço.

Era típico dele fazer parecer que a minha relutância não era, como ele devia saber, um misto de constrangimento, medo de fracassar e vergonha. Eu nem podia culpar Xan por ter perdido minha virgindade em condições de extremo desconforto em um estacionamento em Poole, com uma ruiva que deixou claro, tanto durante as minhas desajeitadas preliminares quanto depois, que conhecia formas melhores de passar uma noite de sábado. Tampouco posso alegar que a experiência afetou negativamente minha vida sexual. Afinal, se nossa vida sexual fosse determinada pelos experimentos da juventude, a maioria das pessoas no mundo estaria condenada ao celibato. Em nenhuma outra área da experiência humana os seres humanos estão mais convencidos de que podem conseguir algo melhor se perseverarem.

Fora a cozinheira, me lembro de poucos empregados. Havia um jardineiro, Hobhouse, com uma aversão patológica a rosas, particularmente quando plantadas junto a outras flores. "Elas nascem em toda parte", resmungava, como se as trepadeiras e os arbustos comuns que ele ressentida e habilidosamente podava tivessem misteriosamente semeado a si de algum modo. E havia Scovell, de rosto bonito e espirituoso, cuja função exata nunca entendi: motorista, ajudante de jardineiro, faz-tudo? Ou Xan o ignorava ou era calculadamente ofensivo. Nunca soube que ele fosse grosseiro com nenhum outro empregado e teria lhe perguntado se não tivesse sentido, alerta como sempre a cada nuance de emoção do meu primo, que a pergunta seria imprudente.

Eu não me ressentia do fato de Xan ser o favorito de nossos avós. A preferência me parecia perfeitamente natural. Consigo me lembrar do trecho de uma conversa que entreouvi em um Natal quando, desastrosamente, estávamos todos juntos em Woolcombe.

– Eu às vezes me pergunto se o Theo não vai chegar mais longe do que o Xan no fim das contas.

– Ah, não. O Theo é um menino bonito e inteligente, mas o Xan é brilhante.

Xan e eu fomos coniventes com esse julgamento. Quando entrei em Oxford, eles ficaram satisfeitos, porém surpresos. Quando Xan foi aceito em Balliol, eles acharam que aquilo era dele de direito. Quando consegui meu diploma com honras de primeira classe, disseram que eu tive sorte. Quando Xan não alcançou mais do que honras de segunda classe superior, eles reclamaram, mas com indulgência, que ele não tinha se dado o trabalho de se esforçar.

Xan não fazia exigências, nunca me tratava como "o primo pobre", provia anualmente comida, bebida e férias gratuitas em troca de companhia ou subserviência. Se eu quisesse ficar sozinho, podia fazê-lo sem ser incomodado ou dar explicações. Em geral, isso acontecia na biblioteca, um cômodo que me encantava com suas prateleiras cheias de livros com capa de couro, suas pilastras e capitéis esculpidos, a grande lareira de pedra com seu brasão de armas entalhado, os bustos de mármore em seus nichos, a imensa mesa de mapas onde eu podia espalhar meus livros e tarefas de verão, as poltronas fundas de couro, a vista das janelas altas, que ia do gramado até o rio e a ponte. Foi ali, folheando os livros de história do condado, que descobri que um combate tinha sido travado naquela ponte durante a Guerra Civil, quando cinco Cavaleiros tinham defendido a ponte contra os Cabeças Redondas, opositores do rei, até todos eles morrerem. Mesmo seus nomes evocavam uma coragem romântica: Ormerod, Freemantle, Cole, Bydder, Fairfax. Cheio de entusiasmo, fui à procura de Xan e o arrastei até a biblioteca.

– Olha, a data da luta é na próxima quarta-feira, 16 de agosto. Precisamos celebrar!

– Como? Jogando flores na água?

Ele não estava depreciando nem desdenhando do meu entusiasmo; só achando certa graça.

– Por que não fazemos um brinde a eles? Vamos fazer uma cerimônia!

Fizemos as duas coisas. Fomos até a ponte ao pôr do sol com uma garrafa de vinho do pai dele, as duas pistolas, meus braços cheios de flores do jardim murado. Bebemos a garrafa nós dois, depois Xan, equilibrando-se sobre o parapeito, fez disparos com as duas pistolas para o ar, enquanto eu gritava os nomes deles. É um dos momentos da minha meninice que ficaram na memória, um fim de tarde de pura alegria, sem sombras, imaculado pela culpa ou pela saciedade ou pelo remorso, imortalizado para mim naquela imagem de Xan se equilibrando contra o pôr do sol, de seu cabelo flamejante, das pálidas pétalas de rosa flutuando rio abaixo sob a ponte até se perderem de vista.

3

Segunda-feira, 18 de janeiro de 2021

Posso me lembrar das minhas primeiras férias em Woolcombe. Subi dois lances de escada, seguindo Xan até um quarto, ao final corredor, no topo da casa, com vista para o terraço e o enorme gramado que se estendia na direção do rio e da ponte. A princípio sensível e contaminado pelo ressentimento da minha mãe, eu me perguntei se estava sendo colocado nos aposentos dos empregados.

Então Xan disse:

– Estou no quarto ao lado. Temos nosso próprio banheiro, no final do corredor.

Posso me lembrar de cada detalhe daquele quarto. Era o quarto que eu ocuparia todas as férias de verão durante a minha vida escolar e até sair de Oxford. Eu mudei, mas o quarto permaneceu o mesmo, e vejo na imaginação uma sequência de alunos de escola e universitários que têm uma semelhança assombrosa comigo, abrindo aquela porta verão após verão e adentrando aquela herança que lhes pertencia por direito. Não voltei mais para Woolcombe desde que minha mãe morreu, oito anos atrás, e nunca mais vou voltar. Às vezes fantasio que retornarei quando ficar velho, para morrer naquele quarto, abrindo a porta pela última vez, revendo a cama de dossel de solteiro com suas colunas entalhadas, a colcha de retalhos de seda desbotada, a cadeira de balanço de madeira curvada, com sua almofada bordada por alguma mulher da família Lyppiatt que já morreu faz muito tempo; a pátina da escrivaninha georgiana, um pouco surrada, mas firme, estável, usável; a estante repleta de livros juvenis dos séculos 19 e 20: Henty, Fenimore Cooper, Rider Haggard, Conan Doyle, Sapper, John Buchan; o espelho manchado sobre a cômoda bombê, com a frente abaulada; e as velhas pinturas de cenas de batalhas: cavalos aterrorizados empinando diante de canhões, oficiais de cavalaria de olhos arregalados, Nelson agonizante. Mas o que mais me lembro é do dia em que entrei naquele quarto pela primeira vez e, andando até a janela, olhei para o terraço, o gramado em declive, os carvalhos, o resplendor do rio e a pequena ponte curva.

Parado à porta, Xan disse:

– Nós podemos sair para dar uma volta amanhã, se você quiser, de bicicleta. O baronete comprou uma bicicleta para você.

Eu descobriria que ele raramente se referia ao pai de outra forma. Respondi:

– É muito gentil da parte dele.

– Nem tanto. Ele tinha que comprar, não tinha? Se queria que a gente andasse junto...

– Eu tenho bicicleta. Sempre vou para a escola pedalando, eu poderia ter trazido.

– O baronete achou que seria menos trabalhoso ter uma aqui. Você não precisa usar. Eu gosto de passar o dia fora, mas você não precisa vir se não quiser. Andar de bicicleta não é obrigatório. Nada é obrigatório em Woolcombe, a não ser a infelicidade.

Eu descobriria mais tarde que esse era o tipo de comentário sarcástico, quase adulto, que Xan gostava de fazer. A intenção era me impressionar – e impressionou.

Mas não acreditei nele. Naquela primeira visita, inocentemente encantado, era impossível imaginar que alguém pudesse ser infeliz numa casa daquelas. E com certeza meu primo não poderia estar falando de si mesmo.

Eu comentei:

– Gostaria de ver a casa um dia desses. – Depois corei, com receio de ter soado como um possível comprador ou um turista.

– Podemos fazer isso, claro. Se puder esperar até sábado, a srta. Maskell, da Casa Paroquial, fará as honras. Vai custar mais ou menos uma libra, mas a visita inclui o jardim, que é aberto aos sábados, a cada duas semanas, para arrecadar fundos para a igreja. O que Molly Maskell não tem de conhecimento histórico e artístico tem de sobra em imaginação.

– Preferiria que você me mostrasse.

Xan não respondeu, mas ficou observando enquanto eu pus a minha mala sobre a cama e comecei a desfazê-la. Minha mãe tinha comprado uma mala nova para mim para aquela primeira visita. Terrivelmente ciente de que ela era grande demais, elegante demais, pesada demais, desejei ter levado minha velha bolsa de lona. Eu tinha colocado, claro, roupas demais e as roupas erradas na mala, mas ele não comentou, não sei se por delicadeza ou tato ou porque simplesmente não notou. Enfiei tudo rapidamente em uma das gavetas e perguntei:

– Não é estranho morar aqui?

– É inconveniente e às vezes chato, mas não estranho. Meus antepassados moraram aqui durante trezentos anos. – Ele acrescentou: – É uma casa um tanto pequena.

Ele soou como se estivesse tentando me deixar à vontade depreciando a própria herança; mas, ao observá-lo, notei pela primeira vez um olhar que logo se tornaria familiar para mim, de um divertimento secreto, íntimo, que chegava aos olhos e à boca, mas nunca se transformava em sorriso aberto. Eu não sabia naquela época e ainda não sei o quanto ele se importava com Woolcombe. A mansão funciona agora como casa de repouso e abrigo de idosos para privilegiados: familiares e amigos do Conselho, membros dos Conselhos Regional, Distrital e Local, gente que de alguma forma já serviu ao Estado. Até a morte da minha mãe, Helena e eu cumpríamos nossa obrigação fazendo visitas regulares. Ainda posso ver as duas irmãs sentadas juntamente no terraço, bem agasalhadas contra o frio, uma com câncer terminal, outra com artrite e asma cardíaca, ambas encarando, já despidas da inveja e do ressentimento, a morte, niveladora por excelência. Quando imagino o mundo sem nenhum ser humano, posso enxergar (e quem não pode?) as grandes catedrais e templos, os palácios e os castelos existindo ao longo dos séculos não habitados, a Biblioteca Britânica, aberta pouco antes da Ômega, com manuscritos cuidadosamente preservados e livros que ninguém nunca mais vai abrir ou ler. Mas, no fundo, só o que me comove é pensar em Woolcombe, imaginar o cheiro de seus cômodos mofados e desertos, os painéis apodrecendo na biblioteca, a hera subindo pelas paredes em ruínas, a vastidão de relva e ervas daninhas encobrindo o cascalho, a quadra de tênis, o jardim geométrico, de lembrar aquele quartinho dos fundos, sem visitas e sem mudanças até que a manta enfim pereça, os livros se tornem pó e o último quadro caia da parede.

4

Quinta-feira, 21 de janeiro de 2021

Minha mãe tinha pretensões artísticas. Não, isso soa arrogante e sequer é verdade. Ela não tinha pretensão a nada a não ser a uma respeitabilidade desesperada. Mas tinha certo talento artístico, embora eu nunca a tenha visto produzir um desenho original. Seu passatempo era pintar gravuras antigas, geralmente cenas vitorianas tiradas de volumes encadernados danificados das revistas *Girls Own Paper* ou *Illustrated London News*. Acho que não era difícil, mas pintava com certa habilidade, tomando o cuidado, ela me disse, de acertar historicamente as cores, embora eu não saiba como ela poderia ter certeza disso. Acho que o mais perto que ela chegou de ser feliz era quando se sentava à mesa da cozinha com duas caixas de tinta, dois potes de geleia e uma luminária inclinada focando com precisão a gravura espalhada em um jornal à sua frente. Eu costumava observá-la trabalhando, a delicadeza com que mergulhava o pincel mais fino na água, a espiral de azuis, amarelos e brancos que iam se fundindo enquanto ela os misturava na paleta. A mesa da cozinha era grande o suficiente, se não para eu espalhar todos os meus deveres, pelo menos para eu ler ou escrever minha redação semanal. Eu gostava de olhar para cima, meu breve escrutínio não causando nenhum ressentimento, e ver as cores vivas movendo-se pela gravura, a transformação do cinza descorado dos micropontos em uma cena vívida: o terminal ferroviário com mulheres de boina despedindo-se de seus homens durante a Guerra da Crimeia; uma família vitoriana, as mulheres com casacos de pele e crinolina, decorando a igreja para o Natal; a Rainha Vitória e seu consorte, rodeados por crianças vestindo crinolinas, abrindo a Grande Exposição; cenas de barcos no rio Tâmisa com barcas estudantis há muito extintas ao fundo, os homens de bigodes com seus paletós, garotas de seios fartos e cinturas finas com casacos e chapéus de palha; igrejas de povoados com uma procissão isolada de devotos, o fidalgo e sua esposa em primeiro plano, entrando para a cerimônia de Páscoa com sepulturas ao fundo, as quais as flores de primavera tornavam festivas. Talvez tenha sido o meu fascínio inicial com essas cenas que direcionaram meu interesse como historiador para o século 19, época que, agora, assim como quando a estudei pela primeira vez, parece um mundo visto por um telescópio, tão próximo, mas ao mesmo tempo tão infinitamente remoto, fascinante em sua energia, sua seriedade moral, seu brilhantismo e sua sordidez.

O passatempo da minha mãe não deixava de ser lucrativo. Ela emoldurava as pinturas finalizadas com a ajuda do sr. Greenstreet, o administrador do vigário da igreja local que os dois regularmente, e eu relutantemente, frequentavam, e as vendia para lojas de antiguidade. Nunca vou saber que papel o sr. Greenstreet desempenhou na vida dela além de sua habilidade manual metódica com a madeira e a cola – ou que papel poderia ter desempenhado se não fosse a minha onipresença –, assim como nunca vou saber quanto pagavam à minha mãe pelas pinturas, nem se era essa renda extra, como desconfio agora, que me proporcionava as excursões escolares, os tacos de críquete e os livros extra que nunca me dava de má vontade. Fazia a minha parte para contribuir também: era eu quem achava as gravuras. Vasculhava as caixas nas lojas de velharias em Kingston e outras regiões mais distantes ao voltar da escola ou aos sábados, às vezes pedalando de vinte a trinta quilômetros até uma loja que fornecia os melhores cacarecos. A maioria era barata e eu comprava com a minha mesada. As de qualidade superior, eu roubava, me tornando hábil em remover peças centrais de livros encadernados sem danificá-los, extraindo as gravuras de seus encaixes e colocando-as dentro do meu atlas da escola. Eu precisava desses atos de vandalismo, como desconfio que a maior parte dos garotos precisa de suas pequenas delinquências. Nunca suspeitavam de mim, o aluno uniformizado e respeitoso que levava suas descobertas menores até a caixa registradora, pagava sem pressa ou ansiedade aparente e que ocasionalmente comprava os exemplares de segunda mão mais baratos das caixas de livros usados que ficavam do lado de fora da loja. Eu gostava desses passeios solitários, do risco, da emoção de descobrir um tesouro, do triunfo de voltar com os meus espólios. Minha mãe fazia pouco mais do que me perguntar quanto eu tinha gastado e me reembolsar. Se ela desconfiou que algumas das gravuras valiam mais do que eu disse que tinha pagado, nunca questionou, mas eu sabia que estava satisfeita. Eu não a amava, mas roubava por ela. Aprendi cedo, naquela mesa de cozinha, que existem formas de evitar sem culpa os compromissos do amor.

Sei, ou acho que sei, quando começou meu pavor de assumir a responsabilidade pela vida ou pela felicidade de outras pessoas, embora possa estar me enganando: sempre fui perito em encontrar desculpas para os meus defeitos. Gosto de rastrear a origem disso de volta a 1983, ano em que meu pai perdeu a luta contra o câncer de estômago. Foi essa a descrição que ouvi dos adultos. "Ele perdeu a luta", disseram eles. E consigo ver agora que aquela era uma luta realizada com certa coragem, mesmo que ele não tivesse muita escolha. Meus pais tentaram me poupar de saber a respeito da pior parte. "Nós tentamos esconder as coisas do menino" era outra expressão entreouvida com frequência. Mas esconder as coisas de mim significava não me contar nada, a não ser que meu pai estava doente, que ele teria que ver um especialista, que seria internado no hospital para uma cirurgia, que logo estaria em casa, que teria de voltar para o hospital. Às vezes não me diziam nem isso: eu voltava da escola e descobria que ele não estava mais lá e que minha mãe estava limpando febrilmente a casa, o rosto impassível. "Esconder as coisas do menino" significava que eu vivia sem irmãos em uma atmosfera de ameaça incompreensível, na qual nós três caminhávamos inexoravelmente em direção a um desastre não imaginado que, quando chegasse, seria culpa minha. As crianças estão sempre dispostas a acreditar que as catástrofes dos adultos são sua culpa. Minha mãe nunca me falou a palavra "câncer", nunca se referiu à doença dele, exceto por acaso. "Seu pai está um pouco cansado esta manhã.", "Seu pai tem de voltar para o hospital hoje.", "Tire aqueles livros da sala de estar e vá para o seu quarto antes que o médico chegue. Ele vai querer conversar comigo.".

Ela falava desviando os olhos, como se houvesse algo constrangedor, até indecente, quanto à doença, que a tornava um assunto inadequado para uma criança. Ou será que era um segredo mais profundo, um sofrimento compartilhado, que tinha se tornado uma parte essencial do casamento deles e do qual eu estava tão acertadamente excluído quanto da cama deles? Me pergunto agora se o silêncio do meu pai, que na época parecia rejeição, teria sido proposital. Será que nos afastamos menos pela dor, pelo cansaço e pela lenta dissipação da esperança e mais pelo desejo dele de não aumentar a angústia da separação? Mas não era possível que gostasse tanto assim de mim. Eu não era uma criança fácil de amar. E como poderíamos ter nos comunicado? O mundo dos doentes terminais não é nem o mundo dos vivos nem o dos mortos. Prestei atenção em outros desde que observei meu pai, e sempre com um senso da estranheza deles. Eles se sentam e conversam, e as pessoas sorriem, mas em espírito já se afastaram de nós e é impossível entrarmos em sua sombria terra de ninguém.

Agora não consigo me lembrar do dia que ele morreu, a não ser por um incidente: minha mãe sentada à mesa da cozinha, derramando, enfim, lágrimas de raiva e frustração. Quando, desajeitado e constrangido, tentei abraçá-la, ela se queixou: "Por que sempre tenho tanto azar?". Aquilo pareceu para o menino de doze anos que eu então era, assim como parece agora, uma reação inadequada a uma tragédia pessoal, e a banalidade do comentário influenciaria a postura que assumi em relação à minha mãe pelo resto da infância. Foi injusto e moralista, mas as crianças são injustas e moralistas com os pais.

Apesar de ter esquecido, ou talvez tirado da minha mente de propósito, todas as lembranças do dia que meu pai morreu – menos uma –, consigo me lembrar de cada segundo do dia em que ele foi cremado: a garoa fina que fazia os jardins do crematório parecerem uma pintura pontilhista, o simulacro de clausura onde aguardávamos o término da cremação anterior para poder nos enfileirar e então ocupar nossos assentos nos bancos simples de madeira de pinho, o cheiro do meu terno novo, as coroas de flores empilhadas contra a parede da capela, a pequenez do caixão – parecia impossível acreditar que meu pai estava mesmo ali dentro. A ansiedade da minha mãe para que tudo corresse bem foi intensificada pelo receio de que seu cunhado baronete comparecesse. Ele não compareceu, nem Xan, que estava na escola preparatória do ensino fundamental. Mas minha tia veio, vestida com demasiada elegância, era a única mulher que não estava predominantemente de preto, dando à minha mãe um motivo oportuno para reclamar. Foi depois das carnes assadas do banquete do funeral que as duas irmãs concordaram que eu deveria passar as próximas férias de verão em Woolcombe, e o padrão para todas as férias de verão subsequentes foi estabelecido.

Entretanto, minha principal lembrança do dia é a atmosfera de euforia contida e a forte reprovação que eu sentia ser direcionada para mim. Foi naquela ocasião que ouvi pela primeira vez, reiteradamente, da boca de amigos e vizinhos que eu mal reconhecia sob aqueles trajes pretos pouco usuais, a expressão: "Você terá que ser o homem da família agora, Theo. Sua mãe vai contar com você". Naquele momento, fui incapaz de dizer o que sei ser verdade há quase quarenta anos: Não quero que ninguém conte comigo nem para proteção, nem para felicidade, nem para amor, nem para nada.

Eu queria que a minha lembrança do meu pai fosse mais feliz, queria ter uma visão clara, ou qualquer visão, da essência daquele homem, uma da qual eu pudesse me apoderar e agregar a quem eu sou; queria ser capaz de apontar ao menos três qualidades dele. Pensando nele agora pela primeira vez em anos, não há adjetivos que eu possa evocar, nem mesmo de que ele fosse agradável, gentil, inteligente, amoroso. Ele pode ter sido todas essas coisas, eu apenas não sei. Tudo o que sei sobre ele é que estava morrendo. Seu câncer não foi rápido ou misericordioso (quando ele é misericordioso?) e ele demorou quase três anos para morrer. Parece que naquele tempo a maior parte de minha infância esteve subordinada ao olhar e ao som e ao cheiro da morte dele. Ele *era* o câncer. Eu não conseguia ver nada além disso na época, assim como não consigo ver nada além disso agora. Por anos, a lembrança que tive dele – menos lembrança do que reencarnação – era de horror. Algumas semanas antes de morrer, ele cortou o dedo indicador ao abrir uma lata, e o machucado infeccionou. Através da volumosa atadura de pano e gaze aplicada pela minha mãe, vazavam sangue e pus. Aquilo não parecia preocupá-lo; ele comia com a mão direita, deixando a esquerda pousada sobre a mesa, observando-a delicadamente, com um ar de ligeira surpresa, como se fosse separada de seu corpo, como se não tivesse nada a ver com ele. Eu, no entanto, não conseguia tirar os olhos dela, e minha fome lutava contra a náusea. Para mim, aquilo era um objeto obsceno de horror. Talvez eu tenha projetado em seu dedo enfaixado todo o meu medo tácito de sua doença mortal. Durante meses após a sua morte, tive um sonho recorrente em que o via ao pé de minha cama apontando para mim um cotoco amarelo que sangrava, não o cotoco de um dedo, mas da mão inteira. Ele nunca falava; permanecia calado em seu pijama listrado. Seu olhar às vezes era de apelo por algo que eu não podia dar, mas era com mais frequência seriamente acusatório, assim como o ato de apontar. Agora parece injusto que ele tenha sido lembrado por tanto tempo apenas com horror, com sangue e pus pingando. O formato do pesadelo também me intriga de tal maneira hoje em dia que, com meu amador conhecimento adulto de psicologia, tento analisá-lo. Seria mais fácil de explicar se eu fosse uma menina. A tentativa de análise foi, evidentemente, uma tentativa de exorcismo. Em parte deve ter dado certo. Depois que matei Natalie, ele me visitava toda semana; agora, não vem nunca. Estou feliz que ele tenha sumido finalmente, levando consigo sua dor, seu sangue, seu pus. Mas gostaria que tivesse me deixado uma lembrança diferente.

5

Sexta-feira, 22 de janeiro de 2021

Hoje é o aniversário da minha filha; ou melhor, seria o aniversário da minha filha se eu não a tivesse atropelado e matado. Foi em 1994, quando ela tinha um ano e meio de idade. Naquela época, Helena e eu morávamos em uma casa geminada eduardiana na Lathbury Road, grande e cara demais para nós; mas Helena, assim que soube que estava grávida, insistiu em ter uma casa com jardim e o quarto do bebê voltado para o sul. Não consigo me lembrar agora das circunstâncias exatas do acidente – se eu devia estar de olho em Natalie ou se pensei que ela estava com a mãe. Tudo isso deve ter constado no inquérito; mas o inquérito, essa alocação oficial de responsabilidade, se apagou da minha memória. Recordo que saí de casa para ir à faculdade e estava dando ré no carro, que Helena tinha estacionado de maneira desajeitada no dia anterior, para manobrá-lo com mais facilidade pelo estreito portão do jardim. Não havia garagem em Lathbury Road, mas nós tínhamos vaga para dois carros na frente da casa. Eu devo ter deixado a porta da frente aberta, e Natalie, que andava desde os treze meses, saiu atrás de mim. Essa pequena culpabilidade deve ter sido registrada no inquérito também. Mas de algumas coisas eu me lembro: a leve lombada debaixo da roda traseira esquerda, como uma rampa, porém mais macia, mais flexível, mais suave do que qualquer rampa. A consciência imediata, convicta, absoluta, aterrorizante do que estava acontecendo. E os cinco segundos de silêncio total antes de começarem os gritos. Eu sabia que era Helena gritando e, no entanto, parte da minha mente era incapaz de acreditar que ouvia um som humano. Me lembro da humilhação. Eu não conseguia me mexer, não conseguia sair do carro, não conseguia sequer estender a mão para fora dele. E então George Hawkins, nosso vizinho, apareceu, esmurrando o vidro aos berros: "Saia, seu desgraçado, saia!". E consigo me lembrar da irrelevância do meu pensamento vendo aquele rosto ordinário distorcido pela raiva encostado no vidro: "Ele nunca gostou de mim". E não posso fingir que não aconteceu. Não posso fingir que foi outra pessoa. Não posso fingir que não fui o responsável.

O horror e a culpa englobaram a dor. Talvez, se Helena tivesse sido capaz de dizer "é pior para você, querido" ou "é tão ruim para você quanto para mim, querido", pudéssemos ter salvado algo dos destroços de um casamento que desde o começo não teve grandes condições de navegar. Mas é claro que ela não foi capaz; não era nisso que acreditava. Ela achava que eu me importava menos, e estava certa. Achava que eu me importava menos porque amava menos, e estava certa sobre esse ponto também. Eu estava feliz por ser pai. Quando Helena me contou que estava grávida, senti o que presumo serem as costumeiras emoções de orgulho irracional, ternura e assombro. Eu sentia afeto por minha filha, mas teria sentido mais se ela fosse mais bonita (parecia uma minicaricatura do pai da Helena), mais carinhosa, mais reativa, menos inclinada a choramingar. Fico feliz que outros olhos não lerão estas palavras. Faz vinte e sete anos que ela morreu, e ainda me queixo dela em pensamento. Helena, contudo, estava obcecada por ela, totalmente encantada, escravizada, e sei que o que prejudicou Natalie aos meus olhos foi o ciúme. Eu o teria superado com o tempo, ou pelo menos aceitado. Mas não tive tempo. Acho que Helena nunca acreditou que eu atropelaria Natalie de propósito, pelo menos não quando estava sendo sensata: mesmo nos seus momentos mais amargos, ela conseguiu evitar as palavras imperdoáveis assim como uma esposa que carrega o fardo de um marido doente e rabugento, por superstição ou por um resquício de gentileza, reprimiria o ímpeto de dizer "eu queria que você estivesse morto". No entanto, é certo que ela preferiria que Natalie estivesse viva em meu lugar, e não a culpo por isso. Parecia uma escolha perfeitamente razoável naquela época, e ainda parece agora.

Eu me deitava longe da cama king-size esperando que ela dormisse, sabendo que isso poderia levar horas, preocupado com a agenda cheia do dia seguinte, com de que forma conseguiria enfrentar aquilo, com a perspectiva de intermináveis noites mal dormidas, reiterando na escuridão a minha litania de justificativa: "Pelo amor de Deus, foi um acidente. Foi sem querer. Não sou o único pai que atropelou o filho. Ela devia estar cuidando da Natalie; a criança era responsabilidade dela, ela deixou bem claro que não era responsabilidade minha. O mínimo que ela podia ter feito era cuidar da menina direito". Mas a autojustificação era tão banal e irrelevante quanto a desculpa de uma criança por quebrar um vaso.

Nós dois sabíamos que tínhamos de sair de Lathbury Road. Helena disse:

– Não podemos ficar aqui. Devíamos procurar uma casa no centro da cidade. Afinal de contas, é o que você sempre quis. Você nunca gostou deste lugar.

A alegação estava lá, porém implícita: você está feliz que vamos nos mudar, feliz que a morte dela tenha possibilitado isso.

Seis meses após o funeral, nos mudamos para uma alta casa georgiana, na St. John Street, cuja porta frontal dá para a rua, o que torna difícil estacionar. Lathbury Road era uma casa de família; esta era uma casa para os desimpedidos, embora ágeis, e os solitários. A mudança foi conveniente para mim, porque gostava de estar perto do centro da cidade, e a arquitetura georgiana, mesmo que hipoteticamente georgiana e requerendo constante manutenção, tem um prestígio maior do que a eduardiana. Não fazíamos amor desde a morte da Natalie, mas Helena mudou-se para o próprio quarto. Essa decisão nunca foi discutida entre nós, mas eu sabia que era o seu modo de me dizer que não haveria uma segunda chance, que eu tinha matado não só a sua filha amada como também qualquer esperança de termos outro bebê – o filho que ela suspeitava que eu realmente queria. Mas isso foi em outubro de 1994, e não havia mais escolha. É claro que não continuamos permanentemente separados. O sexo e o casamento são mais complicados do que isso. De tempos em tempos, eu atravessava aqueles poucos metros de piso acarpetado que separavam seu quarto do meu. Ela nem me acolhia nem me rejeitava. Mas havia um abismo maior e mais permanente entre nós e este eu não fiz nenhum esforço para atravessar.

Esta casa estreita de cinco andares é muito grande para mim, mas, com o declínio da população, é pouco provável que eu seja criticado por não compartilhar minha fartura. Não existem universitários clamando por um quarto com sala, nem famílias jovens desabrigadas para pesar na consciência social dos mais privilegiados. Uso a casa inteira, passando de andar a andar durante a rotina do meu dia, como que carimbando metodicamente minha propriedade sobre o vinil, sobre os tapetes e carpetes, sobre a madeira envernizada. A cozinha e a sala de jantar ficam no porão, a primeira com um grande arco de degraus de pedra que levam ao jardim. Em cima, duas pequenas salas de estar foram transformadas em uma, que também serve como biblioteca, sala de TV e música e como um local conveniente para receber meus alunos. No primeiro andar há uma ampla sala de estar em formato de L, que também foi transformada em duas salas menores, as duas lareiras discordantes anunciando seu uso anterior. Da janela do fundo posso contemplar o pequeno jardim murado com sua única bétula. Na frente, duas elegantes janelas que se estendem do chão ao teto dão vista para a St. John Street.

Qualquer um que andasse entre as duas janelas teria pouca dificuldade para descrever o dono do cômodo. Obviamente era um acadêmico: três paredes estão repletas de prateleiras de livros do chão ao teto. Historiador, os próprios livros deixam isso claro. Um homem preocupado principalmente com o século 19; não apenas os livros, mas as pinturas e os ornamentos revelam essa obsessão: as miniaturas comemorativas de Staffordshire, as pinturas a óleo em estilo vitoriano, o papel de parede William Morris. O cômodo também de um homem que gosta de conforto e mora sozinho. Não há fotografias de família, nem jogos de mesa, nem desordem, nem poeira, nem bagunça feminina; na verdade, quase não há evidências de que a sala seja usada. E um visitante poderia supor também que nada aqui é herdado, tudo é adquirido. Não existe nenhum daqueles artefatos singulares ou excêntricos, valorizados ou tolerados por serem relíquias, nem retratos de família ou telas a óleo indistintas para proclamarem ancestralidade. É a sala de um homem que ascendeu no mundo, cercando-se dos símbolos tanto de suas conquistas quanto das obsessões menos importantes. A sra. Kavanagh, esposa de um dos recrutadores da faculdade, vem três vezes por semana fazer a limpeza da casa, e limpa bem o bastante. Não tenho vontade de usar a residência temporária à qual, como ex--assessor do Administrador, tenho direito.

O cômodo do qual mais gosto fica no alto da casa: um pequeno quarto no sótão com uma charmosa lareira em ferro fundido e azulejos decorados, mobiliado apenas com uma mesa, uma cadeira e contendo o necessário para fazer café. Uma janela sem cortinas dá para o campanário da Igreja de St. Barnabas cuja vista se estende até a encosta verde de Wytham Wood. É aqui que escrevo meu diário, preparo meus seminários e aulas, redijo meus ensaios históricos. A porta da frente está quatro andares abaixo, um inconveniente para atender a campainha, mas me assegurei de que não haja visitantes inesperados em minha vida autossuficiente.

Em fevereiro do ano passado, Helena me trocou por Rupert Clavering, treze anos mais novo do que ela, que combina a aparência de um jogador de rúgbi excessivamente entusiasmado e, é forçoso a acreditar, a sensibilidade de um artista. Ele desenha cartazes e sobrecapas de livro e faz isso muito bem. Me lembro de uma coisa que ela disse durante as nossas conversas pré-divórcio, que eu estava me esforçando para`manter sem emoções e sem litígio: que dormia com ela apenas em intervalos cuidadosamente regulados porque queria que as obrigações para com os meus alunos fossem motivadas mais por necessidades criteriosas do que por um alívio da privação sexual. Essas não foram, claro, as palavras dela, mas foi o que ela quis dizer. Acho que ela surpreendeu a nós dois com a sua aguda percepção.

6

A tarefa de escrever este diário – que Theo encarava como obrigação, não como prazer – tornara-se parte de sua vida excessivamente organizada, um acréscimo noturno a uma rotina semanal meio imposta pela circunstância, meio deliberadamente concebida na tentativa de impor ordem e propósito à falta de sentido da existência. O Conselho da Inglaterra decretara que todos os cidadãos deveriam manter, além de seus empregos comuns, duas sessões semanais de treinamento em habilidades que pudessem ajudá-los a sobreviver quando e caso se tornassem parte da civilização remanescente. A escolha era voluntária. Xan sempre soubera que era sábio dar às pessoas uma escolha em questões nas quais a escolha não tinha importância. Theo escolhera fazer um estágio no hospital John Radcliffe – não porque se sentisse à vontade na hierarquia antisséptica do local ou imaginasse que seus cuidados para a carne doente e envelhecida, a qual o aterrorizava e lhe causava repulsa, não era mais agradável para quem os recebia do que para ele, mas porque achava que o conhecimento obtido poderia ser o de maior uso pessoal, e não era má ideia saber onde, caso necessário, ele poderia, com alguma astúcia, pôr as mãos em drogas. A segunda sessão de duas horas ele passava de maneira mais agradável na manutenção de casas, achando o bom humor e os rudes comentários críticos dos artesãos que davam aula lá um alívio bem-vindo quanto à depreciação mais refinada da academia. Seu trabalho remunerado era dar aulas a estudantes maduros de período integral e de meio período que, com os poucos antigos universitários que faziam pesquisa ou estudos de pós-graduação, eram a justificativa da universidade para a sua existência. Duas noites por semana, às terças e sextas, jantava no Salão formal. Às quartas-feiras, invariavelmente frequentava o culto da Oração Vespertina na Capela de Magdalen. Pouquíssimas faculdades, motivadas ou por alunos demasiadamente excêntricos ou pela obstinada determinação de ignorar a realidade, ainda reservavam o espaço das capelas para a celebração de cultos – e algumas até retomaram a liturgia do obsoleto Livro da Oração Comum. Mas o coral da Magdalen estava entre os mais prestigiados, e Theo ia à capela para ouvir o canto, não para participar de um ato arcaico de adoração.

Aconteceu na quarta-feira da quarta semana de janeiro. Caminhando até a Magdalen, como de costume, acabara de dobrar a esquina da St. John para seguir pela Beaumont e já se aproximava da entrada do Museu Ashmolean quando uma mulher se aproximou dele empurrando um carrinho de bebê. A garoa fina cessara e, ao passar por ele, ela parou para dobrar a capa de tecido impermeável e baixar a capota do carrinho. Ali estava uma boneca, confortavelmente acomodada sobre o assento almofadado, os braços e as mãos enluvadas repousando sob a capota acolchoada, como uma paródia da infância ao mesmo tempo patética e sinistra. Tomado por choque e repulsa, Theo descobriu que não conseguia tirar os olhos dela. As íris lustrosas, anormalmente grandes, mais azuis do que o de qualquer olho humano, um azul-celeste brilhante, pareciam fixar nele um olhar vago que, no entanto, horrivelmente sugeria uma inteligência dormente, alheia e monstruosa. Os cílios, de um castanho-escuro, pousavam como aranhas sobre as bochechas de porcelana delicadamente pintada e uma abundância adulta de cabelo amarelo ondulado brotava de baixo da touca justa rendilhada.

Fazia anos que ele não via uma boneca exibida dessa forma, mas elas haviam sido comuns vinte anos antes, na verdade haviam se tornado uma mania. A fabricação de bonecas era o único setor da indústria de brinquedos que, com a produção de carrinhos, havia florescido por uma década e havia produzido bonecas para toda a gama de desejo maternal frustrado, algumas baratas e espalhafatosas, mas algumas de incrível maestria e beleza, que, não fosse pela Ômega que as originaram, poderiam ter se tornado relíquias estimadas. As mais caras – ele lembrava que algumas custavam bem mais do que duas mil libras – podiam ser encontradas em diferentes tamanhos: as recém-nascidas, o bebê de seis meses, de um ano e de um ano e meio, que era capaz de ficar de pé e andar, graças a um mecanismo. Lembrava-se agora que elas eram chamadas de Seis em Seis. Houvera um tempo em que era impossível descer a High Street sem ser atrapalhado pelos carrinhos empurrados pelas quase mães em êxtase. Ele parecia lembrar-se de que haviam existido pseudonascimentos e que bonecas quebradas eram enterradas com cerimônia em solo sagrado. Uma das controvérsias eclesiásticas menores no início dos anos 2000 não envolvera uma discussão sobre o uso legítimo de igrejas para essas encenações e até mesmo sobre a participação de sacerdotes ordenados?

Ciente de que ele a olhava, a mulher sorriu – um sorriso idiota que parecia convidar à cumplicidade, a um cumprimento. Assim que os olhares se cruzaram, ele baixou a cabeça, de modo a evitar que notasse em seus olhos a pouca piedade e o demasiado desdém que sentia por ela;

depois de empurrar o carrinho para trás, a mulher elevou um dos braços, como um escudo protetor para afastar a importunação masculina. Uma transeunte mais receptiva parou para conversar com ela. Uma mulher de meia-idade, em um clássico tailleur de tweed com corte e caimento perfeitos, o cabelo cuidadosamente penteado, veio até o carrinho, sorriu para a dona da boneca e começou uma tagarelice congratulatória. A primeira mulher, afetando satisfação, inclinou-se para a frente, alisou a capa acolchoada de seda do carrinho, arrumou a touca da boneca, escondeu dentro dela uma mecha de cabelo solta. A segunda acariciou o queixo da boneca como faria com um gato, ainda murmurando uma conversa de bebê.

Theo, mais deprimido e enojado pela farsa do que tal encenação inofensiva com certeza justificava, estava virando as costas quando aconteceu. A segunda mulher de repente pegou a boneca, tirou-a de baixo das cobertas e, sem dizer uma palavra, segurou-a pelas pernas e girou-a duas vezes ao redor da própria cabeça, e atirou-a contra a parede de pedra com uma força tremenda. O rosto despedaçou-se, e os cacos de porcelana caíram tinindo na calçada. A dona permaneceu em absoluto silêncio durante dois segundos. Depois gritou. O som era horrível, o grito dos torturados, dos enlutados, um guincho agudo e aterrorizado, inumano, contudo, humano demais, irrefreável. Ela ficou ali parada, o chapéu torto, a cabeça jogada para trás, a boca escancarada por onde jorrava sua aflição, sua tristeza, sua raiva. Em princípio, pareceu não notar que a agressora permanecia ali, observando-a com silencioso desprezo. Então a mulher virou e passou rapidamente pelo portão aberto, atravessou o pátio e entrou no Ashmolean. De repente, ciente de que a agressora escapara, a dona da boneca desembestou atrás dela, ainda gritando; depois, aparentemente percebendo a inutilidade do ato, voltou até o carrinho. Ela estava mais quieta agora e, ajoelhando-se, começou a recolher os pedaços quebrados, soluçando e gemendo de leve, tentando encaixá-los como se fossem um quebra-cabeça. Dois olhos brilhantes, terrivelmente reais, ligados por uma mola rolaram na direção de Theo. Por um segundo, ele teve o impulso de pegá-los, de ajudar, de dizer pelo menos algumas palavras de conforto. Podia ter sugerido que ela comprasse outra criança. Era um consolo que não fora capaz de dar à sua mulher. No entanto, sua hesitação foi apenas momentânea, e ele logo seguiu em frente. Ninguém mais se aproximou dela. Mulheres de meia-idade, que haviam alcançado a idade adulta no ano da Ômega, eram notoriamente instáveis.

Ele chegou à capela quando o culto estava para começar. O coral de oito homens e oito mulheres entrou em fila, evocando uma lembrança de coros antigos, meninos coristas entrando com expressões sérias com aquela presunção infantil quase imperceptível, braços cruzados segurando os folhetos do culto contra o peito, os rostos suaves iluminados como que por uma vela interior, os cabelos penteados para debaixo de gorros reluzentes, as faces sobrenaturalmente solenes sobre golas engomadas. Theo afastou aquela lembrança, perguntando-se por que era tão persistente se ele nunca sequer havia se importado com crianças. Nesse momento fixou os olhos no capelão, lembrando-se do incidente de alguns meses antes, quando chegara cedo para a Oração Vespertina. De algum modo, um cervo jovem do prado da Magdalen entrara na capela e estava serenamente parado ao lado do altar, como se fosse seu *habitat* natural. O capelão, gritando em tom rude, correra até ele, pegando e arremessando livros de orações, batendo nas laterais do corpo sedoso do cervo. O animal, perplexo, dócil, tolerara por um momento o ataque e depois, com seus passos delicados, saiu saltitando da capela.

O capelão se virara para Theo, lágrimas escorrendo--lhe pela face.

– Cristo, por que eles não podem esperar? Malditos animais. Em breve eles vão ficar com tudo. Por que não podem esperar?

Olhando agora para o rosto sério e presunçoso parecia, nessa paz iluminada por velas, não passar de uma cena bizarra de um pesadelo recordado pela metade.

A congregação, como de costume, contava com menos de trinta pessoas e Theo conhecia muitos dos presentes, frequentadores como ele. Mas havia uma novata, uma mulher jovem, sentada no banco imediatamente em frente ao dele, cujo olhar de tempos em tempos era difícil de evitar, embora ela não desse nenhum sinal de reconhecê-lo. A capela estava pouco iluminada e, em meio ao lampejo das velas, seu rosto reluzia com uma luz delicada, quase transparente, em um momento visto com clareza, no outro tão esquivo e insubstancial quanto uma assombração. Mas aquele rosto não era desconhecido para ele, de alguma maneira, já o vira antes, não apenas com um olhar momentâneo, mas cara a cara e por algum tempo. Ele tentou forçar sua memória a recordar, fixando os olhos sobre a cabeça curvada da mulher durante a confissão, aparentando olhar para um ponto atrás dela com uma concentração devota durante a leitura da primeira lição, mas constantemente prestando atenção nela, lançando sobre a imagem dela a rede farpada da memória. Ao final da segunda leitura, ele estava ficando irritado com o próprio fracasso e em seguida, enquanto o coral, em grande parte composto de pessoas de meia-idade, arrumava as partituras e olhava para o regente, esperando que o órgão iniciasse e sua pequena figura de sobrepeliz erguesse as mãos semelhantes a patas e começasse a patinhar delicadamente no ar, Theo se lembrou. Ela participara, por um curto período, de um curso de Colin Seabrook sobre a Vida e a Época Vitorianas, com o subtítulo de Mulheres no Romance Vitoriano, que ele lecionara para Colin um ano e meio antes a pedido do próprio Colin, cuja esposa havia acabado de se submeter a uma cirurgia para a retirada de um câncer. Se encontrasse um substituto para ministrar as quatro aulas do curso, Colin teria a chance de tirar férias com ela. Theo podia se lembrar da conversa com ele, do seu protesto fraco.

– Você não deveria pedir para um membro da Faculdade Inglesa fazer isso para você?

– Não, meu velho, eu tentei. Todos eles têm alguma desculpa. Não gostam de trabalhar à noite. Ocupados demais. Não é o período letivo deles... Não pense que só os historiadores gostam dessas porcarias de desculpas. Podem dar uma aula, mas não quatro. É só uma hora, às quintas-feiras, das seis às sete. E você não vai ter que se incomodar com a preparação, porque eu só selecionei quatro livros e você provavelmente os conhece de cor: *Middlemarch, O retrato de uma senhora, Feira das vaidades* e *Cranford*. A turma só tem quatorze alunos, a maioria mulheres de cinquenta anos que deveriam estar ocupadas com os netos, então elas têm tempo de sobra, você sabe como é. Senhoras encantadoras, ainda que tenham um gosto um pouco convencional. Você vai adorá-las. E elas vão ficar radiantes por ter você. O conforto da cultura, é isso que elas procuram. Seu primo, o nosso estimado Administrador, gosta muito do conforto da cultura. A única coisa que elas querem é fugir temporariamente para um mundo mais agradável e permanente. Todos nós fazemos isso, meu velho, mas só você e eu chamamos de erudição.

Na verdade, havia quinze alunos, não catorze. Ela entrara dois minutos atrasada e se sentara em silêncio no fundo. Naquele momento, assim como agora, Theo vira a cabeça iluminada por velas e delineada contra a madeira entalhada. Quando a última leva de estudantes universitários diminuíra, as sagradas salas da faculdade foram abertas para um público mais velho, que cursava meio período, e aquela turma havia sido instalada em uma agradável sala de conferências revestida de painéis no Queen's College. Ela ouvira, aparentemente com atenção, o discurso preliminar dele sobre Henry James e, de início, não participara da discussão geral, até que uma mulher robusta na primeira fileira se pôs a elogiar com extravagância as qualidades morais de Isabel Archer e a lamentar sentimentalmente seu destino injusto.

A garota dissera de repente:

– Não vejo por que sentir pena de alguém que recebeu tanto da vida e fez tão mau uso disso. Ela poderia ter se casado com lorde Warburton e feito muitas coisas boas para os arrendatários dele e para os pobres. Tudo bem, ela não o amava, então havia uma desculpa, e ela tinha para si mesma ambições maiores do que um casamento com lorde Warburton. Mas e daí? Ela não tinha talento criativo, nem emprego, nem instrução. Quando o primo a tornou rica, o que ela fez? Perambulou pelo mundo com a sra. Merle. E depois se casou com aquele hipócrita vaidoso e ia bem-vestida aos salões às quintas-feiras. O que aconteceu com todo o idealismo? Prefiro gastar o meu tempo com Henrietta Stackpole.

A mulher protestou:

– Ah, mas ela é tão vulgar!

– É o que a sra. Touchett pensa, assim como o autor do livro. Mas pelo menos ela tem talento, o que Isabel não tem, e usa esse talento para se sustentar e ajudar a irmã viúva. – Ela acrescentou: – Tanto Isabel Archer quanto Dorothea rejeitaram ótimos pretendentes para se casarem com tolos narcisistas, mas simpatizamos mais com Dorothea. Talvez isso aconteça porque George Eliot respeita sua heroína e, no fundo, Henry James despreza a dele.

Ela podia, desconfiara Theo, estar aliviando o tédio com a provocação deliberada. Mas, qualquer que fosse o motivo, a discussão que se seguira foi barulhenta e animada e, daquela vez, os trinta minutos restantes haviam se passado de forma rápida e agradável. Ele ficara triste e um pouco ressentido quando, na quinta seguinte, sendo aguardada, ela não aparecera.

Conexão feita e curiosidade aplacada, podia se recostar em paz e ouvir o segundo hino. Fora costume na Magdalen pelos últimos dez anos tocar um hino gravado durante a Oração Vespertina. Theo viu no folheto impresso do culto que naquela tarde haveria o primeiro de uma série de quinze cânticos ingleses do século 15, começando com dois de William Byrd, "Teach me, O Lord" e "Exult Thyself, O Lord". Houve um breve silêncio antecipatório quando o *informator choristarum* se inclinou para ligar a fita. As vozes dos meninos, doces, claras, assexuadas, não ouvidas desde que a voz do último menino corista mudou, ressoou e encheu a capela. Ele olhou para a garota, mas ela estava imóvel, com a cabeça jogada para trás, os olhos fixos na abóbada em cruzaria, de modo que a única coisa que podia ver era a curva do pescoço dela, iluminada pela luz da vela. No entanto, no final da fileira estava uma figura que ele de repente reconheceu: o velho Martindale, que, já às vésperas da aposentadoria, tinha sido seu colega na disciplina de Inglês, quando o próprio Theo ainda estava no primeiro ano. Agora o colega estava completamente estático, o rosto velho erguido, a luz da vela brilhando nas lágrimas que lhe escorriam aos montes pelas bochechas, de forma que os sulcos profundos pareciam adornados por pérolas. O velho Marty, solteiro, celibatário, que durante toda a vida amara a beleza dos meninos. Por que, perguntava-se Theo, ele e outros semelhantes vinham, semana após semana, procurar por aquele prazer masoquista? Se podiam muito bem ouvir vozes gravadas de crianças em casa, então por que o faziam ali, onde passado e presente se fundiam em beleza e luzes de velas para reforçar o arrependimento? Por que *ele próprio* viera? Mas ele sabia a resposta dessa pergunta. Para sentir, disse a si mesmo, sentir, sentir, sentir. Mesmo que o que sinta seja dor, apenas permita-se sentir.

A mulher deixou a capela antes dele, andando rápido, quase furtivamente. Mas, quando saiu ao ar fresco, ficou surpreso de encontrá-la nitidamente esperando.

Ela se aproximou e disse:

– Posso conversar com você, por favor? É importante.

Da antecapela, a luz brilhante se derramava no crepúsculo do fim de tarde e, pela primeira vez, ele a viu com clareza. Seu cabelo escuro e voluptuoso, de um tom castanho vivo com toques de dourado, estava penteado para trás e disciplinadamente preso em um coque banana curto e espesso. Uma franja lhe caía sobre a testa alta e sardenta. Ela tinha pele bem clara para alguém com um cabelo tão escuro; uma mulher cor de mel, de pescoço comprido, maçãs do rosto salientes e olhos grandes, cuja cor ele foi incapaz de determinar sob fortes sobrancelhas retas, um nariz comprido e fino, ligeiramente curvo, e uma boca grande de belos contornos. Era um rosto pré-rafaelita. Rossetti teria gostado de pintá-la. Vestia-se de acordo com a moda comum a todos, menos para os Ômega: uma jaqueta justa e curta e, na parte de baixo, uma saia de lã que descia até o meio da panturrilha, abaixo da qual ele podia ver meias muito coloridas que haviam se tornado a mania daquele ano. As dela eram de um amarelo-vivo. Ela levava uma mochila *sling bag* de couro no ombro esquerdo. Não estava de luvas e ele pôde ver que a mão esquerda dela era deformada. O indicador e o dedo médio eram fundidos num cotoco sem unha e as costas da mão excessivamente inchadas. Ela a segurava com a mão direita como que confortando-a ou apoiando-a. Não fazia nenhum esforço para escondê-la. Ela poderia até estar anunciando sua deformidade para um mundo que se tornara cada vez mais intolerante com deficiências físicas. Pelo menos, pensou ele, havia uma compensação: Ninguém que tivesse qualquer tipo de deformação física ou que não fosse física ou mentalmente saudável estava na lista de mulheres a partir das quais a nova raça seria criada se algum dia um macho fértil fosse descoberto. Assim, ela era poupada dos exames semestrais demorados e humilhantes aos quais todas as mulheres saudáveis com menos de quarenta e cinco anos eram submetidas.

Ela falou de novo, em voz mais baixa:

– Não vai demorar. Mas, por favor, preciso conversar com você, dr. Faron.

– Se precisa... – Ele estava intrigado, mas não conseguiu tornar sua voz acolhedora.

– Talvez a gente pudesse caminhar pelos novos claustros.

Os dois se viraram juntos, em silêncio.

– Você não me conhece – disse ela.

– Não, mas me lembro de você. Estava na segunda aula do curso do dr. Seabrook que eu assumi. Você com certeza animou a discussão.

– Receio ter sido um tanto veemente. – Ela acrescentou, como se fosse importante explicar: – Gosto muito de *O retrato de uma senhora*.

– Mas presumivelmente você não veio conversar comigo para reafirmar o seu gosto literário.

Ele se arrependeu assim que pronunciou as palavras. Ela corou, e ele sentiu um retraimento instintivo, uma perda de confiança em si mesma e talvez nele. A ingenuidade do comentário dela o deixara desconcertado, mas não precisava ter lhe respondido com uma ironia tão ofensiva. O desconforto dela era contagioso. Esperava que ela não estivesse propondo constrangê-lo com revelações pessoais ou exigências emocionais. Era difícil conciliar aquela argumentadora articulada com a atual falta de jeito quase adolescente da moça. Era inútil tentar redimir-se e, por trinta segundos, caminharam em silêncio.

Então ele falou:

– Fiquei triste quando você não apareceu. A aula pareceu muito monótona na semana seguinte.

– Eu teria ido de novo, mas o meu horário mudou para o turno da manhã. Tive que trabalhar. – Ela não explicou com o que nem onde, mas acrescentou: – Meu nome é Julian. Sei o seu, é claro.

– Julian. É incomum para uma mulher. Seu nome foi uma homenagem a Julian de Norwich?

– Não, acho que os meus pais nunca ouviram falar sobre ela. Meu pai foi registrar o nascimento e deu o nome Julie Ann, como ele e minha mãe escolheram. O funcionário do cartório deve ter entendido errado, ou talvez o meu pai não tenha pronunciado direito. Demorou três semanas para a minha mãe perceber o erro e ela achou que já era tarde demais para mudar. De qualquer forma, acho que gostou do nome, então fui batizada como Julian.

– Mas imagino que as pessoas a chamem de Julie.

– Que pessoas?

– Os seus amigos, a sua família.

– Eu não tenho família. Meus pais foram mortos nos motins raciais em 2002. Mas por que eles deveriam me chamar de Julie? Meu nome não é Julie.

Ela foi perfeitamente educada, não foi agressiva. Ele poderia supor que ela ficou confusa com o comentário, mas, se fosse o caso, a confusão com certeza era injustificada. Seu comentário fora impróprio, irrefletido, condescendente talvez, mas não ridículo. E, se aquele encontro fosse a preliminar de um pedido para que ele desse uma palestra sobre a história social do século 19, seria uma bastante incomum.

– Por que você quer conversar comigo? – perguntou ele.

Agora que chegara o momento, sentiu a mulher começar a ficar relutante não por embaraço ou arrependimento de ter dado início àquele encontro, pensou ele, mas porque o que tinha a dizer era importante, e ela precisava encontrar as palavras certas.

Ela fez uma pausa e olhou para ele.

– Estão acontecendo algumas coisas na Inglaterra... na Grã-Bretanha... que são erradas. Eu pertenço a um pequeno grupo de amigos que acham que devemos tentar impedi-las. Você foi membro do Conselho da Inglaterra. É primo do Administrador. Pensamos que poderia conversar com ele antes de agirmos. Não temos muita certeza de que você pode ajudar, mas dois de nós, o Luke, que é sacerdote, e eu, achamos que talvez você conseguisse. O líder do grupo é o meu marido, Rolf. Ele concordou que eu deveria conversar com você.

– Por que você? Por que ele mesmo não veio?

– Imagino que ele achou... eles acharam... que eu seria a pessoa mais capaz de persuadir você.

– Me persuadir a fazer o quê?

– Apenas a se encontrar com a gente, para podermos explicar o que temos que fazer.

– Por que você não pode explicar agora, e aí eu decido se estou preparado para me encontrar com vocês? De que grupo você está falando?

– Só um grupo de cinco pessoas. A gente ainda não começou de fato. Talvez a gente não precise, se houver esperança de convencer o Administrador a agir.

– Nunca fui um membro titular do Conselho, apenas assessor pessoal do Administrador da Inglaterra – disse ele, cauteloso. – Faz três anos que não participo, não vejo mais o Administrador. O parentesco não significa nada para nenhum dos dois. Minha influência provavelmente não é maior do que a sua.

– Mas você poderia vê-lo. Nós não podemos.

– Vocês poderiam tentar. Ele não é totalmente inacessível. As pessoas podem telefonar para ele, às vezes falar com ele. Naturalmente, ele tem que se proteger.

– Das pessoas? Mas vê-lo, e até conversar com ele, seria deixar que ele e a Polícia de Segurança do Estado soubessem que nós existimos. Tentar não seria seguro para nós.

– Você acredita mesmo nisso?

– Ah, acredito – respondeu ela com tristeza. – Você não?

– Não, acho que não. Mas, se você estiver certa, está correndo um risco extraordinário. O que a faz pensar que pode confiar em mim? Você não pode estar propondo colocar a sua segurança nas minhas mãos com base em um seminário sobre literatura vitoriana. Alguma outra pessoa do grupo pelo menos me conheceu?

– Não. Mas dois de nós, Luke e eu, lemos alguns dos seus livros.

– Não é prudente julgar a integridade pessoal de um acadêmico pelo seu trabalho escrito – pontuou ele secamente.

– Era a única forma que tínhamos. Sabemos que é arriscado, mas é um risco que temos que correr. Por favor, venha se encontrar com a gente. Por favor, pelo menos ouça o que temos a dizer.

O apelo na voz dela era inconfundível, simples e direto, e, de repente, ele entendeu por quê. Fora ideia dela abordá-lo. Ela viera apenas com uma anuência relutante do resto do grupo, talvez até contra o desejo do líder. O risco que estava correndo era dela própria. Se ele a rechaçasse, ela voltaria de mãos vazias e humilhada. Ele descobriu que não conseguiria fazer isso.

Sabendo que era um erro no mesmo momento em que falava, ele respondeu:

– Tudo bem, vou conversar com vocês. Onde e quando vão se encontrar de novo?

– No domingo às dez horas na Igreja St. Margaret, em Binsey. Você conhece?

– Sim, eu conheço Binsey.

Ela conseguira o que viera buscar e não se demorou. Ele mal conseguiu ouvi-la murmurar:

– Obrigada. Obrigada.

Então afastou-se dele tão rapidamente e em tamanho silêncio que poderia ter sido uma sombra entre as muitas sombras da clausura que se moviam.

Ele perambulou por um minuto, para que não houvesse chance de alcançá-la e depois, em silêncio e solidão, voltou para casa.

7

Sábado, 30 de janeiro de 2021

Às sete horas da manhã, Jasper Palmer-Smith ligou e me pediu para ir visitá-lo. Era urgente. Ele não me deu nenhuma explicação, mas ele raramente dava. Disse que me encontraria com ele logo após o almoço. Essas convocações, cada vez mais categóricas, também estão se tornando mais comuns. Ele costumava exigir a minha presença mais ou menos uma vez a cada três meses; agora o faz quase uma vez por mês. Tinha sido meu professor de história e, como tal, era maravilhoso, pelo menos para alunos inteligentes. Quando era estudante universitário, eu nunca admiti que gostava dele, mas dizia com uma tolerância casual: "Jasper não é tão ruim. Eu me dou bem com ele". E me dava bem com ele por uma razão compreensível, se não plausível: eu era o aluno favorito dele do meu ano. Ele sempre tinha um favorito. A relação era quase totalmente acadêmica. Ele não era gay nem gostava dos jovens em particular; na verdade, sua antipatia por crianças era lendária, e elas eram mantidas bem longe do alcance dos seus olhos e ouvidos nas raras ocasiões em que se dignava a aceitar um convite para um jantar particular. Mas cada ano ele escolhia um aluno, invariavelmente um rapaz, para aprovação e proteção. Supúnhamos que seus critérios de escolha fossem inteligência em primeiro lugar, aparência em segundo e perspicácia em terceiro. Ele demorava para fazer a escolha, mas, uma vez feita, era irrevogável. Era uma relação sem ansiedade para o favorito uma vez que, depois de aprovado, não tinha como se sair mal. Era também livre de ressentimento ou inveja dos colegas, uma vez que JPS era demasiado impopular para ser cortejado e, para ser justo, admitia-se que o favorito não tinha nada a ver com a escolha. Evidentemente, esperava-se obter uma honra de primeiro grau; todos os favoritos esperavam. Na época em que fui escolhido, era presunçoso e confiante o suficiente para ver isso como uma possibilidade, mas uma possibilidade com a qual não precisaria me preocupar no mínimo por mais dois anos. Mas me esforcei por ela; queria agradá-lo, justificar sua escolha. Ser escolhido no meio de muitos é sempre gratificante para a autoestima; a pessoa sente necessidade de retribuir, fato que explica vários casamentos que, do contrário, seriam surpreendentes. Talvez essa fosse a base do seu próprio casamento, com uma colega da área de matemática do New College cinco anos mais velha do que ele. Eles pareciam, pelo menos quando em companhia, se dar suficientemente bem, mas, no geral, as mulheres não gostavam nem um pouco dele. No início da década de 1990, quando houve um aumento de alegações de assédio sexual, ele instituiu uma campanha fracassada para que se providenciasse um acompanhante para todas as sessões de estudo com estudantes mulheres sob o argumento de que, se aquilo não fosse feito, ele e os colegas correriam o risco de sofrer alegações injustificadas. Ninguém era mais hábil em demolir a autoconfiança de uma mulher enquanto a tratava com uma consideração e uma cortesia meticulosas, quase insultante, do que aquele homem.

Ele era uma caricatura da ideia popular que se tinha de um professor catedrático de Oxford: testa alta, calvo, magro, nariz ligeiramente curvo e lábios finos. Andava com o queixo para a frente, como que estivesse enfrentando um forte vendaval, os ombros curvados, a beca desbotada ondeando. Esperava-se vê-lo retratado, de colarinho alto como uma criação da Feira das Vaidades, segurando um dos próprios livros com dedos meticulosos de pontas finas.

Ele ocasionalmente me fazia confidências e me tratava como se estivesse me preparando para ser seu sucessor. Isso, claro, era bobagem; ele me deu muito, mas algumas coisas não cabia a ele dar. No entanto, a impressão de que o favorito do momento tinha de ser de algum modo um príncipe herdeiro me fez pensar depois se essa não seria a maneira dele de confrontar a idade, o tempo, o embotamento inevitável do vigor aguçado da mente, sua ilusão pessoal de imortalidade.

Ele declarara muitas vezes sua visão sobre a Ômega, uma litania tranquilizadora de conforto compartilhada por vários de seus colegas, em especial por aqueles que haviam armazenado um bom suprimento de vinho ou tinham acesso à adega da faculdade.

– Isso não me deixa particularmente preocupado. Não vou dizer que não tive um momento de tristeza quando fiquei sabendo que a Hilda era estéril; os genes fazendo valer seus imperativos atávicos, suponho. De modo geral, estou contente: você não pode chorar por netos que não nasceram quando nunca houve esperança de que nascessem. Este planeta está condenado mesmo. No final das contas, o Sol vai explodir e resfriar e uma pequena partícula insignificante do universo vai desaparecer com apenas uma tremulação. Se o ser humano está condenado a perecer, então a infertilidade universal é um modo tão indolor quanto qualquer outro. E, afinal, existem compensações pessoais. Pelos últimos sessenta anos, nós fomos obsequiosamente coniventes com a parte mais ignorante, mais criminosa e mais egoísta da sociedade. Agora, pelo resto das nossas vidas, vamos ser poupados da barbárie importuna dos jovens, do barulho deles, da suposta música acelerada, repetitiva, produzida por computador, da violência, do egotismo disfarçado de idealismo. Meu Deus, talvez a gente consiga até se livrar do Natal, a celebração anual da culpa parental e da gulodice juvenil. Pretendo que a minha vida seja confortável e, quando não for mais, vou engolir meu último comprimido com uma garrafa de clarete.

Seu plano pessoal para sobreviver em conforto até o seu último momento natural era o que milhares de pessoas haviam adotado naqueles primeiros anos, antes de Xan assumir o poder, quando o grande receio era o da ruptura da ordem. Mudança da cidade (no caso dele, de Claredon Square) para uma pequena casa de campo ou um chalé em um bosque, com um jardim para produzir alimentos, próximo de um riacho com água fresca suficiente para beber depois de fervida; uma lareira aberta e uma reserva de madeira; latas de comida cuidadosamente selecionadas e um estoque de fósforos planejado para durar anos; um armário de remédios contendo drogas e seringas; e, sobretudo, portas e fechaduras reforçadas, que impedissem os menos prudentes de, um dia, voltar olhos invejosos para os cultivos deles. O depósito de lenha do jardim foi substituído por uma estrutura de tijolos com uma porta de metal ativada por controle remoto. Há um muro alto em torno do jardim e a porta da adega é fechada com cadeado.

Normalmente, quando faço uma visita, o portão de ferro fundido é destrancado à espera da minha chegada, e eu posso abri-lo para deixar o carro no pequeno caminho de acesso à garagem. Naquela tarde estava trancado, e tive que tocar a campainha. Quando Jasper veio abri-lo para eu entrar, fiquei chocado pela diferença que um mês causara em sua aparência. Ele ainda estava ereto, seu passo ainda estava firme, mas, quando se aproximou, vi que a pele firmemente esticada sobre os ossos fortes do rosto estava mais pálida e havia uma ansiedade mais violenta nos olhos fundos, quase um brilho de paranoia, que eu não tinha notado antes. Envelhecer é inevitável, mas não é consistente. Existem patamares de tempo que se estendem ao longo dos anos em que os rostos dos amigos e conhecidos parecem quase inalterados. Então o tempo acelera, e em uma semana acontece a metamorfose. Parecia-me que Jasper tinha envelhecido dez anos em pouco mais de seis semanas.

Eu o acompanhei até a grande sala de estar nos fundos da casa, onde uma porta envidraçada dava vista para a varanda e o jardim. Ali, como no gabinete dele, as paredes estavam totalmente cobertas de prateleiras. Tudo estava, como sempre, obsessivamente arrumado, e os enfeites exatamente no mesmo lugar. Mas detectei, pela primeira vez, pequenos sinais reveladores de desleixo incipiente: janelas manchadas, algumas migalhas no carpete, uma fina camada de poeira no aparador. Havia um aquecedor elétrico na lareira, mas a sala estava gelada. Jasper me ofereceu uma bebida e, embora o meio da tarde não seja meu horário favorito para beber, aceitei. Vi que a mesinha lateral tinha uma provisão mais generosa de garrafas do que na minha última visita. Jasper é uma das poucas pessoas que conheço que usa o seu melhor clarete como bebida de todos os dias, de todas as ocasiões.

Hilda estava sentada ao lado da lareira, coberta por um casaco ao redor dos ombros. Ela olhava para a frente, sem dar as boas-vindas nem olhar e não fez nenhum outro sinal além de um breve aceno de cabeça quando a cumprimentei. A mudança era ainda mais marcada nela do que em Jasper. Durante anos, assim me parecia, mantivera a aparência: a figura angulosa, porém ereta. A saia bem cortada de tweed com as três pregas centrais, a blusa de seda de gola alta e o casaco de caxemira, o espesso cabelo grisalho suave e intrincadamente torcido em um coque alto. Agora a parte da frente do casaco, meio caída do ombro, estava dura devido à comida congelada, suas meias, que recaíam com dobras frouxas sobre sapatos por limpar, estavam encardidas, e as mechas de cabelo pendiam em torno de um rosto rigidamente marcado por linhas de repugnante reprovação. Eu me perguntei, como o fizera em visitas anteriores, o que exatamente havia de errado com ela. Não poderia ser a doença de Alzheimer, controlada em grande parte desde o final dos anos 1990. Mas existem outros tipos de senilidade que nem mesmo a nossa obsessiva preocupação científica com os problemas do envelhecimento tinha sido capaz de aliviar ainda. Talvez ela esteja apenas velha, apenas cansada, apenas farta de mim. Imagino que na velhice exista vantagem em se retirar para o seu próprio mundo, mas não se o lugar que a pessoa encontra é um inferno.

Fiquei pensando por que tinha sido chamado para fazer uma visita, mas não queria perguntar diretamente. Por fim, Jasper disse:

– Tem uma coisa que eu queria conversar com você. Estou pensando em voltar para Oxford. Foi aquela última transmissão do Administrador na televisão que me fez decidir. Ao que parece, o plano é todo mundo se mudar para as cidades para que as instalações e os serviços possam ser concentrados. O Administrador falou que as pessoas que quiserem continuar em zonas remotas poderiam fazê-lo, mas que ele não seria capaz de garantir o fornecimento de energia elétrica nem combustível para o transporte. Nós estamos um tanto isolados aqui.

– O que a Hilda acha disso? – perguntei.

Jasper nem se deu o trabalho de fitá-la.

– Hilda não está em posição de objetar. Sou eu que cuido. Se é mais fácil para mim, é o que devemos fazer. Eu estava pensando que poderia ser bom para nós dois... você e eu, quero dizer... se eu me juntasse a você na rua St. John. Você não precisa daquela casa grande. Tem espaço suficiente no último andar para um apartamento separado. Eu pagaria pela reforma, claro.

A ideia me deixou alarmado. Espero ter disfarçado a minha repugnância. Fiz uma pausa, como que refletindo sobre o assunto, depois falei:

– Não acho que seria realmente bom para vocês. Você sentiria falta do jardim. E Hilda teria dificuldade com as escadas.

Seguiu-se um período de silêncio, então Jasper indagou:

– Você já ouviu falar do Termo, imagino, o suicídio em massa dos idosos?

– Só o que leio muito brevemente no jornal ou vejo na televisão.

– Me lembro de uma imagem, acho que a única que já mostraram na televisão: idosos vestidos de branco sendo levados para um barco baixo, semelhante a uma barcaça, ou recebendo ajuda para subir a bordo, as vozes altas e agudas cantando, o barco se afastando devagar para dentro da penumbra, uma cena sedutoramente pacífica, astuciosamente gravada e iluminada.

– A morte gregária não me atrai – comentei. – O suicídio deveria ser como o sexo, uma atividade particular.

Se queremos nos matar, os meios estão sempre à mão, então por que não fazer isso no conforto da própria cama? Eu preferiria realizar o meu Termo com um simples furador.

– Ah, não sei, existem pessoas que gostam de transformar esses ritos de passagem em um evento – continuou Jasper. – Está acontecendo de uma maneira ou de outra no mundo inteiro. Imagino que exista conforto no número de pessoas, na cerimônia. E os familiares sobreviventes recebem essa pensão do Estado. Também não é exatamente uma ninharia, é? Não, acho que consigo entender a atração. Hilda estava falando sobre isso outro dia.

Achei pouco provável. Eu podia imaginar o que a Hilda que conheci teria pensado de uma exibição pública de sacrifício e emoção como essa. Tinha sido uma acadêmica formidável em sua época, mais inteligente que o marido, diziam, e com uma língua afiada venenosa sempre pronta para defendê-lo. Depois do casamento, deu menos aulas e publicou menos, o talento e a personalidade diminuídos pela terrível subserviência do amor.

Antes de ir embora, eu disse:

– Parece que uma ajuda extra bem que viria a calhar. Por que você não pede dois Temporários? Com certeza você tem os requisitos.

Ele descartou a ideia.

– Acho que não quero estranhos aqui, menos ainda os Temporários. Não confio nessa gente. É pedir para ser assassinado debaixo do próprio teto. E a maioria deles não sabe o que significa um dia de trabalho. Eles são mais bem aproveitados consertando as estradas, limpando os canos de esgoto e recolhendo o lixo, trabalhos em que eles podem ser supervisionados.

– Os trabalhadores domésticos são cuidadosamente selecionados – comentei.

– Talvez, mas não os quero.

Consegui partir sem fazer promessas. No caminho de volta para Oxford, fiquei pensando em como frustrar a determinação de Jasper. Afinal, ele estava acostumado a conseguir o que queria. Parecia que a conta de trinta anos dos benefícios recebidos, da orientação especial, dos jantares caros, as entradas para o teatro e a ópera, estava sendo entregue com anos de atraso. Mas a ideia de compartilhar a rua St. John, da violação de privacidade, da minha responsabilidade cada vez maior sobre um idoso difícil, me repele. Devo muito a Jasper, mas não isso.

Ao entrar na cidade, vi uma fila de uns noventa metros do lado de fora do prédio Examination Schools. Era uma multidão organizada e bem-vestida, com pessoas idosas e de meia-idade, mais mulheres do que homens. Esperavam silenciosa e pacientemente com aquele ar de cumplicidade, aquela expectativa controlada e aquela falta de ansiedade que caracteriza uma fila onde todos têm ingresso, a entrada está garantida e existe uma esperança confiante de que o entretenimento valerá a espera. Por um momento, fiquei intrigado, depois me lembrei: Rosie McClure, a pregadora, está na cidade. Eu devia ter percebido logo de cara, as propagandas tinham sido bastante visíveis. Rosie é a mais recente e mais bem-sucedida dos artistas de televisão que vendem a salvação e se saem muito bem fornecendo uma mercadoria que está sempre em demanda e não custa nada para eles. Durante os dois primeiros anos da Ômega, tivemos Roger Estrondoso e seu parceiro Sam Puxa-Saco, e Roger ainda tem um séquito para o seu horário semanal na TV. Ele era, e ainda é, um orador nato e poderoso, um homem enorme, de barba branca, moldando-se conscientemente à ideia popular de profeta do Velho Testamento, despejando suas cominações com uma voz potente à qual curiosamente se dava mais autoridade por seu leve sotaque da Irlanda do Norte. Sua mensagem é simples, embora sem originalidade: a infertilidade do ser humano é um castigo de Deus pela desobediência e a pecaminosidade. Só a penitência pode aplacar o descontentamento divino, e a melhor forma de demonstrar penitência é dar uma contribuição generosa para as despesas de campanha de Roger Estrondoso. Ele próprio nunca angaria dinheiro; esse continua sendo o trabalho de Sam Puxa-Saco. De início, formavam uma dupla extraordinariamente eficaz, e a grande casa que têm em Kingston Hill é a manifestação concreta do sucesso deles.

Nos primeiros cinco anos da Ômega, a mensagem teve alguma validade, uma vez que Roger disparava contra a violência nos bairros pobres, a agressão e o estupro de idosas, o abuso sexual de crianças, o casamento reduzido a não mais do que um contrato monetário, o divórcio como norma, a desonestidade reinante e o instinto sexual pervertido. Um maldito texto do Velho Testamento após o outro caía de seus lábios enquanto ele erguia a Bíblia bastante manuseada. Mas o produto tinha um prazo de validade curto. É difícil atacar a liberdade sexual em um mundo dominado pelo tédio, condenar o abuso sexual de crianças quando não existem mais crianças, denunciar a violência nos bairros pobres quando as cidades estão se transformando cada vez mais em pacíficos depósitos de anciãos dóceis. Roger nunca atacou a violência e o egoísmo dos Ômegas: ele tem um senso bem formado de autopreservação.

Agora, com o declínio dele, temos Rosie McClure. A doce Rosie ganhou destaque. Ela é originalmente do Alabama, mas saiu dos Estados Unidos em 2019, provavelmente em virtude da excessiva oferta do seu tipo de hedonismo religioso por lá. O evangelho segundo Rosie é simples: Deus é amor e tudo é justificado por amor. Ela ressuscitou uma velha música popular dos Beatles, um grupo formado por jovens de Liverpool nos anos 1960: "All you need is love", tudo o que você precisa é amor – e é esse *jingle* repetitivo, não um hino, que precede as suas reuniões. O Último Advento não é no futuro, mas agora, quando os fiéis estão reunidos, um a um, no fim de suas vidas naturais e transportados para a glória. Rosie é incrivelmente específica quanto às alegrias do porvir. Como todos os pregadores religiosos, ela percebe que há pouca satisfação na contemplação do paraíso para si mesmo se a pessoa não puder contemplar ao mesmo tempo os horrores do inferno para os outros. Mas o inferno descrito por Rosie é mais o equivalente a um hotel de quarta classe, desconfortável e mal administrado, onde hóspedes incompatíveis são obrigados a tolerar a companhia uns dos outros pela eternidade e lavar a própria louça em instalações inadequadas – embora, presumivelmente, não falte água quente – do que um lugar de tormento. Ela é igualmente específica quanto às alegrias do paraíso. "Na casa de meu Pai há muitas moradas", e Rosie assegura aos seus seguidores que haverá moradas para atender todos os gostos e todos os graus de virtude, sendo o ápice da felicidade assegurado para os poucos escolhidos. Entretanto, todos os que prestam atenção ao chamado de Rosie para o amor encontrarão um lugar agradável, uma eterna Costa do Sol com provisões generosas de comida, bebida, sol e prazer sexual. O mal não tem lugar na filosofia de Rosie. A pior acusação é a de que as pessoas caíram em erro porque não entenderam a lei do amor. A resposta para a dor é um anestésico ou uma aspirina; para a solidão, a garantia do afeto pessoal de Deus; para o luto, a certeza do reencontro. Ninguém é chamado a praticar uma abnegação desmesurada uma vez que Deus, sendo amor, deseja apenas que Seus filhos sejam felizes.

A ênfase é colocada em mimar e agradar este corpo temporal, e Rosie é capaz de dar dicas de beleza durante os seus sermões, que são espetacularmente organizados, reunindo um coral de cem pessoas vestidas de branco sob luzes estroboscópicas, uma banda de metais e cantores gospel. A congregação se junta aos coros alegres, ri, chora e joga os braços para cima como marionetes dementes. A própria Rosie troca os vestidos espetaculares dela pelo menos três vezes em cada reunião. Amor, proclama Rosie, tudo o que você precisa é amor. E ninguém precisa se sentir desprovido de um objeto de amor. Não precisa ser um ser humano; pode ser um animal (um gato, um cachorro), pode ser um jardim, pode ser uma flor, pode ser uma árvore. O mundo natural inteiro é um, ligado pelo amor, sustentado pelo amor, redimido pelo amor. Seria possível supor que Rosie nunca vira um gato com um rato. Ao final da reunião, em geral os felizes convertidos estão se jogando nos braços uns dos outros e jogando cédulas nas cestas de arrecadação com um entusiasmo inconsequente.

Em meados da década de 1990, as igrejas reconhecidas, em especial a Igreja da Inglaterra, abandonaram a teologia do pecado e da redenção para adotar uma doutrina menos intransigente: responsabilidade social corporativa associada ao humanismo sentimental. Rosie foi mais longe e praticamente aboliu a Segunda Pessoa da Trindade com a cruz Dele, substituindo-a por um globo solar dourado, que parecia ter sido tirado da espalhafatosa decoração de um bar vitoriano. A mudança se tornou popular imediatamente. Mesmo para não fiéis como eu, a cruz, o estigma da barbárie do oficialismo e da crueldade inevitável do ser humano, nunca fora um símbolo muito reconfortante.

8

Pouco antes das nove e meia da manhã de domingo, Theo saiu para cruzar Port Meadow andando e ir até Binsey. Dera sua palavra a Julian, e era uma questão de orgulho não voltar atrás. Ainda assim, admitia para si mesmo que havia um motivo menos admirável para cumprir a promessa. Eles sabiam quem ele era e onde morava. Parecia uma opção melhor ser incomodado uma vez, encontrar-se com o grupo e acabar logo com aquilo do que passar os meses seguintes na constrangedora expectativa de ver Julian toda vez que fosse à capela ou às compras no mercado aberto. O dia estava brilhante; o ar, frio e seco; e o céu claro, de um azul intenso; a grama, ainda estaladiça devido à geada do início da manhã, rachava sob seus pés. O rio era uma fita enrugada refletindo o céu e, quando ele atravessou a ponte e parou para olhar para baixo, um bando barulhento de patos e dois gansos vieram grasnando, de bico escancarado, como se ainda pudesse haver crianças para lhes jogar cascas de pão e depois correr gritando com um medo meio simulado de suas importunações ruidosas. As poucas quintas à direita do amplo prado verde ainda estavam de pé, mas a maioria das janelas estava vedada com tábuas. Em algumas partes, as tábuas haviam sido quebradas e, através das lascas de madeira e dos fragmentos de vidro que contornavam a moldura da janela, ele podia vislumbrar restos de papel de parede descascando, estampas de flores, um dia cuidadosamente escolhidas, agora esfarrapadas, como frágeis faixas transitórias de vida desaparecida. Em um dos telhados, as telhas começavam a deslizar, revelando as madeiras que apodreciam, e os jardins eram um matagal de relva e ervas daninhas que lhe chegavam à altura do ombro.

O *pub* The Perch Inn, como ele bem sabia, fechara há muito tempo quando a clientela diminuiu. O caminho entre Port Meadow e Binsey fora uma de suas caminhadas favoritas de domingo de manhã, tendo o pub como destino. Parecia-lhe agora que passava pelo lugarejo como o fantasma daquele eu de antes, vendo com olhos estranhos a estreita avenida, de oitocentos metros repleta de castanheiras que levava para o noroeste de Binsey, até a igreja de St. Margaret. Ele tentou se lembrar de quando fora a última vez que fizera aquela caminhada. Sete anos antes, ou dez? Não conseguia recordar nem a ocasião nem a companhia, se é que houvera uma. A avenida, contudo, a mudara. As castanheiras ainda estavam de pé, mas a viela, escura sob os galhos entrelaçados das árvores, estreitara-se, transformando-se em uma trilha mofada devido às folhas caídas e emaranhada pela profusão bravia de bagas de sabugueiro e cinzas. O Conselho Local designara, ele sabia, que certas trilhas fossem limpas, mas o número de trilhas preservadas caíra gradualmente. Os velhos estavam fracos demais para o trabalho, os de meia-idade, de quem dependia em grande parte o fardo de manter a vida do Estado, estavam ocupados demais, e os jovens pouco se importavam pela preservação do campo. Por que preservar o que seria deles em abundância? Todos eles em breve herdariam um mundo de regiões montanhosas despovoadas, rios não poluídos, bosques e florestas invasoras e estuários desertos. Raramente eram vistos na zona rural e, na realidade, pareciam ter medo dele. Os bosques em particular haviam se tornado lugares ameaçadores onde muitos temiam entrar, como que aterrorizados pela ideia de que, uma vez perdidos entre aqueles resistentes troncos escuros e sendas esquecidas, eles jamais voltariam a emergir na luz. E não eram apenas os jovens. Cada vez mais pessoas procuravam a companhia da própria espécie, abandonando os vilarejos mesmo antes que a prudência ou um decreto oficial tornassem isso necessário e mudando-se para aqueles bairros urbanos onde o Administrador prometera que a luz e a energia elétrica seriam fornecidas, se possível, até o fim.

A casa solitária de que ele se lembrava permanecia em seu jardim, à direita da igreja, e Theo viu, para sua surpresa, que estava, pelo menos em parte, ocupada. As janelas tinham cortinas, havia um rastro de fumaça ralo saindo da chaminé e, à esquerda da trilha, alguém tentara limpar o solo da relva que chegava à altura do joelho e cultivar uma horta. Contudo, ainda havia algumas vagens murchas pendendo das hastes que as sustentavam e fileiras irregulares de couve e couves-de-bruxelas que amarelavam e que haviam sido colhidas pela metade. Durante suas visitas como estudante universitário, ele se lembrava de ter lamentado que a paz da igreja e da casa, que era difícil acreditar estarem tão próximas da cidade, havia sido arruinada pelo estrépito alto e incessante da autoestrada M40. Agora mal dava para se notar aquele aborrecimento e a casa parecia envolvida em uma calma eterna.

A contemplação daquela quietude foi interrompida quando uma porta se abriu e um idoso vestindo uma sotaina desbotada precipitou-se para fora dela, gritando e tropeçando trilha abaixo, agitando os braços como que para repelir animais obstinados.

– Sem culto! Sem culto hoje. Eu tenho um batizado às onze horas – berrou o velho, com a voz trêmula.

– Não vim para participar de um culto, estou apenas fazendo uma visita – respondeu Theo.

– É a única coisa que fazem. Ou pelo menos é o que dizem. Mas vou querer a pia batismal às onze. Todos fora, menos os envolvidos no batizado.

– Não espero estar aqui até tão tarde. O senhor é o sacerdote da paróquia?

Ele se aproximou, irascível, e lançou um olhar feroz e paranoico sobre Theo, que pensou nunca ter visto um homem tão velho quanto aquele, cujo crânio esticava a pele manchada e enfraquecida do rosto, como se a morte mal pudesse esperar para buscá-lo.

– Fizeram uma missa negra aqui na última quarta--feira, cantando e gritando a noite inteira – disse o velho. – Não está certo. Não posso impedir, mas não aprovo. E não fazem a limpeza depois que terminam: sangue, penas, vinho pelo chão todo. E cera de vela preta. Não dá para tirar. Não sai, sabe. E sobra tudo para eu fazer. Eles não pensam. Não é justo. Não é certo.

– Por que não mantém a igreja fechada? – perguntou Theo.

– Porque eles levaram a chave, por isso – respondeu o velho, em um tom conspiratório. – E eu sei com quem está. Ah, sim, eu sei. – Ele se virou e tropeçou, resmungando e caminhando em direção à casa, voltando-se para o outro quando chegou à porta para gritar um aviso final: – Saiam às onze horas. A menos que venha para o batizado. Todos fora em torno das onze.

Theo dirigiu-se para a igreja. Era uma pequena construção de pedra e, com seu pequeno torreão com dois sinos, parecia-se muito com uma casa de pedra despretensiosa com uma única chaminé. O cemitério estava tão coberto de vegetação quanto um campo abandonado há muito tempo. A grama estava alta e descorada como feno, e a hera havia invadido os túmulos, apagando os nomes de seus habitantes. Em algum lugar daquela vastidão emaranhada estava o poço de St. Frideswide, que um dia fora um lugar de peregrinação. Um peregrino moderno teria dificuldade de encontrá-lo. Mas a igreja claramente era visitada. Dos dois lados do pórtico havia um vaso de terracota com uma única roseira, os caules agora desnudos, mas ainda suportando alguns botões atrofiados e ressequidos pelo inverno.

Julian estava à sua espera no pórtico. Ela não estendeu a mão nem sorriu, mas disse:

– Obrigada por vir, estamos todos aqui.

E abriu a porta.

Ele a seguiu pelo interior mal iluminado e deparou com uma forte onda de incenso que se sobrepunha a um outro cheiro mais brutal. Quando fora àquele lugar pela primeira vez, vinte anos antes, transportara-se pelo silêncio de sua paz eterna, parecendo ouvir no ar o eco de um cantochão há muito esquecido, de velhos imperativos e orações desesperadas. Tudo isso desvanecera. Um dia, aquele tinha sido um lugar onde o silêncio era mais do que a ausência de barulho. Agora, era uma construção de pedra e nada mais.

Ele esperara que o grupo estivesse aguardando-o, de pé ou sentado no vazio rústico e escuro. Mas viu que eles haviam se separado e andado em diferentes partes da igreja como se alguma discussão ou uma inquieta necessidade de estar sozinho os houvesse forçado a se afastarem. Havia quatro pessoas, três homens e uma mulher alta de pé ao lado do altar. Quando ele e Julian entraram, silenciosamente se reuniram e se agruparam no corredor à sua frente.

Theo logo identificou com precisão o homem que era marido de Julian e líder do grupo, antes mesmo que ele desse um passo à frente e pelo menos assim pareceu, propositalmente o confrontasse. Face a face, encaravam-se impassíveis, como adversários um ao outro. Nenhum dos dois sorriu nem estendeu a mão.

Ele era negro, tinha um rosto bonito e um tanto emburrado, com irrequietos e desconfiados olhos brilhantes encovados, e sobrancelhas espessas e retilíneas, como pinceladas acentuando as maçãs do rosto salientes. As pálpebras pesadas cravejadas de pelos pretos convertiam cílios e sobrancelhas em um só. As orelhas eram grandes e proeminentes, com lóbulos pontudos, orelhas de duende incompatíveis com o aspecto de rigorosa firmeza da boca e do forte maxilar cerrado. Não era o rosto de um homem em paz consigo mesmo ou com o mundo dele, mas por que deveria ser se perdera por apenas alguns anos a distinção e os privilégios de ser um Ômega? A geração daquele homem, como a dos Ômega, fora observada, estudada, paparicada, mimada, preservada para aquele momento em que seriam homens adultos e produziriam o esperma fértil esperado. Foi uma geração programada para o fracasso, a maior decepção dos pais que os haviam gerado e da raça que investira neles tanto cuidado meticuloso e tanta esperança.

Quando o homem falou, sua voz soou mais alta do que Theo esperara, em um tom áspero e com um vestígio de sotaque que ele não conseguiu identificar. Sem esperar que Julian fizesse as apresentações, ele disse:

– Você não precisa saber nossos sobrenomes. Vamos usar só os nomes. Eu me chamo Rolf e sou o líder do grupo. Julian é a minha mulher. Esses são Miriam, Luke e

Gascoigne. Gascoigne é o nome dele, escolhido pela avó em 1990, sabe Deus por quê. A Miriam costumava ser parteira e o Luke é um sacerdote. Você não precisa saber o que fazemos agora.

A mulher foi a única a dar um passo à frente e estender a mão a Theo. Ela era negra, provavelmente jamaicana, e a mais velha do grupo. Supôs que ela fosse mais velha até do que ele mesmo, talvez na metade dos seus cinquenta anos ou chegando aos sessenta. Sua cabeleira curta de madeixas crespas estava coberta de fios brancos. O contraste entre o preto e o branco era tão gritante que a cabeça parecia salpicada, dando-lhe uma aparência hierática e, ao mesmo tempo, decorativa. Ela era alta e tinha um corpo gracioso, com um rosto comprido e de feições agradáveis, a pele cor de café quase sem rugas, negando a brancura do cabelo. Vestia calça *skinny* preta, as botas por cima da calça, uma blusa de malha marrom de gola alta e uma jaqueta justa de pele de carneiro, um contraste elegante, quase exótico, com as roupas práticas de estilo rural dos três homens. Ela cumprimentou Theo com um aperto de mãos firme e um olhar especulativo e meio cômico de conluio, como se já fossem conspiradores.

À primeira vista, não havia nada fora do comum no garoto – ele parecia um garoto, embora não pudesse ter menos de trinta e um – que eles chamam de Gascoigne. Era baixo, quase rechonchudo, tinha cabelo raspado e um rosto redondo e afável, olhos grandes e nariz arrebitado, o rosto de uma criança que crescera com a idade, mas não se alterara essencialmente desde que olhara para fora do carrinho para um mundo que o seu ar de inocência confusa sugeria que ele ainda achava estranho, mas não hostil.

O homem que chamavam de Luke, que ele lembrava ter sido descrito por Julian também como sacerdote, era mais velho do que Gascoigne – provavelmente já passara dos quarenta. Era alto, tinha um rosto pálido e sensível e um corpo estiolado, as grandes mãos nodosas pendendo dos pulsos delicados, como se na infância tivesse crescido mais do que sua força lhe permitia, de modo que ele nunca conseguira alcançar uma fase adulta robusta. Seu cabelo claro recaía como uma franja de seda sobre a testa alta, os olhos cinzentos eram gentis e muito afastados. Era um conspirador improvável, exibindo uma nítida fragilidade em contraste com a masculinidade de Rolf. Ele deu a Theo um breve sorriso que transformou seu rosto ligeiramente melancólico, mas não falou.

– Julian explicou por que nós concordamos em vê-lo – disse Rolf. Ele fez soar como se fosse Theo o suplicante.

– Vocês querem usar a minha influência junto ao Administrador da Inglaterra. Preciso dizer para vocês que não tenho nenhuma influência. Desisti de qualquer direito à influência quando renunciei à minha nomeação como assessor dele. Vou ouvir o que vocês têm para falar, mas acho que não há nada que eu possa fazer para influenciar o Conselho ou o Administrador da Inglaterra. Nunca houve. Em parte, foi por esse motivo que renunciei.

– Você é primo dele, o único parente vivo. E meio que cresceram juntos. Dizem que você é a única pessoa da Inglaterra que ele já ouviu na vida – argumentou Rolf.

– Então o que dizem está errado. – Theo acrescentou: – Que tipo de grupo vocês são? Sempre se encontram aqui nesta igreja? Vocês são alguma espécie de organização religiosa?

Miriam se adiantou para responder.

– Não. Como Rolf explicou, Luke é sacerdote, apesar de não ter emprego em período integral nem paróquia. Julian e ele são cristãos, mas o resto de nós não. Nos encontramos em igrejas porque elas estão disponíveis, abertas, gratuitas e costumam estar vazias, pelo menos as que escolhemos estão. Talvez a gente tenha que desistir desta. Outras pessoas estão começando a usá-la.

Rolf a interrompeu com uma voz impaciente, excessivamente enfática:

– Isso não tem nada a ver com religião e cristianismo. Nada!

– Todo tipo de excêntrico se encontra na igreja – continuou Miriam, como se não o tivesse ouvido. Somos apenas um grupo de esquisitões entre muitos. Ninguém faz perguntas. Se perguntam, somos o clube Cranmer. Nos encontramos para ler e estudar o Livro da Oração Comum.

– Esse é o nosso disfarce – explicou Gascoigne, falando com a satisfação de uma criança que tinha acabado de descobrir algum segredo dos adultos.

Theo se voltou para ele.

– É mesmo? Então o que vocês respondem quando a Polícia de Segurança do Estado pede para vocês recitarem a coleta do primeiro Domingo do Advento?

Ao ver a expressão constrangida de quem não entendeu no rosto de Gascoigne, ele acrescentou:

– Dificilmente seria um disfarce convincente.

– Você pode não simpatizar com a gente, mas não precisa desprezar – disse Julian, em voz baixa. – O disfarce não foi pensado para convencer a PSE. Se começassem a se interessar por nós, nenhum disfarce nos protegeria. Eles acabariam com a gente em dez minutos; sabemos disso. O disfarce nos dá um motivo, uma desculpa para nos encontrarmos com frequência e sempre em igrejas. Além disso, não fazemos autopropaganda; só deixamos uma resposta pronta caso alguém nos pergunte, caso seja necessário.

– Sei que as orações são chamadas coletas. Você conhece a que me perguntou? – disse Gascoigne, não num tom acusatório, e sim de curiosidade.

– Fui criado com o Velho Livro – respondeu Theo. – A igreja para onde a minha mãe me levava quando eu era menino deve ter sido uma das últimas a usarem. Sou historiador. Tenho interesse na Igreja Vitoriana, nas velhas liturgias, formas extintas de louvar.

– Tudo isso é irrelevante – disse Rolf. – Como a Julian falou, se a PSE nos levar, não vão perder tempo examinando o nosso conhecimento sobre o velho catecismo. Não estamos correndo nenhum risco ainda, não a menos que você nos traia. O que fizemos até agora? Nada além de conversar. Antes de agirmos, dois de nós acharam que talvez fosse sensato fazer um apelo para o Administrador da Inglaterra, o seu primo.

– Três de nós – interveio Miriam. – Foi maioria. Eu concordei com Luke e Julian. Achei que valia a pena tentar.

Rolf voltou a ignorá-la.

– Não foi ideia minha trazer você aqui. Estou sendo sincero com você. Não tenho nenhum motivo para confiar em você e particularmente não o quero.

– E eu particularmente não queria vir, então estamos em pé de igualdade – retorquiu Theo. – Vocês querem que eu fale com o Administrador. Por que não falam vocês mesmos?

– Porque ele não ouviria. Talvez ele ouça você.

– E se eu concordar em me encontrar com ele, e se ele ouvir, o que querem que eu fale?

Agora que a pergunta fora tão mal colocada, pareceu que eles ficaram temporariamente desconcertados. Entreolharam-se, como que perguntando qual deles começaria.

Foi Rolf quem respondeu.

– O Administrador foi eleito quando assumiu o poder pela primeira vez, mas isso faz quinze anos. Ele não convocou eleições desde então. Alega governar pela vontade do povo, mas déspota e tirano é o que ele é de verdade.

– O mensageiro que estivesse preparado para dizer isso a ele teria que ser muito corajoso – disse Theo secamente.

– E os granadeiros são o exército particular dele – respondeu Gascoigne. – É para ele que fazem o juramento. Não servem mais ao Estado, servem a ele. Ele não tem o direito de usar esse nome. Meu avô foi soldado dos Granadeiros. Ele disse que eram o melhor regimento do Exército Britânico.

Rolf o ignorou.

– E há coisas que ele poderia fazer sem esperar uma eleição geral. Ele poderia interromper o programa de testagem de sêmen. É um desperdício de tempo e, de qualquer forma, é degradante e inútil. E poderia deixar os Conselhos Locais e Regionais escolherem o próprio presidente.

– Não é só a testagem de sêmen – argumentou Luke. – Ele deveria interromper os exames ginecológicos compulsórios. São degradantes para as mulheres. E queremos que ele acabe com o Termo. Sei que todos os idosos devem ser voluntários. Talvez tenha começado assim. Talvez alguns deles ainda sejam voluntários. Mas será que iam querer morrer se déssemos esperança para eles?

Theo se sentiu tentado a perguntar "esperança de quê?"

– E queremos que faça algo quanto aos Temporários – interrompeu Julian. – Você acha certo que exista um decreto proibindo que os nossos Ômegas emigrem? Nós importamos Ômegas e jovens de países menos abastados para fazer o nosso trabalho sujo: limpar os canos do esgoto, sumir com o lixo, cuidar dos idosos, tratar os enfermos.

– Eles estão bastante ansiosos para vir, talvez porque aqui encontrem melhor qualidade de vida – comentou Theo.

– Eles vêm para comer – contrapôs Julian. – Depois, quando envelhecem... sessenta anos é o limite de idade, não é?... são enviados de volta, querendo ou não.

– É um mal que os próprios países deles poderiam corrigir. Podiam começar administrando melhor os seus negócios. De todo modo, eles não são numerosos. Existe uma cota, e a admissão é cuidadosamente controlada.

– Não é só uma cota, são requisitos rigorosos. Eles precisam ser fortes, saudáveis, sem condenações criminais. Nós pegamos os melhores e depois dispensamos quando não são mais desejados. E quem fica com eles? Não as pessoas que mais precisam. O Conselho e seus amigos. E quem cuida dos Ômegas estrangeiros quando estão aqui? Eles trabalham por uma ninharia, moram em acampamentos, as mulheres são separadas dos homens. Nem sequer concedemos cidadania para eles. Isso é uma forma de escravidão legalizada.

– Não acho que vocês vão começar uma revolução por causa dos Temporários, nem por causa do Termo, aliás. As pessoas não se importam o suficiente – pontuou Theo.

– Queremos ajudá-las a se importar – disse Julian.

– Por que deveriam? Elas vivem sem esperança em um planeta moribundo. O que elas querem é segurança, conforto, prazer. O Administrador da Inglaterra pode prometer os dois primeiros, o que é mais do que a maioria dos governos estrangeiros está conseguindo fazer.

Rolf estivera ouvindo a conversa deles sem interferir. Então, de repente, falou:

– Como ele é, o Administrador da Inglaterra? Que tipo de homem ele é? Você deveria saber, já que foi criado com ele.

– Isso não me dá acesso livre à mente dele.

– Todo esse poder, mais do que nenhuma outra pessoa já teve... neste país, pelo menos... tudo na mão dele. Será que ele gosta do poder?

– É bem provável. Ele não parece ansioso para deixar o cargo. – disse ele, e então acrescentou: – Se quiser democracia, tem que revitalizar o Conselho Local de alguma maneira. Começa aí.

– Termina aí também – replicou Rolf. – É assim que o Administrador exerce o seu controle nesse nível. E você viu o nosso presidente local, Reggie Dimsdale? Tem setenta anos, é rabugento, borra-se de medo. Só faz o trabalho porque recebe o dobro de ajuda de custo para combustível e dois Ômegas estrangeiros para cuidar da sua maldita casa do tamanho de um celeiro e limpar a bunda dele quando tem incontinência. Nada de Termo para ele.

– Ele foi eleito para o Conselho. Todos eles foram eleitos.

– Por quem? Você votou? Quem se importa? As pessoas simplesmente estão aliviadas de que alguém vai fazer o trabalho. E você sabe como funciona. O presidente do Conselho Local não pode ser nomeado sem a aprovação do Conselho Distrital. Isso precisa da aprovação do Conselho Regional. O Administrador controla o sistema de cima a baixo, você deve saber disso. Cada um tem o seu próprio Administrador, mas quem os designa? Xan Lyppiatt chamaria a si mesmo de Administrador da Grã-Bretanha; só que, para ele, não tem o mesmo apelo romântico.

Aquele comentário, pensou Theo, revelava percepção. Ele se lembrou de uma antiga conversa com Xan. "Primeiro-Ministro não, eu acho. Não quero me apropriar do título de outra pessoa, particularmente quando carrega um peso de tradição e obrigação. Talvez esperem que eu convoque uma eleição a cada cinco anos. E nada de "Lorde Protetor"; o último foi um fiasco. "Administrador" soa muito bem.

Mas "Administrador da Grã-Bretanha e da Irlanda do Norte"? Não tem a aura romântica que estou buscando.

– Não vamos chegar a lugar nenhum com o Conselho Local – disse Julian. – Você mora em Oxford, é um cidadão como todos os outros. Deve ler o tipo de coisa que eles afixam depois das reuniões, as coisas que eles discutem. A manutenção dos campos de golfe e dos campos de petanca. As instalações da sede são adequadas? Decisões sobre a atribuição de empregos, reclamações contra a ajuda de custo para o combustível, pedidos para empregar um Temporário. Audições para o coro amador local. Há um número suficiente de pessoas interessadas em aulas de violino para que valha a pena empregar um profissional em tempo integral no Conselho? Às vezes discutem até o policiamento das ruas. Não que ele seja realmente necessário, agora que a ameaça de deportação para a Colônia Penal da Ilha de Man pesa sobre os possíveis ladrões.

– Proteção, conforto, prazer. Tem que ter algo mais – comentou Luke em um tom suave.

– É para isso que as pessoas ligam, é o que elas querem. O que mais o Conselho deveria oferecer?

– Compaixão, justiça, amor.

– Nenhum estado jamais se ocupou do amor, e nenhum Estado jamais poderá fazer isso.

– Mas pode se ocupar da justiça.

Rolf estava impaciente.

– Justiça, compaixão, amor. São só palavras. O que estamos falando é de poder. O Administrador é um ditador disfarçado de líder democrático. Ele precisa ser responsabilizado perante a vontade do povo.

– Ah, a vontade do povo – disse Theo. – É uma expressão que soa bem. No momento, a vontade do povo parece ser de proteção, conforto, prazer. – Ele pensou: "Sei o que ofende você: é o fato de Xan gostar do poder, e não o modo como o exerce". Aquele grupo pequeno não era verdadeiramente coeso, e ele desconfiava que não tivessem um objetivo comum. Gascoigne era impulsionado pela indignação quanto à apropriação do nome granadeiro; Miriam, por algum motivo que ainda não tinha ficado claro; Julian e Luke, pelo idealismo religioso; Rolf, pela inveja e pela ambição. Como historiador, ele poderia ter indicado uma dúzia de paralelos.

– Conte a ele sobre o seu irmão, Miriam – pediu Julian. – Conte sobre o Henry. Mas vamos nos sentar antes de você começar.

Eles se acomodaram em um banco da igreja, inclinando-se para a frente para ouvir a voz baixa de Miriam, parecendo, pensou Theo, um bando encolhido e heterogêneo de fiéis meio relutantes.

– Henry foi enviado à ilha um ano e meio atrás. Roubo violento. Não foi muita violência, não violência de verdade. Ele roubou e empurrou uma Ômega. Não passou de um empurrão, mas ela caiu no chão e falou para o tribunal que Henry chutou as costelas dela enquanto estava caída. Não é verdade. Não estou dizendo que Henry não empurrou a moça. Ele foi transtorno e problema desde a infância. Mas não chutou aquela Ômega; não quando ela estava no chão. Ele pegou a bolsa dela, deu-lhe um empurrão e saiu correndo. Aconteceu em Londres, pouco antes da meia-noite. Virou a esquina da Ladbroke Grove direto para os braços da Polícia de Segurança do Estado. Ele teve azar a vida inteira.

– Você estava no tribunal?

– Minha mãe e eu, nós duas. Meu pai morreu dois anos atrás. Conseguimos um advogado para o Henry, pagamos também, mas ele não estava interessado de verdade. Pegou o nosso dinheiro e não fez nada. Pudemos ver que ele concordava com a acusação de que devia ser banido para a ilha. Afinal, foi uma Ômega que ele roubou. Isso pesou contra ele. E também o fato de ser negro.

– Não comece com toda essa porcaria de discriminação racial – disse Rolf, impaciente. – Foi o empurrão que acabou com ele, não a cor. Você não pode ser mandado para a Colônia Penal a não ser por um crime contra a pessoa ou por uma segunda condenação por roubo. Henry não tinha nenhuma condenação por roubo, mas duas por furto.

– Furto em loja – continuou Miriam. – Nada muito grave. Ele roubou um cachecol para o aniversário da mamãe e uma barra de chocolate. Mas isso foi quando ele era criança. Pelo amor de Deus, Rolf, ele tinha doze anos! Faz mais de vinte anos.

– Se ele derrubou a vítima, é culpado de um crime de violência, tendo ou não chutado a moça – disse Theo.

– Mas ele não derrubou. Ele a empurrou para o lado e ela caiu. Não foi de propósito.

– O júri deve ter pensado o contrário.

– Não teve júri. Você sabe como é difícil conseguir pessoas para servir. Elas não estão interessadas. Não se dão o trabalho. Ele foi julgado segundo o novo acordo: um juiz e dois magistrados. Eles têm poder para mandar as pessoas para a ilha. E é para a vida toda. Não existe absolvição, você nunca sai. Uma sentença de morte naquele inferno por causa de um empurrão sem querer. Isso matou a minha mãe. Henry era o único filho dela, e ela sabia que jamais o veria de novo. Ela simplesmente virou o rosto para a parede depois daquilo. Mas fico feliz que ela tenha morrido. Pelo menos nunca ficou sabendo de algo ainda pior que acontecera com ele.

Ela olhou para Theo e disse:

– Eu sabia, entende? Ele voltou para casa.

– Você quer dizer que ele escapou da ilha? Pensei que fosse impossível.

– Henry escapou. Ele encontrou um bote quebrado, um que a força de segurança não percebeu quando preparou a ilha para receber os condenados. Todo barco que não valia a pena levar embora foi queimado, mas um ficou escondido ou passou despercebido, ou talvez tenham achado que estava danificado demais para ser útil. Henry sempre foi bom com as mãos. Ele consertou o bote em segredo e fez dois remos. Então, quatro semanas depois, em 3 de janeiro, esperou escurecer e partiu.

– Foi incrivelmente imprudente.

– Não, foi sensato. Sabia que ou ia conseguir ou ia se afogar, e se afogar era melhor do que ficar na ilha. E ele chegou em casa, ele voltou. Eu moro... bem, esqueça onde eu moro. É uma casa no final de um vilarejo. Ele chegou depois da meia-noite. Eu tinha tido um dia pesado no trabalho e pretendia ir dormir cedo. Estava cansada, mas agitada, então fiz uma xícara de chá quando cheguei e depois caí no sono na minha poltrona. Dormi só uns vinte minutos, mas, quando acordei, vi que não estava pronta para dormir. Sabe como é, você fica exausto. É quase esforço demais se despir.

"Era uma noite escura, sem estrelas, e começava a ventar. Normalmente, gosto do barulho do vento quando estou confortável em casa, mas aquela noite foi diferente, não foi reconfortante. Ele ficava assoviando e uivando na chaminé, ameaçadoramente. Eu estava triste, estava deprê, pensando na minha mãe morta e em Henry perdido para sempre. Achei que seria melhor deixar aqueles pensamentos de lado e ir para a cama. E então ouvi a batida na porta.

Tem uma campainha, mas ele não usou. Só usou a aldrava duas vezes e de leve, mas eu ouvi. Fui até o olho mágico, mas não deu para ver nada, apenas escuridão. Já tinha passado da meia-noite, e não fazia ideia de quem poderia estar me visitando tão tarde. Havia um vulto escuro desfalecido contra a parede. Ele só teve força para bater duas vezes antes de cair inconsciente. Consegui arrastá-lo para dentro e reanimá-lo. Dei um pouco de sopa e conhaque para ele e depois de uma hora ele conseguiu falar. Ele queria falar, então eu deixei, aninhando-o nos meus braços."

– Em que estado ele estava? – perguntou Theo.

Rolf foi quem respondeu.

– Imundo, fedido, ensanguentado e desesperadoramente magro. Tinha vindo a pé desde a costa da Cumbria.

– Dei um banho nele, enfaixei seus pés e consegui levá-lo para a cama – continuou Miriam. – Ele estava apavorado para dormir sozinho, então me deitei ao lado dele completamente vestida. Eu não conseguia dormir. Foi aí que ele começou a falar. Falou por mais de uma hora. Não abri a boca. Apenas o abracei e ouvi. Então ele finalmente ficou quieto, e eu soube que estava dormindo. Continuei ali, abraçada a ele, ouvindo a sua respiração, os seus murmúrios. Às vezes ele gemia e depois gritava de repente e se sentava, mas eu conseguia acalmá-lo como se fosse um bebê e ele dormia de novo. Fiquei ali do lado dele e chorei em silêncio por causa das coisas que tinha me contado. Ah, mas eu estava com raiva também. A raiva me abrasava como um carvão quente no meu peito.

"A ilha é um inferno. Aqueles que foram para lá humanos estão quase todos mortos e os demais se tornaram demônios. Existe fome. Sei que eles têm sementes, grãos, maquinário, mas a maioria é infrator da cidade que não está acostumado a cultivar coisas, não estão acostumados a trabalhar com as mãos. Toda a comida armazenada já foi consumida, hortas e plantações limpas. Agora, quando as pessoas morrem, algumas são comidas também. Eu juro. Aconteceu. A ilha é governada por uma gangue dos condenados mais fortes. Eles gostam de crueldade, e na ilha de Man podem bater e torturar e atormentar e não há ninguém para impedi-los nem ninguém para ver. Aqueles que são gentis, que se importam, que não deviam estar lá não duram muito. Algumas mulheres são as piores. Henry me contou coisas que não posso repetir e que nunca vou esquecer.

"E então, na manhã seguinte, vieram buscá-lo. Eles não invadiram, não fizeram muito barulho. Só cercaram a casa silenciosamente e bateram à porta."

– Quem eram eles? – indagou Theo.

– Seis granadeiros e seis homens da Polícia de Segurança do Estado. Um homem abatido e exausto e mandaram doze deles. Os da PSE eram os piores. Acho que eram Ômegas. Não me disseram nada no começo, só subiram a escada e o arrastaram para baixo. Quando ele os viu, deu um grito. Nunca vou esquecer esse grito. Nunca, nunca... Depois se viraram para mim, mas um oficial, um dos granadeiros, falou para me deixarem em paz. "É a irmã dele, naturalmente ele veio para cá. Ela não tinha escolha a não ser ajudá-lo."

– Pensamos depois que ele também devia ter uma irmã, alguém que ele sabia que jamais o desapontaria, que sempre estaria lá – comentou Julian.

– Ou talvez ele tenha achado que podia mostrar um pouco de humanidade e ser pago pela Miriam de um jeito ou de outro – disse Rolf, impaciente.

Miriam chacoalhou a cabeça.

– Não, não foi assim. Ele estava tentando ser gentil. Perguntei a ele o que ia acontecer com Henry. Ele não respondeu, mas um da PSE falou: "O que você acha? Mas você vai receber as cinzas dele". Foi o capitão da PSE que me contou que eles podiam ter pegado ele quando desembarcou, mas que o seguiram o caminho inteiro de Cumbria a Oxford. Em parte, para ver aonde ele ia, imagino, em parte porque queriam esperar até se sentir seguro antes de prendê-lo.

– Foi esse requinte de crueldade que deu a eles um impulso extra – comentou Rolf, com uma raiva amarga.

– Uma semana depois, o pacote chegou. Era pesado, como quase um quilo de açúcar, e tinha o mesmo formato, embrulhado em papel pardo com uma etiqueta digitada. Dentro dele havia um saco plástico cheio de areia branca. Parecia fertilizante de jardim, nada a ver com Henry. Tinha apenas um bilhete digitado, sem nenhuma assinatura: "Morto enquanto tentava escapar". Mais nada. Cavei um buraco no jardim. Lembro que estava chovendo e, quando despejei a areia branca no buraco, foi como se o jardim inteiro estivesse chorando. Mas não chorei. Os sofrimentos de Henry tinham acabado. Qualquer coisa era melhor do que ser mandado de volta para aquela ilha.

– Mandá-lo de volta estava fora de questão, claro – falou Rolf. – Jamais permitiriam que alguém descobrisse que é possível fugir. E não será, não agora. Vão começar a patrulhar a costa.

Julian tocou no braço de Theo e encarou-o.

– Eles não deveriam tratar seres humanos assim. Não importa o que fizeram, o que são, não deveriam tratar as pessoas desse jeito. Temos que fazer isso parar.

– Obviamente existem males sociais, mas não são nada comparados com o que está acontecendo em outras partes do mundo – declarou Theo. – É uma questão do que o país está preparado para tolerar como preço por um bom governo.

– O que você quer dizer com bom governo? – perguntou Julian.

– Uma boa ordem pública, sem corrupção nas altas esferas, liberdade do medo de guerra ou crime, uma distribuição razoavelmente equitativa da riqueza e dos recursos, preocupação com a vida individual.

– Então não temos um bom governo – disse Luke.

– Podemos ter o melhor que é possível nessas circunstâncias. Houve amplo apoio popular para instituir o Assentamento Penal de Man. Nenhum governo pode agir antes da vontade moral das pessoas.

– Então temos que mudar a vontade moral. Temos que mudar as pessoas – concluiu Julian.

Theo deu risada.

– Ah, esse é o tipo de rebelião que vocês têm em mente? Não o sistema, mas os corações e as mentes dos humanos? Vocês são os revolucionários mais perigosos de todos, ou seriam se tivessem a mínima ideia de como começar e a mínima chance de conseguir.

– Como você começaria? – indagou Julian, como se estivesse seriamente interessada na resposta.

– Eu não começaria. A História me diz o que acontece com as pessoas que começam. Você tem um lembrete disso nessa corrente em volta do seu pescoço.

Ela ergueu a mão esquerda deformada e tocou brevemente a cruz. Ao lado daquela pele inchada, parecia um talismã muito pequeno e frágil.

– Sempre dá para encontrar desculpas para não fazer nada – disse Rolf. – O fato é que o Administrador administra a Grã-Bretanha como seu reino particular. Os granadeiros são o exército particular dele e a Polícia de Segurança de Estado é composta de espiões e executores.

– Vocês não têm prova disso.

– Quem matou o irmão da Miriam? Essa execução aconteceu depois de um julgamento apropriado ou foi um assassinato secreto? O que queremos é democracia de verdade.

– Com você como chefe?

– Eu faria um trabalho melhor que o dele.

– Imagino que tenha sido exatamente isso o que ele pensou quando assumiu o lugar do último Primeiro-Ministro.

– Então você não vai conversar com o Administrador? – indagou Julian.

– Claro que não – interrompeu Rolf. – Ele nunca teve a intenção. Foi perda de tempo trazê-lo aqui. Inútil, estúpido e perigoso.

– Não falei que não vou vê-lo – falou Theo baixinho. – Mas preciso levar para ele mais do que boatos, especialmente porque não posso lhe contar onde e como consegui a informação. Antes de dizer a vocês qual foi a minha decisão, quero ver um Termo. Quando vai acontecer o próximo? Alguém sabe?

– Pararam de anunciar, mas é claro que a notícia se espalha com antecedência. Vai ter um Termo feminino em Southwold esta quarta-feira, daqui a três dias. Fica fora do cais, ao norte da cidade. Você conhece a cidade? Está a quase treze quilômetros ao sul de Lowestoft – Julian respondeu.

– Não é muito conveniente.

– Talvez não para você – disse Rolf. – Mas para eles é. Nenhuma ferrovia, desse modo não terão multidões; uma longa viagem, então as pessoas vão ficar pensando se vale a pena gastar combustível só para ver a vovó despachada de camisola branca ao som de "Abide with me". Ah, e existe apenas um acesso pela estrada. Eles podem controlar quantas pessoas comparecem e ficar de olho nelas. E, se houver algum problema, podem pegar as pessoas responsáveis.

– Quanto tempo temos que esperar até você dar uma resposta? – perguntou Julian.

– Pretendo decidir se vou ver o Administrador logo após o Termo. Então é melhor esperarmos uma semana e marcar uma reunião.

– Deixe para daqui a quinze dias – propôs Rolf. – Se você se encontrar com o Administrador, podem colocar alguém para vigiar você.

– Como vai avisar a gente se concordou em vê-lo? – indagou Julian.

– Vou deixar um bilhete depois de ter visto o Termo. Vocês conhecem o Cast Museum, da rua Pusey Lane?

– Não – respondeu Rolf.

– Eu conheço – disse Luke, ansioso. – Faz parte do Ashmolean, uma exibição de moldes de gesso e cópias de mármore de estátuas gregas e romanas. Costumavam nos levar durante as aulas de arte na escola. Faz anos que não entro lá. Nem sabia que o Ashmolean estava mantendo essa parte aberta.

– Não há nenhum motivo especial para fechar – comentou Theo. – Não exige muita supervisão. Alguns acadêmicos velhos às vezes perambulam por lá. Os horários de funcionamento estão na placa do lado de fora.

– Por que esse lugar? – perguntou Rolf, desconfiado.

– Porque eu gosto de visitá-lo de vez em quando e o funcionário está acostumado a me ver, porque ele nos proporciona vários esconderijos acessíveis e, sobretudo, porque é conveniente para mim. Nenhuma outra coisa nessa empreitada é.

– Onde exatamente você vai deixar a mensagem? – indagou Luke.

– No térreo, na parede da direita, debaixo da cabeça de Diadúmeno. O número no catálogo é c38 e vão encontrá-lo no busto. Se não conseguem lembrar o nome, provavelmente conseguem lembrar o número. Se não conseguem, então anotem.

– É a idade do Luke, isso facilita – falou Julian. – Vamos ter de erguer a estátua?

– Não é uma estátua, é só uma cabeça, e vocês não vão precisar tocar nela. Há uma abertura muito estreita entre a base e a estante. Vou deixar a resposta em um cartão, um simples sim ou não, sem nada incriminador. Vocês poderiam me telefonar para saber a resposta, mas sem dúvida acreditam que isso não seja prudente.

– Tentamos nunca telefonar – disse Rolf. – Apesar de não termos começado, tomamos as precauções normais. Todo mundo sabe que as linhas estão grampeadas.

– E se a sua resposta for sim e o Administrador concordar em ver você, quando vai nos informar sobre o que ele falou, o que prometeu fazer? – perguntou Julian.

– Melhor esperar pelo menos duas semanas – interrompeu Rolf. – Relato na quarta-feira, catorze dias depois do Termo. Vou encontrar você a pé em qualquer parte de Oxford. Pode ser que um espaço aberto seja melhor.

– Espaços abertos podem ser observados por binóculos – observou Theo. – Duas pessoas evidentemente se encontrando no meio do parque, do campo ou do gramado da universidade chamam a atenção para si mesmas. Um edifício público é mais seguro. Vou me encontrar com Julian no museu Pitt Rivers.

– Você parece gostar de museus – comentou Rolf.

– Eles têm a vantagem de ser lugares onde as pessoas têm o legítimo direito de se aglomerar.

– Então vou me encontrar com você ao meio-dia no Pitt Rivers – disse Rolf.

– Você não; Julian. Vocês usaram Julian para a primeira abordagem. Foi Julian que me trouxe aqui hoje. Vou estar no Pitt Rivers ao meio-dia na quarta-feira duas semanas após o Termo e vou esperar que ela venha sozinha.

Eram só onze horas quando Theo os deixou na igreja. Ficou por um tempo no pórtico, olhou para o relógio e observou o cemitério descuidado. Gostaria de não ter vindo, de não ter se envolvido naquela empreitada fútil e constrangedora. A história de Miriam o impactara mais do que ele tinha vontade de admitir. Desejava nunca a ter ouvido. Mas o que esperavam que ele fizesse, o que alguém poderia fazer? Era tarde demais agora. Ele não acreditava que o grupo corria algum risco. Parte de suas preocupações pareceu próxima à paranoia. E esperara por uma folga temporária dessa responsabilidade, esperara que não fosse haver Termo por meses. Quarta-feira era um dia ruim para ele. Significaria reorganizar a agenda em um curto prazo. Fazia três anos que não via Xan. Se tivessem que se encontrar de novo, seria humilhante e desagradável ver a si próprio no papel de suplicante. Ele estava tão irritado consigo mesmo quanto com o grupo. Podia desprezá-los como um bando de descontentes amadores, mas eles haviam sido mais astutos, enviando o único membro que sabiam que ele teria dificuldade de rejeitar. O porquê disso era uma questão que no momento não estava disposto a explorar. Iria ao Termo como prometera e deixaria uma mensagem para eles no Cast Museum. Esperava que a mensagem pudesse justificadamente ser a simples palavra NÃO.

O grupo do batismo estava subindo a trilha, o velho, agora usando uma estola, guiando-os com pequenos gritos de encorajamento. Havia duas mulheres de meia-idade e dois homens mais velhos, os homens sobriamente vestidos com ternos azuis, as mulheres usando chapéus floridos em desarmonia com os casacos de inverno. Cada uma das mulheres levava um embrulho branco enrolado em um xale sob o qual recaíam as dobras pregueadas adornadas com renda das roupas de batismo. Theo começou a passar por eles, desviando taticamente o olhar, mas as duas mulheres quase barraram seu caminho e, dirigindo-lhe aquele sorriso sem sentido dos meio-dementes, estenderam os embrulhos, convidando-o a admirar. Os dois gatinhos, as orelhas caídas sob as toucas com fitas, pareciam ridículos e enternecedores. Os olhos dos bichinhos estavam arregalados, lembrando piscinas de opala incapazes de compreender, e pareciam despreocupados em seu confinamento. Ele se perguntou se haviam sido drogados; depois concluiu que provavelmente haviam sido cuidados, acariciados e carregados como bebês desde o nascimento e estavam acostumados com isso. Ficou pensando no padre também. Se era validamente ordenado ou um impostor – e havia muitos por aí –, ele não estava envolvido em um ritual ortodoxo. A Igreja da Inglaterra, não mais com uma doutrina ou uma liturgia comum, estava tão fragmentada que não dava para saber no que algumas seitas poderiam não ter passado a acreditar, mas duvidava que o batizado de animais fosse incentivado. A nova arcebispa, que se descrevera como cristã racionalista, teria proibido o batismo de crianças, suspeitava ele, com base em superstição se o batismo de crianças ainda fosse possível. No entanto, não tinha como controlar o que estava acontecendo em cada igreja redundante. Os gatinhos presumivelmente não receberiam bem uma ducha de água fria na cabeça, mas era provável que ninguém mais se opusesse. A farsa era uma conclusão adequada para uma manhã de loucura. Ele saiu andando vigorosamente em direção à sanidade e àquela casa vazia e inviolada que chamava de lar.

9

Na manhã do Termo, Theo acordou com o peso de um vago desconforto, não pesado o suficiente para ser chamado de ansiedade, mas uma ligeira depressão indistinta, como os últimos farrapos de um sonho não lembrado, porém desagradável. E também, mesmo antes de pôr a mão no interruptor, sabia o que o dia reservava. Durante toda a vida tivera o hábito de inventar pequenos prazeres como paliativos para tarefas desagradáveis. Normalmente, ele agora começaria a planejar o trajeto com cautela: um bom *pub* para almoçar cedo, uma igreja interessante para visitar, um desvio para passar por um vilarejo atrativo. Mas não poderia haver compensação nessa viagem, cuja finalidade e propósito era a morte. Era melhor chegar lá o mais rápido possível, ver o que prometera ver, voltar para casa, dizer a Julian que não havia nada que ele ou o grupo pudessem fazer e tentar tirar da cabeça toda aquela experiência não procurada e não desejada. Isso significava rejeitar a estrada mais interessante, passando por Bedford, Cambridge e Stowmarket pela M40 até a M25, e em seguida em direção ao nordeste, para a costa de Suffolk, pela A12. Seria mais rápido, embora menos direto, e com certeza um trajeto mais chato, mas ele não esperava desfrutar a viagem.

Entretanto, fizera bom progresso. A A12 estava em condições muito melhores do que ele esperara, considerando que os portos da costa leste estavam quase abandonados agora. A viagem foi rápida, e ele chegou no estuário em Blythburgh pouco antes das duas. A maré começava a recuar; mas, depois dos juncos e dos lodaçais, a água se estendia como um lenço de seda e os dourados raios de sol esporádicos de início de tarde penetravam pelas janelas da Igreja de Blythburgh.

Fazia vinte e oito anos que estivera lá pela última vez. Naquela época, ele e Helena haviam tirado uma folga no final de semana no hotel Swan, em Southwold, quando Natalie tinha só seis meses de idade. Eles haviam conseguido comprar apenas um Ford usado naquele tempo. O berço portátil de Natalie fora firmemente amarrado ao banco de trás, e o porta-malas preenchido com a parafernália da infância: pacotes grandes de fraudas descartáveis, equipamento de esterilização para as mamadeiras, potes de comida para bebê. Quando chegaram em Blythburgh, Natalie começara a chorar, e Helena disse que ela estava com fome, que teria de ser alimentada naquele momento, que não dava para esperar até chegarmos ao hotel. Por que não poderiam parar no White Hart em Blythburgh? O dono da pousada com certeza teria instalações para aquecer o leite. Os dois almoçariam em um *pub*, e ela poderia alimentar Natalie. Mas viu que o estacionamento estava lotado e não gostava do incômodo e da perturbação que a criança e as exigências de Helena causariam. Sua insistência para seguir adiante pelos quilômetros restantes fora mal-recebida. Helena, tentando ineficientemente acalmar a criança, mal olhara para a água brilhante, a grande igreja, atracada como um majestoso navio entre os caniçais. O final de semana começara com o ressentimento habitual e continuara com um mau humor meio reprimido. Era, claro, culpa dele. Estivera mais disposto a magoar os sentimentos da mulher e privar a filha do que passar pelo inconveniente de um pub cheio de estranhos. Ele gostaria que houvesse ao menos uma lembrança da filha morta que não estivesse contaminada pela culpa e pelo arrependimento.

Ele decidiu, quase em um impulso, almoçar no *pub*. Hoje, seu carro era o único parado no estacionamento. Dentro do salão de viga baixa estava a lareira preta de lenhas ardentes, que Theo lembrava ter sido substituída por uma lareira elétrica. Ele era o único cliente. O taberneiro, muito velho, serviu-lhe uma cerveja local. Estava excelente, mas a única comida à venda eram tortas pré-cozidas que o homem aqueceu no forno micro-ondas. Fora uma preparação inadequada para o suplício por vir.

Ele virou no ponto do qual se lembrava e pegou a estrada de Southwold. A zona rural de Suffolk, ondulado e estéril sob o céu de inverno, parecia inalterada, mas a estrada em si havia se deteriorado, tornando a viagem tão acidentada e perigosa quanto um rali *cross-country*. Contudo, ao chegar nos arredores de Reydon, viu pequenos grupos de temporários com seus superiores claramente se preparando para começar a consertar a superfície. Os rostos sombrios olharam para ele enquanto reduzia a velocidade e passava por eles com cuidado. A presença dos temporários o surpreendeu. Southwold com certeza não fora designada como futuro centro populacional aprovado. Então por que era importante garantir um acesso razoável?

E agora estava passando pelo terreno, pelos edifícios e pelas árvores que formavam uma proteção contra o vento da escola St. Felix. Uma placa grande no portão anunciava que agora funcionava ali o East Suffolk Craft Centre, que provavelmente ficaria aberto apenas no verão ou aos finais de semana, pois não havia ninguém nos amplos gramados desleixados. Ele dirigiu até Bight Bridge e entrou na cidadezinha, com casas pintadas que pareciam dormir em um estupor pós-prandial. Trinta anos antes, seus moradores eram em grande parte idosos: velhos soldados levando os cachorros para passear, casais aposentados desgastados e de olhos brilhantes, caminhando de braços dados ao longo das fachadas. Uma atmosfera de calma ordenada; toda a paixão gasta. Agora estava quase deserta. Do lado de fora do Crown Hotel, dois anciãos, sentados lado a lado em um banco, contemplavam o horizonte, com as mãos morenas e nodosas cruzadas sobre os punhos das bengalas.

Ele decidiu estacionar no pátio do Swan e tomar um café antes de se dirigir à praia norte, mas o hotel estava fechado. Quando voltava para o carro, uma mulher de meia-idade usando um avental florido saiu pela porta lateral e a trancou.

– Eu queria tomar café – disse ele. – O hotel está fechado permanentemente?

Ela tinha um rosto agradável, mas estava nervosa e olhou ao redor antes de responder.

– Só hoje, senhor. Um sinal de respeito. É o Termo, entende? Ou talvez você não soubesse.

– Sim – respondeu ele –, eu sei.

Desejando quebrar o profundo senso de isolamento que recaía pesadamente sobre os prédios e as ruas, ele comentou:

– Faz trinta anos que estive aqui pela última vez. Não mudou muito.

Ela pôs uma das mãos na janela do carro e falou:

– Ah, mas mudou, senhor, mudou, sim. Só que o Swan ainda é um hotel. Não tem tantos clientes, claro, agora que as pessoas estão se mudando da cidade. Está programada para ser evacuada, sabe? O governo não vai poder nos garantir energia elétrica e serviços no final. As pessoas estão indo para Ipswich ou Norwich.

"Por que tanta pressa?", perguntou-se ele, irritado. Com certeza Xan seria capaz de manter aquele lugar funcionando por mais vinte anos.

No final das contas, estacionou o carro em um pequeno bosque no fim da Trinity Street e começou a caminhar pela trilha no alto da encosta em direção ao cais.

O mar cor de cinza lamacento agitava-se vagarosamente sob um céu de cor de leite ralo, ligeiramente luminoso no horizonte, como se o sol instável estivesse prestes a surgir de novo. Acima dessa transparência pálida pairavam grandes punhados de nuvens de um tom de cinza mais escuro e de preto como uma cortina meio erguida. Uns nove metros abaixo, Theo podia ver a parte inferior e pontilhada das ondas à medida que se levantavam e se extinguiam com uma inevitabilidade cansada, como que medida com areias e seixos. O corrimão do passeio público, que um dia fora tão pristino e branco, estava enferrujado e em algumas partes quebrado, e o declive relvado entre o passeio público e as cabanas de praia parecia não ter sido cortado em anos. No passado, ele teria visto ali embaixo a comprida fileira brilhante de chalés de madeira com seus nomes encantadoramente ridículos, estendendo-se como casas de boneca pintadas de cores vivas de frente para o mar. Agora havia lacunas, como dentes faltando em uma mandíbula em decomposição, e as restantes estavam caindo aos pedaços, a tinta descascando, precariamente atados por ripas enfiadas na margem, esperando que a próxima tempestade as destrua. Aos pés dele a grama seca, à altura da cintura, cheia de sementes secas, agitava-se de quando em quando ao sabor da brisa que nunca se ausentava por completo da costa leste.

Aparentemente, o embarque aconteceria não no cais em si, mas em um píer de madeira especialmente erguido ao lado. Ele podia ver a distância os dois barcos baixos, os conveses enfeitados com guirlandas de flores, no final do cais, de frente para o píer, um pequeno grupo de figuras, algumas das quais ele pensou estarem de uniforme. Pouco mais de setenta metros à sua frente, havia três ônibus estacionados no passeio público. Quando se aproximou, os passageiros começaram a descer. Primeiro saiu um pequeno bando de músicos de jaquetas vermelhas e calças pretas, que ficaram tagarelando em um grupinho indisciplinado, enquanto o sol reluzia no metal dos instrumentos. Um deles deu uma bofetada de brincadeira no colega ao lado. Por alguns segundos, fingiram estar lutando; depois, entediados com a brincadeira estúpida, acenderam cigarros e ficaram contemplando o mar. Então vieram os idosos, alguns capazes de descer sozinhos, outros apoiando-se em enfermeiras. O bagageiro de um dos ônibus foi aberto, e várias cadeiras de roda foram tiradas de lá. Por último, os mais frágeis foram auxiliados a sair do ônibus e sentar-se nas cadeiras de rodas.

Theo manteve-se afastado e observou enquanto a fileira estreita de figuras encurvadas descia de forma dispersa a trilha inclinada que dividia a encosta em duas em direção às cabanas de praia no passeio público da parte mais baixa. De repente, ele percebeu o que estava acontecendo. Estavam usando as cabanas para as idosas vestirem suas túnicas brancas, cabanas que durante tantas décadas haviam ecoado risadas de crianças, cujos nomes, nos quais não pensava havia quase trinta anos, agora lhe vinham à mente de modo espontâneo, com suas tolas e alegres celebrações das férias familiares: Casa do Pete, Vista do Oceano, Chalé Espuma do Mar, Cabana Feliz. Ele ficou ali, parado, com a mão apoiada no corrimão enferrujado no alto da encosta, observando enquanto, de duas em duas, as anciãs recebiam ajuda para subir os degraus e entrar nas cabanas. Os membros da banda haviam observado, mas não haviam se mexido. Nesse momento, conversaram um pouco, apagaram os cigarros, pegaram os instrumentos e desceram a encosta. Formaram uma fila e ficaram esperando. O silêncio era quase sinistro. Atrás dele, a fileira de casas vitorianas fechadas, vazias, permanecia como memoriais gastos de dias mais felizes. Lá embaixo, a praia estava deserta, só o grasnado das gaivotas perturbava a calma.

Agora as idosas recebiam ajuda para descer das cabanas e eram organizadas em fila. Todas vestiam longas túnicas brancas, talvez camisolas, com o que pareciam xales de lã e capas brancas por cima, um conforto necessário no vento penetrante. Ele estava feliz com o calor do próprio casaco de tweed. Cada mulher levava um pequeno buquê de flores, de modo que pareciam um bando de damas de honra desgrenhadas. Ele se pegou pensando em quem preparara as flores, quem abrira as cabanas e deixara as camisolas dobradas para aquela finalidade. O evento todo, que parecia tão casual, tão espontâneo, devia haver sido cuidadosamente organizado. E ele notou pela primeira vez que as cabanas nesta parte do passeio público da parte mais baixa haviam sido consertadas e recém-pintadas.

A banda começou a tocar, enquanto o cortejo atravessava devagar o passeio público da parte de baixo rumo ao cais. Quando o primeiro clangor dos metais rompeu o silêncio, ele teve uma sensação de revolta, de pena terrível. Tocavam músicas alegres, melodias do tempo dos avós deles, as marchas da Segunda Guerra Mundial, que ele reconhecia, mas cujos nomes não conseguia de início recordar. Depois alguns surgiram em sua mente: "Bye, bye, Blackbird", "Somebody Stole my Girl", "Somewhere over the Rainbow". À medida que se aproximavam do cais, a música mudou e ele reconheceu as melodias de um hino, "Abide with me". Depois que o primeiro verso fora tocado e a melodia começou de novo, levantou-se de lá de baixo um piado ranzinza como o som de aves marinhas, e ele percebeu que os anciãos estavam cantando. Enquanto observava, algumas das mulheres começaram a balançar-se ao som da música, segurando as saias brancas e fazendo piruetas desajeitadas. Ocorreu a Theo que elas podiam ter sido drogadas.

Acompanhando o ritmo do último casal da fila, ele os seguiu em direção ao cais. A cena agora se mostrava com clareza abaixo dele. Havia uma multidão de apenas umas vinte pessoas, alguns talvez familiares e amigos, mas a maioria membros da Polícia de Segurança do Estado. Os dois barcos baixos talvez houvessem sido, pensou ele, pequenas barcaças. Só haviam sobrado os cascos, que tinham sido equipados com fileiras de bancos. Cada barco levava dois soldados, e, quando as velhas senhoras entravam, eles se abaixavam, talvez para acorrentar os tornozelos delas ou amarrar pesos. O barco a motor atracado no cais deixava claro o plano. Quando estivessem fora de vista, os soldados removeriam os tampões e depois embarcariam no barco a motor e voltariam para a orla. A banda na praia ainda tocava; desta vez, a música era "Nimrod", de Elgar. A cantoria cessara, e nenhum som chegava até ele além da incessante rebentação das ondas no cascalho ou alguma palavra de ordem ocasional em voz baixa que a tênue brisa lhe soprava.

Disse a si mesmo que já vira o suficiente. Teria justificativa agora para voltar para o carro. Não queria nada mais do que se afastar dirigindo furiosamente daquela cidadezinha que lhe falava só de desamparo, decadência, vazio e morte. Mas prometera a Julian que veria um Termo, e isso provavelmente significava ficar olhando até que os barcos estivessem fora de vista. Como que para reforçar sua intenção, ele desceu os degraus de concreto do passeio público da parte alta até a praia. O pequeno grupo de oficiais, as enfermeiras, os soldados e até mesmo os músicos, preocupados com a sua parte na macabra cerimônia, pareceram nem notar que ele estava ali.

De repente, houve um alvoroço. Uma das mulheres que recebiam ajuda para entrar no barco mais próximo deu um grito e começou a agitar os braços violentamente. A enfermeira que estava com ela foi pega de surpresa e, antes que pudesse se mexer, a mulher se jogara do píer na água e estava lutando para chegar na orla. Instintivamente, Theo tirou o casaco pesado e correu em direção a ela, fazendo os pedregulhos e os seixos estalarem, sentindo a gélida ferroada do mar congelando seus tornozelos. Ela estava a apenas dezoito metros agora e ele podia vê-la com clareza, o cabelo branco revolto, a camisola colada ao corpo, os seios pendentes e oscilantes, os braços com suas pápulas de pele enrugada. Uma onda rasgou o ombro esquerdo da camisola e ele viu o seio sacudindo obscenamente como uma água-viva gigante. Ela continuava gritando, um chiado alto e penetrante como o de um animal torturado. E, quase imediatamente, ele a reconheceu: era Hila Palmer-Smith. Fustigado, esforçou-se para chegar até ela, estendendo as duas mãos.

Então aconteceu. Suas mãos estendidas quase alcançavam os pulsos dela quando um dos soldados pulou do píer na água e, com a coronha da pistola, golpeou a lateral da cabeça dela com violência. Hila caiu de cara no mar, rodopiando os braços. A água revelou uma leve mancha de sangue antes que a próxima onda viesse, tragasse-a, erguesse-a, recuasse e a deixasse de braços e pernas espalhados na espuma. Ela tentou se levantar, mas o soldado a golpeou outra vez. Theo a alcançara a essas alturas e agarrou uma das mãos dela. Quase que de imediato sentiu segurarem seus ombros e foi empurrado para o lado. Ouviu uma voz baixa e autoritária, quase gentil:

– Deixe, senhor. Deixe.

Outra onda, maior do que a última, tragou a mulher e o fez cair de joelhos. Ela recuou e ele viu Hilda de novo, estendida, a camisola dobrada sobre as pernas finas, toda a parte de baixo do corpo exposta. Theo soltou um gemido e outra vez cambaleou em direção a ela, mas desta vez sentiu também uma pancada na lateral da cabeça e caiu. Sentiu a aspereza dos pedregulhos lhe arranharem o rosto, o cheiro avassalador da água salgada do mar, uma palpitação nos ouvidos. Suas mãos escarafuncharam o cascalho, tentando encontrar um apoio; mas a areia e o cascalho tinham sido tragados debaixo dele. E então outra onda rebentou, e ele se sentiu arrastado de volta para uma água mais profunda. Apenas semiconsciente, tentou erguer a cabeça, tentou respirar, sabendo que estava perto de se afogar. E então veio a terceira onda, que o ergueu e o arremessou no meio das pedras da praia.

Mas não pretendiam afogá-lo. Tremendo de frio, balbuciando e com ânsia de vômito, ele sentiu mãos fortes debaixo dos seus ombros, sentiu-se sendo tirado da água como se fosse leve como uma criança. Alguém o estava puxando com a cabeça virada para baixo para a praia. Ele podia sentir as biqueiras raspando os trechos de areia molhada e os cascalhos sendo arrastados pelas pernas de suas calças ensopadas. Seus braços pendiam impotentes, os nós dos dedos machucados e arranhados pelas pedras maiores das bordas mais altas da orla. O tempo todo podia sentir o forte cheiro de mar da praia e ouvir o estrondo rítmico da arrebentação. Então pararam de arrastar e deixaram-no cair de forma brusca na areia fofa e seca. Sentiu o peso do casaco quando o jogaram sobre seu corpo. Notou de modo vago um vulto escuro passando sobre ele e depois ficou sozinho.

Tentou erguer a cabeça, percebendo pela primeira vez uma dor latejante, expandindo-se e contraindo-se como uma coisa viva pulsando na cabeça. Cada vez que conseguia levantá-la, ela oscilava debilmente de um lado para o outro e batia na areia de novo. Mas, na terceira tentativa, conseguiu erguê-la alguns centímetros e abriu os olhos. As pálpebras estavam carregadas de areia seca, areia que lhe cobria o rosto e bloqueava a boca, enquanto fios de ervas pegajosas se emaranhavam em seus dedos e pendiam dos cabelos. Sentia-se como um homem tirado de algum túmulo cheio de água com todos os adornos da morte ainda sobre ele. Mas antes de perder os sentidos conseguiu ver que alguém o arrastara até o espaço estreito entre duas cabanas de praia. Estavam assentadas sobre estacas baixas e ele pôde ver debaixo do assoalho os detritos de férias há muito esquecidas meio enterrados na areia suja: o brilho de um papel prateado, uma velha garrafa de plástico, a lona puída e o suporte lascado de uma cadeira de praia e a pá quebrada de uma criança. Ele se remexeu dolorosamente para chegar mais perto e estendeu a mão, como se pôr a mão sobre aquilo fosse tocar na segurança e na paz. No entanto, o esforço foi grande demais e, fechando os olhos que ardiam, ele mergulhou na escuridão com um suspiro.

Quando acordou, pensou a princípio que estava totalmente escuro. Virando-se de costas, olhou para um céu ligeiramente pontilhado de estrelas e viu à sua frente a pálida luminosidade do mar. Lembrou-se de onde estava e do que havia acontecido. Sua cabeça ainda doía, mas agora só com uma dor fraca e persistente. Passando a mão pela cabeça, sentiu um galo do tamanho de um ovo de galinha, mas lhe pareceu que o estrago não fora grande. Não fazia ideia de que horas eram e era impossível ver os ponteiros do relógio. Esfregou os membros rígidos para reavivá-los, sacudiu a areia do casaco e, vestindo-o, cambaleou até a beira do mar, onde se ajoelhou e lavou o rosto. A água estava muito fria. O mar estava mais calmo agora e havia uma trilha cintilante de luz sob uma lua evasiva. A água que subia e descia suavemente se estendia à sua frente completamente vazia, enquanto ele pensava nos afogados, ainda acorrentados em fileiras guarnecidas pela madeira do barco, nos cabelos brancos subindo e descendo graciosamente na maré. Voltou às cabanas de praia e descansou por alguns minutos em um dos degraus, reunindo forças. Verificou os bolsos do casaco. Sua carteira de couro estava ensopada, mas pelo menos permanecia lá, com o conteúdo intacto.

Ele subiu os degraus até o passeio público. Havia apenas algumas luzes na rua, mas foram suficientes para ver o mostrador do relógio. Eram sete horas. Estivera inconsciente e presumivelmente adormecido por menos de quatro horas. Quando chegou na Trinity Street, viu com alívio que o carro ainda estava lá, mas não havia nenhum outro sinal de vida. Estava irresoluto. Seu corpo já começava a tremer, e ele desejava comida quente e bebida. A ideia de dirigir de volta para Oxford em seu atual estado o aterrorizava, mas sua necessidade de sair de Southwold era quase tão imperativa quanto sua fome e sua sede. Fazia algum tempo que ele estava ali, hesitante, quando ouviu uma porta se fechar. Olhou em volta e viu uma mulher, levando um cachorro pequeno na coleira, saindo de uma das casas geminadas vitorianas de frente para o pequeno bosque. Era a única casa onde podia ver luz, e ele notou que a janela do térreo exibia um grande aviso: ALOJAMENTO E CAFÉ DA MANHÃ.

Em um impulso, foi até ela e disse:

– Acho que sofri um acidente. Estou muito molhado. Acho que não estou apto para dirigir para casa hoje à noite. A senhora tem uma vaga? Meu nome é Faron, Theo Faron.

A mulher era mais velha do que Theo havia imaginado, e o rosto redondo dela, queimado pelo vento, estava levemente enrugado, tal qual uma bexiga da qual o ar fora expelido; tinha olhos brilhantes, atentos, e uma boca pequena, delicadamente desenhada, que um dia talvez tivesse sido bonita – mas agora, enquanto ele a observava mastigar impaciente, como se saboreasse a última refeição de sua vida, certamente não era mais. Ela não pareceu surpresa e, melhor ainda, não pareceu assustada com o pedido, e sua voz soou agradável quando disse:

– Tenho um quarto disponível, se puder apenas esperar enquanto levo Chloe para fazer suas necessidades da noite. Temos um lugarzinho especial reservado para os cachorros. Nós tomamos cuidado para não sujar a praia. As mães costumavam reclamar se a praia não estivesse limpa para as crianças, e os velhos hábitos continuam. Ofereço jantar opcional. Você vai querer?

A mulher o fitou e, pela primeira vez, ele viu um traço de ansiedade em seus olhos brilhantes. Respondeu que queria muito.

Ela voltou dentro de três minutos e Theo a seguiu pelo corredor estreito até um cômodo nos fundos. Era pequeno, quase claustrofóbico, e estava abarrotado de móveis antiquados. Ele vislumbrou chita desbotada, os bichos de porcelana na cornija, poltronas com almofadas de retalhos ao lado da lareira, fotografias em molduras prateadas e sentiu cheiro de lavanda. O quarto parecia-lhe um santuário, com suas paredes cobertas de flores em papel pintado abarcando todo o bem-estar e a segurança que, em sua infância angustiada, ele jamais conhecera.

– Receio não ter muita coisa na geladeira hoje à noite, mas posso servir uma sopa e omelete – disse ela.

– Seria ótimo.

– A sopa não é caseira, receio, mas misturo duas latas para deixá-la mais interessante e acrescento alguma coisinha, salsinha picada ou cebola. Acredito que o senhor vá achar palatável. O senhor quer comer na sala de jantar ou aqui na sala de estar diante do fogo? Talvez seja mais confortável para o senhor.

– Gostaria de comer aqui.

Ele se acomodou em uma poltrona baixa que tinha botões no encosto, esticando as pernas na frente da lareira elétrica, vendo subir o vapor da calça que estava secando. A comida chegou rápido, a sopa primeiro: uma mistura, detectou ele, de cogumelos e frango com salsinha. Estava quente, e surpreendentemente boa, e o acompanhamento de pão e manteiga estava fresco. Depois ela trouxe uma omelete de ervas. Perguntou se ele gostaria de chá, café ou chocolate quente. Theo optou pelo chá, e ela o deixou para que bebesse sozinho, assim como o deixara durante a refeição inteira.

Quando terminou, ela reapareceu, como se houvesse esperado à porta, e falou:

– Coloquei o senhor no quarto do fundo. Às vezes é bom fugir do som do mar. E não se preocupe se a cama foi arejada. Sou muito exigente quanto a arejar as camas. Coloquei duas bolsas de água quente na cama. O senhor pode chutá-las se estiver com muito calor. Liguei o aquecedor de imersão, então tem bastante água quente se quiser um banho.

Sentia todo o corpo dolorido em função das horas que passara deitado na areia úmida, e a perspectiva de esticá--lo sob a água quente era tentadora. Mas, com a fome e a sede saciadas, o cansaço tomou conta dele. Até tomar um banho era trabalho demais.

– Vou tomar banho de manhã, se me permite – disse.

O quarto ficava no segundo andar e nos fundos, como ela prometera.

– Lamento não ter nenhum pijama grande o suficiente para o senhor, mas há um velho roupão que poderia usar. Pertencia ao meu marido – comentou ela, afastando-se de lado para lhe abrir passagem.

A mulher parecia não estar surpresa nem preocupada com o fato de ele não ter levado o próprio pijama. Uma lareira elétrica fora ligada na tomada perto da lareira vitoriana. Inclinou-se para desligá-la antes de sair, e Theo percebeu que o que ela lhe cobrava não incluiria aquecimento durante a noite toda. Mas ele não precisava. Mal ela fechou a porta atrás de si, ele tirou a roupa, puxou as cobertas e mergulhou no calor, no conforto e no esquecimento.

Na manhã seguinte, o café da manhã foi servido na sala de jantar do térreo, na parte da frente da casa. Havia cinco mesas, todas cobertas por uma toalha branca e adornada com um vasinho de flores artificiais, embora não houvesse nenhum outro hóspede.

A sala, com seu vazio dominante e seu ar de prometer mais do que era capaz cumprir, despertou nele uma lembrança das últimas férias em que estivera na companhia dos pais. Tinha onze anos, e eles haviam passado uma semana em Brighton, hospedados em uma pousada que oferecia alojamento e café da manhã no topo de um penhasco em direção a Kemp Town. Chovera quase todos os dias, e sua memória das férias era o cheiro de capas de chuva molhadas, dos três encolhidos em abrigos olhando para o agitado mar cinzento, de andar pelas ruas em busca de divertimento de preço acessível até que fossem seis e meia e pudessem voltar para a refeição da noite. Haviam jantado em uma sala igualzinha àquela, onde famílias não habituadas a serem servidas sentavam-se às mesas em muda e constrangida paciência até a proprietária, determinadamente alegre, entrar com as bandejas carregadas de carne e dois tipos de legumes ou verduras. Durante aquelas férias, ele ficara ressentido e entediado. Percebia agora, pela primeira vez, como os pais haviam tido poucas alegrias na vida, e que ele, seu único filho, contribuíra para isso.

A mulher o esperou com ansiedade, oferecendo um café da manhã completo, com bacon, ovos e batata frita, claramente dividida entre o desejo de vê-lo desfrutar a comida e a percepção de que ele preferiria comer sozinho. Theo comeu rápido, ansioso para ir embora.

Após pagá-la, ele falou:

– Foi bondade sua me acolher, um homem solitário e sem mala de viagem. Muita gente teria hesitado.

– Ah, não, não fiquei nem um pouco surpresa em ver o senhor. Não fiquei preocupada. O senhor era a resposta a uma prece.

– Acho que nunca fui chamado assim antes.

– Ah, mas o senhor era. Até a sua chegada, já fazia quatro meses que não recebia um hóspede, e a gente se sente tão inútil com isso. Não existe nada pior do que se sentir inútil quando se está velho. Rezei para que Deus me mostrasse o que eu devia fazer, se fazia sentido continuar.

E Ele mandou o senhor. Sempre acho que, quando você está em apuros, enfrentando problemas que parecem pesados demais, e apenas pede, Ele responde, o senhor não acha?

– Não – respondeu Theo, contando as moedas –, não, não posso dizer que tive essa experiência.

Ela continuou como se não o tivesse escutado.

– Eu percebo, claro, que vou ter de acabar desistindo. A cidadezinha está morrendo. Não estamos programados para ser um centro populacional. Então quem acabou de se aposentar não vem mais para cá e os jovens vão embora. O Administrador prometeu que todos no final serão cuidados. Espero me mudar para um pequeno apartamento em Norwich.

Ele pensou: o Deus dela provê o hóspede ocasional de uma noite, mas é no Administrador que ela confia para os itens essenciais.

– A senhora viu o Termo aqui ontem? – perguntou ele, num impulso.

– Termo?

– O que aconteceu aqui. Os barcos no cais.

– Acho que o senhor deve estar enganado, sr. Faron – disse ela, firmemente. – Não houve nenhum Termo. Não temos nada do tipo em Southwold.

Depois disso, Theo sentiu que ela estava tão ansiosa para vê-lo ir embora quanto ele estava para partir. Agradeceu-lhe mais uma vez. Ela não lhe dissera seu nome, e ele não perguntara. Sentiu-se tentado a dizer: "Fiquei muito confortável. Preciso voltar e passar um feriado com a senhora"; mas sabia que jamais voltaria e que a gentileza dela merecia mais do que uma mentira casual.

10

Na manhã seguinte, ele escreveu uma única palavra, SIM, em um cartão-postal, então o dobrou com cuidado e precisão, passando o dedo pela dobra. O ato de escrever aquelas três letras parecia pressagioso de formas que ele ainda não podia prever, um compromisso com mais do que a visita prometida a Xan.

Pouco depois das dez horas, dirigiu-se para o museu, caminhando sobre os estreitos paralelepípedos da rua Pulsey Lane. Um único zelador estava em serviço, sentado como de costume a uma mesa de madeira em frente à porta. Era muito velho e dormia profundamente. O braço direito, curvado sobre o tampo da mesa, aninhava uma cabeça alongada e sarapintada, cheia de fios de cabelo grisalho. Sua mão esquerda parecia mumificada; uma coleção de ossos frouxamente ligada por uma luva manchada de couro desbotado. Perto da luva havia um livro de bolso aberto, o *Teeteto* de Platão. Provavelmente era um dos acadêmicos do grupo de voluntários que se dispunham ao revezamento para manter o museu aberto. Sua presença, cochilando ou acordado, era desnecessária: ninguém se arriscaria a ser deportado para a Ilha de Man pelos poucos medalhões no expositor – além do mais, quem iria poder ou querer levar dali a grande escultura de mármore de Nice de Samotrácia?

Theo conhecia a história, mas fora Xan o responsável por apresentá-lo ao Cast Museum, adentrando-o com seus pés ligeiros, jubilosamente ansioso como uma criança com novos brinquedos que exibe seu tesouro. Theo também fora enfeitiçado pelo lugar. Mesmo no museu, seus gostos eram diferentes: Xan gostava mais do rigor e dos rostos rígidos e impassíveis das primeiras estátuas clássicas masculinas no térreo. Theo preferia as salas inferiores, com exemplos mais suaves e leves das linhas helenísticas. Nada mudara, percebeu. Moldes e estátuas se enfileiravam sob a luz das janelas altas – trastes velhos amontoados de uma civilização descartada, os torsos sem braço com faces sérias e lábios arrogantes, os cachos elegantemente adornados sobre testas com faixas; deuses sem olhos sorrindo secretamente, como se estivessem a par de uma verdade mais profunda do que a mensagem espúria daqueles membros gélidos: a de que as civilizações entram em auge e em decadência, mas o ser humano perdura.

Até onde sabia, depois de partir dali, Xan nunca revisitara o museu, mas para Theo aquele se tornara um lugar de refúgio com o passar dos anos. Naqueles meses terríveis que se seguiram à morte de Natalie e à mudança para a rua St. John, o local proporcionara a ele uma fuga conveniente da tristeza e do ressentimento de sua esposa. Podia sentar-se em uma das duras cadeiras utilitárias, lendo ou pensando em meio ao ar silencioso, raramente perturbado por uma voz humana. De tempos em tempos, pequenos grupos de crianças em passeio escolar ou estudantes solitários visitavam o museu, e então ele fechava o livro e ia embora. A atmosfera especial que o lugar tinha para ele dependia de estar sozinho.

Antes de fazer o que viera fazer, ele percorria o museu em parte devido à sensação meio supersticiosa de que, mesmo nesse silêncio e vazio, deveria agir como um visitante casual, em parte devido à necessidade de revisitar antigos deleites e ver se ainda podiam emocioná-lo: o túmulo ático da jovem mãe do século 4 a.C., a criada segurando o bebê enfaixado, a lápide da menininha com pombas, o luto se expressando através de quase 3.000 anos.

Quando voltou ao térreo, viu que o atendente ainda dormia. A cabeça do Diadúmeno continuava em seu lugar na galeria do térreo, mas ele olhou para ela com menos emoção do que quando a vira pela primeira vez, trinta e dois anos antes. Agora, o prazer era distante, intelectual: naquela época, deslizara o dedo sobre a testa, delineara a linha do nariz até a garganta, abalado por aquela mescla de fascínio, reverência e entusiasmo que, naqueles dias inebriantes, a grande arte sempre conseguia produzir nele.

Retirou do bolso o cartão-postal dobrado e o colocou entre a base do mármore e a prateleira, com a borda visível apenas para um olho aguçado e perscrutador. Quem quer que Rolf mandasse para buscá-lo deveria ser capaz de removê-lo com a ponta de uma unha, uma moeda, um lápis. Ele não tinha receio de que nenhuma outra pessoa o encontrasse e, mesmo que encontrasse, a mensagem não podia lhe revelar nada. Ao perceber que a borda do cartão-postal era visível, sentiu outra vez o misto de irritação e constrangimento que o tomara pela primeira vez na Igreja de Binsey. Mas agora a convicção de que estava se envolvendo involuntariamente em uma empreitada tão ridícula quanto fútil era menos intensa. A imagem do corpo seminu de Hilda rolando na arrebentação, daquela pequena procissão lamuriosa, o estalido de uma arma contra o osso; isso impunha dignidade e seriedade mesmo às brincadeiras mais infantis. Só precisava fechar os olhos para ouvir de novo o estrondo da onda rebentando e o longo suspiro dela ao recuar.

Havia alguma dignidade e muita segurança em escolher o papel de espectador; entretanto, confrontado com algumas abominações, um homem não tinha opção a não ser entrar em cena. Ele veria Xan. Mas estaria sendo motivado mais pela indignação com o horror do Termo ou mais pela lembrança da própria humilhação, a coronhada cuidadosamente avaliada e o corpo arrastado para a praia e jogado como se fosse uma carcaça indesejada?

Quando estava passando pela mesa a caminho da porta, o zelador idoso se mexeu e se sentou. Talvez o passo houvesse penetrado sua mente meio adormecida com um alerta de dever negligenciado. Seu primeiro olhar para Theo foi de medo, quase pavor. E então Theo o reconheceu. Era Digby Yule, um professor universitário aposentado de Estudos Clássicos da Merton.

Theo se apresentou.

– É bom vê-lo, senhor. Como está?

A pergunta pareceu fazer o nervosismo de Yule aumentar. Sua mão direita começou a tamborilar o tampo da mesa de forma aparentemente descontrolada.

– Ah, muito bem. Muito bem, obrigado, Faron – respondeu ele. – Estou me virando direitinho. Eu me cuido, sabe. Moro em um alojamento perto da Iffley Road, mas me viro muito bem. Faço tudo sozinho. A proprietária não é uma mulher fácil... bom, ela tem os próprios problemas... mas não dou trabalho para ela. Não dou trabalho para ninguém.

Qual será o motivo de tanto medo?, pensou Theo. *De que chegassem rumores à PSE de que ali havia mais um cidadão que se tornara um fardo para os outros?* Seus sentidos pareciam ter se tornado sobrenaturalmente aguçados. Ele podia sentir o leve odor de desinfetante, ver flocos de espuma de sabão na barba por fazer, notar que o trecho de pouco mais de um centímetro do punho da camisa que se projetava para fora das mangas do paletó surrado estava limpo, mas não engomado. Então lhe ocorreu que poderia dizer: "Se não está bem onde está, tenho bastante espaço em minha casa na rua St. John. Estou sozinho agora. Seria agradável ter alguma companhia".

Mas logo disse a si mesmo com firmeza que não seria agradável, que a oferta seria vista como arrogante e condescendente, que o velho não conseguiria lidar com as escadas, aquelas escadas convenientes que o isentavam das obrigações da benevolência. Hilda tampouco teria conseguido lidar com as escadas. Mas Hilda estava morta.

– Só venho aqui duas vezes por semana – disse Yule. – De segunda e de sexta, sabe? Estou substituindo um colega. É bom ter alguma coisa útil para fazer, e gosto do silêncio daqui. É diferente do silêncio de qualquer outro prédio de Oxford.

Talvez ele morra aqui em silêncio, sentado à mesa, pensou Theo. *Que melhor lugar pode existir para isso?* Então vislumbrou a imagem do velho deixado ali, imóvel à mesa; do último zelador fechando e trancando a porta; dos infinitos anos silenciosos e ininterruptos; do frágil corpo mumificado ou apodrecendo, enfim, sob a vista marmórea daqueles olhos vazios e cegos.

11

Terça-feira, 9 de fevereiro de 2021

Hoje vi Xan pela primeira vez em três anos. Não foi difícil conseguir um horário, apesar de não ter sido o rosto dele no televisualizador, mas o de um de seus assistentes, um granadeiro com divisas de sargento. Um pequeno grupo do exército particular de Xan o protege, cozinha para ele, dirige para ele e o serve; mesmo no começo, nenhuma mulher foi empregada como secretária ou assistente pessoal, nem como governanta ou cozinheira na residência do Administrador. Eu costumava me perguntar se isso era para evitar a menor insinuação de escândalo sexual ou se a lealdade que Xan exigia seria essencialmente masculina: hierárquica, incondicional, impassível.

Ele mandou um carro para me buscar. Falei ao granadeiro que preferia dirigir até Londres eu mesmo, mas ele se limitou a me dizer, com uma peremptoriedade sem ênfase:

– O Administrador vai mandar um carro e um motorista, senhor. Ele estará na sua porta às 9h30.

De algum modo, eu esperava que fosse George, que costumava ser o meu motorista quando eu era assessor de Xan. Gostava de George. Ele tinha um rosto alegre e cativante, com orelhas protuberantes, boca grande e nariz um tanto largo e arrebitado. Raramente falava, e só o fazia quando eu começava a conversa. Desconfio que todos os motoristas trabalhavam sob a mesma proibição. Mas emanava dele, ou pelo menos eu gostava de acreditar, um espírito de boa vontade generalizada, talvez até de aprovação, que transformava nossas viagens juntos em um interlúdio tranquilo e livre de ansiedade entre as frustrações das reuniões do Conselho e a infelicidade do lar. O motorista de hoje era mais esguio, agressivamente esperto em seu uniforme aparentemente novo, e os olhos que cruzaram com os meus não revelavam nada, nem mesmo antipatia.

– George não está mais dirigindo? – perguntei.

– George morreu, senhor. Um acidente na A4. Meu nome é Hedges. Vou ser o seu motorista nas duas viagens.

Era difícil pensar em George, aquele motorista habilidoso e meticulosamente cuidadoso, envolvido em um acidente fatal, mas não fiz mais perguntas. Algo me disse que a curiosidade não seria satisfeita e questionamentos adicionais não seriam prudentes.

Não fazia sentido tentar ensaiar a conversa que estava por vir ou especular como Xan me receberia após três anos de silêncio. Não tínhamos nos despedido com raiva ou amargura, mas eu sabia que o que tinha feito era injustificável aos olhos dele. Me perguntei se também seria imperdoável. Ele estava acostumado a conseguir o que queria. Ele me queria ao lado dele e eu tinha desertado. Mas agora concordara em me ver. Em menos de uma hora eu saberia se desejava que a brecha fosse permanente. Imaginei se ele teria contado a algum membro do Conselho que eu tinha pedido uma audiência. Não esperava nem queria vê-los – aquela parte da minha vida acabara –, mas pensava neles à medida que o carro avançava suavemente, quase em silêncio, rumo a Londres.

Há quatro deles: Martin Woolvington, responsável pela Indústria e Produção; Harriet Marwood, responsável pela

Saúde, Ciência e Recreação; Felicia Rankin, cuja pasta de Administração Interna, algo como uma colcha de retalhos, inclui Moradia e Transporte; e Carl Inglebach, Ministro da Justiça e de Segurança do Estado. A atribuição de responsabilidade é mais uma forma conveniente de dividir a carga de trabalho do que uma outorga de autoridade absoluta. Ninguém, pelo menos enquanto eu frequentava as reuniões do Conselho, era impedido de invadir a área de interesse do outro, e as decisões eram tomadas pelo Conselho todo por maioria de votos – aos quais eu, como assessor de Xan, não tinha direito. Seria essa humilhante exclusão, me perguntava agora, e não a autoconsciência de minha ineficácia que tinha tornado a minha posição intolerável? A influência não era um substituto para o poder.

A utilidade de Martin Woolvington para Xan e a justificativa para o seu lugar no Conselho não está mais em dúvida e provavelmente se fortalecera desde a minha deserção. Woolvington é o membro com quem Xan tem mais intimidade, decerto o mais próximo do que se pode chamar de amigo. Tinham estado no mesmo regimento, servindo juntos como oficiais subalternos, e Woolvington foi um dos primeiros homens nomeados para servir no Conselho. Indústria e Produção é uma das pastas mais densas, incluindo, nas atuais circunstâncias, agricultura, alimentação e energia elétrica e a coordenação do trabalho. Em um Conselho notável por sua elevada inteligência, a nomeação de Woolvington em princípio me surpreendeu. Mas ele não é burro: o Exército Britânico tinha parado de avaliar a burrice entre os comandantes muito antes dos anos 1990, e Martin mais do que justifica seu lugar pela inteligência prática, não intelectual, bem como por uma extraordinária capacidade para o trabalho árduo. Ele fala pouco no

Conselho, mas suas contribuições são invariavelmente apropriadas e sensatas. Sua lealdade a Xan é absoluta. Durante as reuniões do Conselho, era o único que ficava rabiscando. Rabiscar, sempre pensei, era um sinal de ligeiro estresse, uma necessidade de manter as mãos ocupadas, um expediente útil para evitar cruzar o olhar com o dos outros. Os rabiscos de Martin eram únicos. A impressão que dava era de relutância em desperdiçar tempo. Ele conseguia ouvir com metade da mente e desenhar no papel suas linhas de batalha, planejar suas manobras e ainda desenhar seus meticulosos soldados de brinquedo, geralmente com o uniforme das Guerras Napoleônicas. Deixava os papéis na mesa quando saía, e eu ficava impressionado com o detalhe e a habilidade dos desenhos. Gostava dele porque era invariavelmente cortês e não demonstrava nada do ressentimento secreto pela minha presença que, morbidamente sensível à atmosfera, eu pensava detectar em todos os outros. Mas nunca senti que o entendia e duvido que tenha passado pela cabeça dele tentar me entender. Se o Administrador me queria lá, estava bom o suficiente para ele. Sua estatura é pouco mais do que mediana, seu cabelo é claro e ondulado e o rosto é sensível e estético, o que muito me faz lembrar da fotografia de uma estrela do cinema da década de 1930, Leslie Howard, que eu vira em certa ocasião. A semelhança, uma vez detectada, reforçava a si mesma, imbuindo-o, aos meus olhos, de uma sensibilidade e intensidade dramática que eram alheias à sua natureza essencialmente pragmática.

Nunca me senti à vontade com Felicia Rankin. Se Xan queria uma colega que fosse, ao mesmo tempo, uma jovem mulher e uma advogada notável, havia escolhas menos amargas à disposição. Sua aparência era extraordinária.

Ela é invariavelmente filmada e fotografada de perfil ou de meio rosto e, vista assim, dá uma impressão de beleza calma e convencional: a estrutura clássica dos ossos, as sobrancelhas altas e arqueadas, o cabelo loiro penteado para trás em um coque. No entanto, se capturada de rosto inteiro, a simetria desaparece. É como se sua cabeça tivesse sido moldada a partir de metades diferentes, cada uma delas atraente, mas reunidas em uma dissonância que, em certos aspectos, aproxima-se da deformidade. O olho direito é maior do que o esquerdo, a testa tem uma ligeira saliência, a orelha esquerda é maior do que a equivalente. Mas os olhos são fora do comum: enormes, com íris de um cinza-claro. Ao observá-los no rosto dela em repouso, costumava me perguntar o que ela sentiria ao ser tão espetacularmente privada de beleza por uma margem tão estreita. Às vezes, no Conselho, eu achava difícil tirar meus olhos dela, até que ela de repente virava a cabeça e me via desviando rapidamente, com seu próprio olhar insolente e desdenhoso. Imaginava até que ponto minha mórbida obsessão pela sua aparência teria alimentado nossa antipatia mútua.

Aos 68 anos, Harriet Marwood, o membro mais velho, é responsável pela Ciência, Saúde e Recreação, mas sua principal função no Conselho tornou-se clara para mim depois da primeira reunião de que participei – e é, na verdade, clara para o país inteiro. Harriet é a anciã sábia da tribo, a avó universal, tranquilizadora, reconfortante, sempre ali, defendendo o próprio padrão ultrapassado de bons modos e dando como certo que os netos vão se adequar. Quando aparece na televisão para explicar a última instrução, é impossível não acreditar que tudo é para o melhor. Ela poderia muito bem fazer uma lei de suicídio universal parecer perfeitamente razoável; metade do país, imagino, obedeceria de imediato. Eis aqui a sabedoria da idade, segura, inflexível, afetuosa. Antes da Ômega, havia sido diretora de um colégio particular para garotas, e ensinar era a sua paixão. Mesmo como diretora, continuou dando aulas para o sexto ano. Mas era aos jovens que queria ensinar. Ela desprezava o meu compromisso de aceitar um emprego na educação de adultos, distribuindo pequenas doses do alimento da história popular e da literatura ainda mais popular a pessoas de meia-idade entediadas. A energia, o entusiasmo que conferira à educação quando jovem é, agora, dado ao Conselho. Ali estão seus alunos, suas crianças e, por extensão, o país inteiro também. Desconfio que Xan a considere útil de formas que nem posso imaginar. Também acho que seja extremamente perigosa.

As pessoas que se dão o trabalho de pensar sobre as personalidades do Conselho dizem que Carl Inglebach é o cérebro, que o planejamento e a administração brilhantes da organização coesa que mantém o país unido foi formulada dentro daquela cabeça alongada e que, sem o seu talento administrativo, o Administrador da Inglaterra seria ineficaz. É o tipo de coisa que falam sobre os poderosos, e pode ser que ele o tenha incentivado, mas duvido; Inglebach é indiferente à opinião pública. A crença dele é simples: existem coisas sobre as quais nada pode ser feito, e tentar mudá-las é perda de tempo. Existem coisas que devem ser mudadas e, uma vez tomada a decisão, a mudança deve ser instaurada sem procrastinação ou clemência. É o membro mais sinistro do Conselho e o mais poderoso depois do Administrador.

Não conversei com o meu motorista até chegarmos à rotatória de Shepherd's Bush, quando me inclinei para a frente, bati na janela que havia entre nós e falei: "Eu gostaria que você passasse pelo Hyde Park e depois descesse pela Constitution Hill e pela Birdcage Walk, por favor".

– Esse é o trajeto que o Administrador me instruiu a fazer, senhor – respondeu ele, sem nenhum movimento dos ombros nem expressão na voz.

Ele passou em frente ao palácio, com suas janelas fechadas, o mastro sem estandarte, as guaritas vazias, os grandes portões fechados e trancados com cadeado. O St. James Park parecia mais descuidado do que da última vez que o vi. Esse era um dos parques que deveriam receber manutenção adequada por decreto do Conselho e de fato havia um grupo distante de trabalhadores em atividade, metidos nos macacões amarelos e marrons dos Temporários, recolhendo lixo e, aparentemente, aparando as bordas dos canteiros de flores ainda vazios. Um sol invernal iluminava a superfície do lago, no qual a plumagem colorida de dois patos-mandarim se destacavam como brinquedos pintados. Sob as árvores havia um fino pó de neve da semana anterior, e eu vi com interesse, mas sem ânimo no coração, que o trecho mais próximo de branco era um montículo com as primeiras campânulas brancas.

Havia muito pouco trânsito na Parliament Square, e o portão de ferro da entrada do Palácio de Westminster estava fechado. Ali se reúne, uma vez por ano, o Parlamento, cujos membros são eleitos pelos Conselhos Distritais e Regionais. Não se discute nenhum projeto de lei; não se promulga nenhuma legislação; a Grã-Bretanha é governada por decreto pelo Conselho da Inglaterra. A função oficial do Parlamento é discutir, aconselhar, receber informação e fazer recomendações. Cada um dos cinco membros do Conselho faz pessoalmente um relatório, descrito pela mídia como mensagem anual à nação. A sessão dura apenas um mês e a agenda é estabelecida pelo Conselho. Os temas discutidos são inócuos. Resoluções estabelecidas por uma maioria de dois terços vão para o Conselho da Inglaterra, que pode rejeitar ou aceitar cada ponto a seu bel-prazer. O sistema tem o mérito da simplicidade e dá a ilusão de democracia às pessoas que não têm mais energia para se importar com o modo com que são governadas ou por quem, desde que recebam o que o Administrador prometeu: acabar com o medo, acabar com o desejo, acabar com o tédio.

Durante os primeiros anos após a Ômega, o Rei, ainda não coroado, abriu o Parlamento com o velho esplendor, mas dirigindo por ruas quase vazias. Do potente símbolo de continuidade e tradição, ele se tornou um lembrete arcaico imprestável do que perdemos. Ele ainda abre o Parlamento, mas discretamente, vestindo uma roupa de passeio, entrando e saindo de Londres quase despercebido.

Eu podia me lembrar de uma conversa que tive com Xan uma semana antes de deixar o meu cargo.

– Por que você não coroa o Rei? Achei que estivesse ansioso por manter a normalidade.

– De que serviria fazer isso? As pessoas não estão interessadas. Elas se ofenderiam com o gasto enorme de uma cerimônia que deixou de ter sentido.

– Quase nunca ouvimos falar dele. Onde ele está? Em prisão domiciliar?

Xan deu risada.

– Domiciliar, não. Prisão palaciana ou casteleira, se quiser. Ele está bem confortável. De qualquer maneira, não acho que o Arcebispo de Canterbury concordaria em coroá-lo.

E me lembro de minha resposta.

– Não é de surpreender. Quando nomeou Margaret Shivenham para Canterbury, você sabia que ela era uma republicana fervorosa.

Logo após as grades do parque, caminhando em fileira pelo gramado, vinha um grupo de flagelantes. Estavam nus da cintura para cima, vestindo, mesmo no frio de fevereiro, nada além de tangas amarelas e sandálias nos pés descalços. Enquanto andavam, sacudiam as pesadas cordas cheias de nós, designadas para lacerar as costas que já sangravam. Mesmo pela janela do carro eu podia ouvir o assovio do couro, o baque dos açoites na carne nua. Olhei para a nuca do motorista, a meia-lua do cabelo meticulosamente raspado sob o quepe, a pinta única acima do colarinho em que mantive irritantemente minha vista durante a maior parte da silenciosa viagem.

Agora, determinado a obter alguma reação dele, eu disse:

– Pensei que esse tipo de demonstração pública tivesse se tornado ilegal.

– Só na via pública ou na calçada, senhor. Imagino que eles se sintam no direito de andar pelo parque.

– Você acha esse espetáculo ofensivo? Suponho que foi por isso que os flagelantes foram banidos. As pessoas não gostavam de ver sangue.

– Acho ridículo, senhor. Se Deus existe e decidiu que se cansou de nós, Ele não vai mudar de ideia porque uma ralé de zeros à esquerda se vestem de amarelo e ficam choramingando pelo parque.

– Você acredita em Deus? Acredita que Ele existe?

Àquela altura tínhamos estacionado à porta do velho Ministério das Relações Exteriores. Antes de sair para abrir a porta para mim, ele virou a cabeça e olhou no meu rosto.

– Talvez o experimento Dele tenha falhado espetacularmente, senhor. Talvez Ele esteja apenas perplexo, vendo essa bagunça sem saber como corrigir. Talvez sem vontade de corrigir. Talvez Ele só tivesse poder suficiente para uma última intervenção. Então Ele fez isso. Seja lá quem Ele for, seja lá o que Ele for, espero que queime no próprio Inferno.

Ele falou com extraordinária amargura e então seu rosto assumiu uma máscara fria e estática. Colocou-se em posição de sentido e abriu a porta do carro.

12

Theo reconheceu o granadeiro que estava de guarda do lado de dentro da porta.

– Bom dia, senhor – disse ele, então.

Sorriu como se não tivesse havido um lapso de três anos, como se Theo estivesse entrando para tomar seu lugar de direito. Outro granadeiro, desta vez desconhecido, aproximou-se e cumprimentou-o. Juntos subiram a escada ornamentada.

Xan rejeitara o número 10 da Downing Street tanto como escritório quanto como residência e, em vez disso, acomodara-se no escritório das Relações Exteriores e da Commonwealth, com vista para o parque. Tinha seu apartamento particular no último andar, onde, como Theo sabia, vivia com uma simplicidade ordenada e confortável, do tipo que só se alcança quando sustentada pelo dinheiro e por uma equipe. A sala na parte da frente do edifício, usada vinte e cinco anos antes pelo Secretário de Relações Exteriores, fora desde o princípio tanto o escritório de Xan quanto a sala do Conselho.

Sem bater, o granadeiro abriu a porta e anunciou seu nome em voz alta.

Ele se viu de frente não para Xan, mas para o Conselho inteiro. Estavam sentados à mesma mesa oval de que se lembrava, mas de um único lado e mais próximos do que de costume. Xan estava no meio, ladeado por Felicia e Harriet, com Martin no canto esquerdo e Carl à direita.

Era um estratagema calculado com a nítida intenção de desconcertá-lo e, por um momento, foi bem-sucedido. Theo sabia que os cinco pares de olhos não haviam deixado de notar sua hesitação involuntária à porta, o rubor da irritação e do constrangimento. Mas o choque da surpresa cedeu lugar a um acesso de raiva, e a raiva foi útil. Ele tomara a iniciativa, mas não havia motivo nenhum para eles a manterem.

As mãos de Xan estavam pousadas de leve sobre a mesa, com os dedos curvados. Em choque, Theo reconheceu o anel – e imediatamente soube que a intenção era que reconhecesse. Não dava para escondê-lo. Xan estava usando, no terceiro dedo da mão esquerda, o Anel da Coroação, a aliança de casamento da Inglaterra, a grande safira rodeada por diamantes e rematada por uma cruz de rubis. Ele olhou para a joia, sorriu e falou:

– Foi ideia de Harriet. Pareceria terrivelmente vulgar se não se soubesse que é verdadeiro. As pessoas precisam das suas ninharias. Não se preocupe, não vou propor que Margaret Shivenham me consagre na Abadia de Westminster. Duvido que eu conseguiria chegar ao fim da cerimônia com a gravidade apropriada. Ela fica tão ridícula com a mitra. Você está pensando que houve um tempo em que eu não teria usado isto.

– Um tempo em que você não teria sentido a necessidade de usá-lo – corrigiu Theo, pensando que poderia ter acrescentado: "Nem a necessidade de me dizer que a ideia foi de Harriet".

Xan apontou para a cadeira vazia. Theo se sentou e disse:

– Pedi uma reunião particular com o Administrador da Inglaterra e entendi que era o que eu iria ter. Não estou solicitando um emprego nem sou candidato a ser viva voz.

– Faz três anos desde a última vez que nos vimos ou conversamos – afirmou Xan. – Achamos que você poderia gostar de encontrar os velhos... o que você diria, Felicia?... amigos, camaradas, colegas?

– Eu diria conhecidos – respondeu Felicia. – Nunca entendi a função exata do dr. Faron quando era Assessor do Administrador, e seu papel não ficou mais claro com a ausência dele ou a passagem de três anos.

Woolvington tirou os olhos de seus rabiscos. O Conselho devia estar esperando havia algum tempo. Ele já amontoara uma companhia de soldados de infantaria.

– Nunca ficou claro – concordou ele. – O Administrador pediu por ele, e isso era bom o bastante para mim. Ele não contribuiu muito, pelo que me lembro, mas também não atrapalhou.

Xan sorriu, mas o sorriso não chegou aos olhos.

– Isso ficou no passado. Bem-vindo de volta. Diga o que veio dizer. Somos todos amigos aqui – disse, fazendo palavras banais soarem como uma ameaça.

Não valia a pena fazer rodeios.

– Estive no Termo em Southwold na última quarta-feira – falou Theo. – E o que vi foi assassinato, Xan. Metade dos suicidas pareciam drogados e nem todos os que sabiam o que estava acontecendo foram de bom grado. Vi mulheres sendo arrastadas para dentro de um barco e acorrentadas. Uma foi espancada até a morte na praia. Estamos abatendo os nossos idosos agora como animais indesejados? Esse desfile homicida é o que o Conselho chama de segurança, conforto, prazer? Isso é morte com dignidade? Estou aqui porque achei que você deveria saber o que está sendo feito em nome do Conselho.

Ele disse a si mesmo: *Estou sendo veemente demais. Estou sendo hostil antes de ter começado de verdade. Melhor ir com calma.*

– Esse Termo em particular foi malconduzido – falou Felicia. – As coisas fugiram do controle. Eu já pedi um relatório. É possível que alguns dos guardas tenham se excedido no cumprimento do dever.

– Alguém se excedeu no cumprimento do dever. Não foi sempre essa a desculpa? E por que precisamos de guardas armados e algemas se essas pessoas estão indo de boa vontade encontrar a morte? – perguntou Theo.

– Esse Termo em particular foi malconduzido – explicou Felicia de novo, com uma impaciência mal contida. – As medidas cabíveis serão tomadas contra os responsáveis. O Conselho registra a sua preocupação, sua preocupação racional e de fato louvável. Isso é tudo?

Xan parecia não ter ouvido a pergunta dela.

– Quando chegar a minha vez, proponho tomar a cápsula letal no conforto da minha cama, em casa, e de preferência sozinho – comentou ele. – Nunca entendi exatamente o propósito do Termo, embora você pareça gostar dele, Felicia.

– Começou espontaneamente – disse ela. – Umas vinte pessoas de oitenta anos em uma casa em Sussex decidiram organizar uma festa num ônibus em Eastbourne e depois, de mãos dadas, pularam do cabo Beachy Head. Virou quase uma moda. Então um ou dois dos Conselhos Locais acharam que deviam atender a uma necessidade óbvia e organizar a coisa de forma apropriada. Pular de penhascos pode ser uma saída fácil para os velhos, mas alguém fica com o trabalho desagradável de remover os corpos. Na verdade, um ou dois sobreviveram por um curto período de tempo, eu acho. Rebocá-los para o mar era obviamente mais sensato.

Harriet inclinou-se para a frente e disse, num tom de voz persuasivo, racional:

– As pessoas precisam de ritos de passagem e querem companhia no final. Você tem forças para morrer sozinho, Administrador, mas a maioria das pessoas acha reconfortante sentir o toque de uma mão humana.

– A mulher que vi não recebeu o toque de uma mão humana, a não ser brevemente a da minha – contestou Theo. – O que ela recebeu foi uma coronhada na cabeça.

Woolvington não se deu o trabalho de tirar os olhos dos rabiscos.

– Todos nós morremos sozinhos – murmurou ele. – Devemos suportar a morte assim como suportamos o nascimento. Nenhuma das duas experiências é compartilhável.

Harriet Marwood virou-se para Theo.

– O Termo é absolutamente voluntário, claro – assegurou ela. – Existem todas as salvaguardas apropriadas. Eles têm que assinar um formulário... em duas vias, não é, Felicia?

– Em três – respondeu Felicia em tom ríspido. – Uma cópia é enviada ao Conselho Local e outra ao parente mais próximo, para que possa reivindicar o dinheiro de sangue. A terceira fica com o idoso e é recolhida quando ele sobe no barco. Essa vai para o Gabinete de Censo e População.

– Como vê, Felicia tem tudo sob controle – falou Xan. – Isso é tudo, Theo?

– Não. A Colônia Penal de Man. Você sabe o que está acontecendo lá? Os assassinatos, a fome, o completo colapso da lei e da ordem?

– Sabemos. A pergunta é: como você sabe? – retorquiu Xan.

Theo não respondeu; mas, em sua elevada percepção, a pergunta fez soar um sinal de alarme.

– Acho que me lembro de você estar presente em nossa reunião, com sua capacidade um tanto ambígua, quando a implantação da Colônia Penal de Man estava sendo discutida – comentou Felicia. – Não fez nenhuma objeção, exceto em favor da população que residia ali na época, que nós propusemos que fosse realojada no continente. E eles foram realojados, confortável e vantajosamente, nas partes do país que escolheram. Não temos nenhuma reclamação.

– Presumi que a Colônia seria administrada adequadamente, que seriam proporcionadas as necessidades básicas para uma vida razoável.

– Elas são. Há abrigo, comida e sementes para cultivar plantações.

– Também presumi que a Colônia seria policiada, governada. Mesmo no século 19, quando os condenados eram deportados para a Austrália, as colônias tinham um governador, alguns liberais, outros draconianos, mas todos eram responsáveis pela manutenção da paz e da ordem. As colônias não foram deixadas à mercê dos condenados mais fortes e mais criminosos.

– Não foram? – retrucou Felicia. – Bem, isso é uma questão de opinião. Mas não estamos lidando com a mesma situação aqui. Você conhece a lógica do sistema penal. Se as pessoas decidirem agredir, roubar, aterrorizar, abusar e explorar os outros, deixe que vivam com pessoas da mesma mentalidade. Se é esse o tipo de sociedade que querem, então dê isso a eles. Se tiverem alguma virtude, vão se organizar de maneira sensata e viver em paz uns com os outros. Se não, a sociedade vai se transformar no caos que estavam tão dispostos a impor aos outros. A escolha é toda deles.

– Sobre o uso de um governador ou de guardas prisionais para impor a ordem, onde vamos achar essas pessoas? – interrompeu Harriet. – Você veio se oferecer? E, se você não vai fazer isso, quem vai? As pessoas estão cansadas dos criminosos e da criminalidade. Hoje elas não estão preparadas para viver com medo. Você nasceu em 1971, não foi? Você deve se lembrar da década de 1990, das mulheres com medo de andar pelas ruas da própria cidade, do aumento dos crimes sexuais e violentos, dos idosos aprisionados nos próprios apartamentos, alguns queimados até a morte atrás dessas barras, dos *hooligans* bêbados acabando com a paz de cidades pequenas, das crianças tão perigosas quanto os mais velhos, do tempo em que nenhuma propriedade estava segura se não fosse protegida por grades e alarmes caros contra roubo. Já se tentou de tudo para curar a criminalidade do ser humano, todo tipo do chamado tratamento, todos os regimes das nossas prisões. Crueldade e severidade não funcionaram, mas gentileza e clemência também não. Desde a Ômega, as pessoas nos dizem: chega! Os sacerdotes, os psiquiatras, os psicólogos, os criminólogos, ninguém encontrou a resposta. O que garantimos é libertação do medo, libertação do desejo, libertação do tédio. As outras libertações não fazem sentido sem a primeira.

– O antigo sistema não era inteiramente desprovido de lucro, era? – questionou Xan. – A polícia era bem remunerada. E a classe média tirava bom proveito: oficiais de justiça, assistentes sociais, magistrados, juízes, funcionários do tribunal, uma pequena indústria bastante rentável, tudo dependente do infrator. A sua profissão, Felicia, se saía particularmente bem exercitando suas bem-remuneradas habilidades legais para condenar as pessoas de modo que seus colegas pudessem ter a satisfação de fazer os veredito serem anulados em recurso. Hoje incentivar criminosos é uma indulgência que não podemos nos permitir, mesmo para proporcionar uma vida confortável para os liberais da classe média. Mas desconfio que a Colônia Penal de Man não seja a última das suas preocupações.

– Existe uma inquietação quanto ao tratamento dado aos Temporários. Eles são importados como hilotas, tratados como escravos. E por que a cota? Se eles quiserem vir, deixe que venham. Se quiserem ir embora, deixe que vão.

As duas primeiras linhas da cavalaria de Woolvington estavam completas, trotando elegantemente pela parte de cima do papel.

– Você não está sugerindo que devíamos ter imigração irrestrita, está? – perguntou ele, erguendo o olhar. – Você se lembra do que aconteceu na Europa na década de 1990? As pessoas se cansaram das multidões invasoras vindas de países com tantas vantagens naturais quanto este e que, depois de terem se permitido ser malgovernadas durante décadas por covardia, indolência e estupidez, esperavam usurpar e explorar os benefícios conquistados ao longo de séculos pela inteligência, empenho e coragem, ao mesmo tempo que incidentalmente corrompiam e destruíam a civilização da qual estavam tão ansiosos para fazer parte.

Theo pensou: *Até falando são iguais agora; mas, quem quer que fale, a voz é a de Xan.*

– Não estamos falando de história – disse ele. – Não enfrentamos escassez de recursos, nem escassez de empregos, nem escassez de moradia. Restringir a imigração em um mundo agonizante e subpovoado não é uma política particularmente generosa.

– Nunca foi – retorquiu Xan. – A generosidade é uma virtude para indivíduos, não para governos. Quando os governos são generosos, eles fazem isso com o dinheiro de outras pessoas, com a segurança de outras pessoas, com o futuro de outras pessoas.

Foi então que Carl Inglebach se pronunciou pela primeira vez. Estava sentado do modo como Theo o vira dezenas de vezes, um pouco para a frente no assento, os punhos cerrados, abaixados exatamente lado a lado sob a mesa, como se escondessem algum tesouro que, no entanto, seria importante que o Conselho soubesse que ele tinha, ou talvez como se estivesse a ponto de jogar um jogo infantil, abrindo uma palma e depois a outra para mostrar a moeda transferida. Parecia, e provavelmente estava cansado de ouvir isso, uma versão benigna de Lênin, com sua cabeça abaulada e lustrosa e seus olhos pretos brilhantes. Não gostava da constrição das gravatas e dos colarinhos, e a semelhança era acentuada pelo terno de linho castanho--claro que sempre usava, feito sob medida, com gola alta e abotoado no ombro esquerdo. Agora, contudo, estava terrivelmente diferente. Theo notou logo de cara que ele estava gravemente doente, talvez até próximo da morte. A cabeça era um crânio com uma membrana de pele bem esticada sobre ossos salientes; o pescoço esquelético despontava da camisa como o de uma tartaruga; a pele, ictérica, estava coberta por manchas. Theo já vira aquele olhar antes: somente os olhos não haviam mudado, brilhando naquelas órbitas com pontinhos de luz. Mas, quando falou, sua voz estava forte como sempre. Era como se toda a força que lhe restara estivesse concentrada na mente e na voz, bonita e ressonante, que dava elocução à mente.

– Você é historiador. Conhece os males que foram perpetrados no decorrer dos séculos para garantir a sobrevivência de nações, seitas, religiões, até de famílias individuais. Tudo o que o ser humano fez, para o bem ou para o mal, foi feito com a consciência de que ele foi formado pela história, de que seu tempo de vida é curto, incerto, insubstancial, mas de que haveria um futuro para a nação, para a raça, para a tribo. Essa esperança finalmente desapareceu, a não ser na mente dos tolos e fanáticos. O Ser Humano fica diminuído se vive sem conhecer seu passado; sem esperança de futuro, ele se torna um animal. Vemos em todos os países do mundo a perda dessa esperança, o fim da ciência e da invenção, exceto por descobertas que possam estender a vida ou aumentar o conforto e o prazer, o fim da nossa preocupação com o mundo físico e o nosso planeta. Que importância tem quais merdas deixaremos para trás como legado do nosso aluguel breve e desordeiro? As emigrações em massa, os grandes tumultos internos, as guerras religiosas e entre povos nativos da década de 1990 deram lugar a uma anomia universal que deixa as safras por semear e colher, aos animais abandonados, à fome, à guerra civil, ao roubo dos fracos pelos fortes. Vemos regressões a mitos antigos, a superstições antigas, até mesmo ao sacrifício humano, às vezes em escala maciça. O fato de este país ter sido em grande parte poupado dessa catástrofe universal se deve às cinco pessoas ao redor desta mesa. Em particular, se deve ao Administrador da Inglaterra. Temos um sistema que se estende deste Conselho até os Conselhos locais e que mantém um vestígio de democracia para aqueles que se importam. Temos uma direção humana de trabalho que leva em conta até certo ponto os desejos e os talentos individuais, e que garante que as pessoas continuem trabalhando mesmo que não tenham posteridade para herdar as recompensas do seu trabalho. Apesar do inevitável desejo de gastar, de adquirir, de satisfazer imediatismos, temos uma moeda forte e inflação baixa. Temos planos que vão garantir que a última geração seja afortunada o suficiente para viver no pensionato multirracial que chamamos de Grã-Bretanha, que vão ter comida armazenada, remédios necessários, luz, água e energia elétrica. Além dessas conquistas, o país se preocupa muito com o fato de que alguns Temporários estejam descontentes, que alguns dos idosos escolham morrer acompanhados, que a Colônia Penal de Man não esteja pacificada?

– Você se afastou dessas decisões, não se afastou? – perguntou Harriet. – É indigno desistir da responsabilidade e depois reclamar porque ficou insatisfeito com o resultado dos esforços dos outros. Foi você quem decidiu renunciar, lembra? De qualquer forma, vocês, historiadores, ficam mais felizes vivendo no passado, então por que não ficam por lá?

– Com certeza é onde ele se sente mais à vontade – comentou Felicia. – Até quando matou a filha ele estava recuando.

No silêncio curto, porém intenso, que envolveu o comentário, Theo foi capaz de dizer:

– Não nego o que vocês conquistaram, mas seria mesmo prejudicial à boa ordem, ao conforto, à proteção, às coisas que vocês oferecem à população se fizessem algumas reformas? Acabem com o Termo. Se as pessoas quiserem se matar, e concordo que é uma forma racional de pôr fim às coisas, então mandem para elas as pílulas necessárias para o suicídio, mas façam isso sem persuasão em massa ou coerção. Mandem uma força militar para a Ilha de Man e restaurem alguma ordem por lá. Acabem com as análises compulsórias de esperma e os exames de rotina das mulheres saudáveis; são degradantes e, seja como for, não funcionam. Fechem as lojas estaduais de pornografia. Tratem os Temporários como seres humanos, não como escravos. Vocês podem fazer qualquer uma dessas coisas com facilidade. O Administrador pode fazer isso com uma assinatura. É só o que peço.

– Bem, parece que isso é pedir muito para este Conselho – retorquiu Xan. – Sua preocupação teria mais peso se estivesse sentado, como poderia, do lado de cá da mesa. Até porque sua posição não é diferente da do resto da Grã-Bretanha. Você quer chegar a um fim, mas fecha os olhos para os meios. Ou seja, quer que o jardim seja bonito, desde que mantenham o cheiro do estrume bem longe do seu narizinho sensível.

Xan se levantou e, um a um, o resto do Conselho o seguiu. Mas ele não estendeu a mão. Theo percebeu que o granadeiro que o acompanhara até ali havia se colocado discretamente a seu lado, como que obedecendo a um sinal secreto. Ele quase chegara a sentir que uma mão lhe pesaria sobre o ombro. Virou-se sem dizer uma palavra e o seguiu para fora da sala do Conselho.

13

O carro estava esperando. Ao vê-lo, o motorista saiu e abriu a porta. Mas, de repente, Xan apareceu ao lado dele.

– Dirija até o shopping e espere por nós na estátua da Rainha Vitória – ele disse a Hedges e, virando-se para Theo, continuou: – Vamos caminhar no parque. Me espere pegar o casaco.

Ele voltou em menos de um minuto vestindo o casaco de tweed que usava invariavelmente para filmagens externas de televisão, ligeiramente acinturado, com duas capas, estilo regência que, no início dos anos 2000, tornara-se elegante e caro por um curto período de tempo. O casaco era velho, mas ele o guardara.

Theo podia se lembrar da primeira vez que haviam discutido sobre o casaco.

– Você é louco. Tudo isso por um casaco.

– Vai durar para sempre.

– Mas você, não. Nem a moda.

– Não me importo com a moda. Vou gostar mais do estilo quando ninguém mais estiver usando.

E ninguém estava usando agora.

Os dois atravessaram a rua até o parque.

– Você foi imprudente ao vir aqui hoje – falou Xan. – Há um limite do que eu posso fazer para proteger você, você e as pessoas com quem está envolvido.

– Não achei que precisasse de proteção. Sou um cidadão livre consultando o Administrador da Inglaterra eleito democraticamente. Por que eu deveria precisar de proteção, a sua ou a de qualquer pessoa?

Xan não respondeu.

– Por que você faz isso? – perguntou Theo num impulso. – Por que diabos quer o emprego? – Era uma pergunta, pensou, que só ele poderia ou ousaria fazer.

Xan deteve-se antes de responder, estreitando os olhos e concentrando-os no lago como se algo invisível aos outros olhos houvesse de repente chamado a sua atenção. Mas com certeza, pensou Theo, ele não precisava hesitar. Devia ser uma pergunta sobre a qual refletira muitas vezes. Então se virou, continuou andando e respondeu:

– No começo, porque achei que fosse gostar. Do poder, suponho. Mas não era só isso. Não suportaria ver alguém se saindo mal quando eu sabia que poderia fazer melhor. Depois dos primeiros cinco anos, percebi que estava desfrutando menos, mas era tarde demais. Alguém tem que fazer, e as únicas pessoas que querem são os quatro ao redor daquela mesa. Você prefere Felicia? Harriet? Martin? Ou Carl? Carl poderia fazer esse trabalho, mas está morrendo. Os outros três não conseguiriam manter o Conselho unido, que dirá o país.

– Então é por isso. Dever público desinteressado?

– Você já conheceu alguém que desistiu do poder, do verdadeiro poder?

– Algumas pessoas desistem.

– E você viu essas pessoas, os mortos-vivos? Mas não é o poder, não completamente. Vou lhe contar o motivo real. Não estou entediado. Posso estar sentindo o que for, mas nunca estou entediado.

Eles continuaram andando em silêncio, contornando o lago.

– Os cristãos acreditam que o Último Advento chegou, só que Deus os está reunindo um a um em vez de vir de uma maneira mais dramática nas prometidas nuvens da glória – disse Xan. – Desse modo, o Céu pode controlar a entrada. Fica mais fácil para processar o grupo dos redimidos de túnica branca. Gosto de pensar em Deus preocupado com a logística. Mas eles desistiriam dessa ilusão para ouvir a risada de uma criança.

Theo não respondeu; então, Xan perguntou baixinho:

– Quem são essas pessoas? É melhor você me contar.

– Não existem pessoas.

– Toda aquela bagunça na sala do Conselho. Você não pensou naquilo sozinho. Não estou insinuando que não seja capaz de pensar em todas aquelas coisas. Sei que você consegue fazer muito mais. Mas não se importou durante três anos e, antes, não se preocupava muito. Convenceram você.

– Nenhuma pessoa específica. Eu vivo no mundo real em Oxford. Pego fila no caixa, faço compras, pego ônibus, escuto. As pessoas às vezes conversam comigo. Não alguém com quem eu me importe especificamente, apenas pessoas. O que faço é me comunicar com desconhecidos.

– Que desconhecidos? Os seus alunos?

– Não. Ninguém em particular.

– Curioso que você tenha se tornado tão acessível. Você costumava andar por aí com uma membrana impenetrável de privacidade, seu âmnio invisível particular. Quando conversar com esses desconhecidos misteriosos, pergunte se eles conseguem fazer o meu trabalho melhor do que eu. Se for esse o caso, peça a eles que venham dizer isso na minha cara, você não é um emissário especialmente persuasivo. Seria uma pena se tivéssemos que fechar a escola de educação adulta de Oxford. Não haverá escolha se o lugar se tornar foco de sedição.

– Você não pode estar falando sério.

– É o que Felicia diria.

– Desde quando você leva em conta o que Felicia diz?

Xan deu seu sorriso contido e reminiscente.

– Você está certo, claro. Eu não levo Felicia realmente em consideração.

Atravessando a ponte que cruzava o rio, eles pararam para olhar para Whitehall. Ali, inalterada, estava uma das vistas mais emocionantes que Londres tinha a oferecer – inglesa e, no entanto, exótica, com os elegantes e esplêndidos bastiões do Império vistos do outro lado da água brilhante e emoldurados por árvores. Theo lembrou-se de se deixar ficar naquele exato ponto uma semana depois de ter se juntado ao Conselho; lembrava-se de contemplar a mesma vista, e de Xan usando aquele mesmo casaco. Podia recordar cada palavra que haviam dito de forma tão clara como se acabassem de ter sido ditas.

– Vocês deveriam desistir da análise compulsória de esperma. É degradante e faz mais de vinte anos que é feita sem sucesso. De todo modo, vocês só testam os homens saudáveis selecionados. E os outros?

– Se puderem se reproduzir, boa sorte para eles, mas, enquanto houver unidades limitadas para a testagem, vamos mantê-las para os que são física e moralmente aptos.

– Então você está planejando encontrar virtude além de saúde?

– Podemos dizer que sim, estou. Ninguém com ficha criminal ou histórico familiar de infração deve ter permissão para se reproduzir, se tivermos escolha.

– Então a lei penal passaria a ser a medida da virtude?

– De que outra maneira ela pode ser medida? O Estado não pode olhar nos corações dos homens. Tudo bem, é rudimentar e vamos desconsiderar as pequenas delinquências. Mas por que permitir nossa reprodução a partir dos burros, dos displicentes, dos violentos?

– Então no seu novo mundo não vai haver espaço para o ladrão arrependido?

– É possível aplaudir o arrependimento sem desejar que a reprodução seja feita a partir dele. Mas veja, Theo, isso não vai acontecer. Nós planejamos por planejar, fingindo que o ser humano tem futuro. Quantas pessoas acreditam mesmo que vamos achar uma semente viva agora?

– E suponha que você descubra de alguma forma que o psicopata agressivo tem esperma fértil. Você vai usar?

– Claro. Se ele for a única esperança, vamos usá-lo. Vamos aproveitar o que tiver. Mas as mães serão cuidadosamente escolhidas com base em inteligência, saúde e ausência de ficha criminal. Vamos tentar eliminar a psicopatia com a reprodução.

– Há também os centros de pornografia. Eles são mesmo necessários?

– Você não precisa usá-los. A pornografia sempre existiu.

– Tolerada pelo Estado, não fornecida por ele.

– Não há grande diferença. E que mal ela faz às pessoas desesperançadas? Não existe nada melhor do que manter o corpo ocupado e a mente tranquila.

– Mas não foi para isso que esses centros foram criados, foi? – perguntou Theo.

– Claro que não. O ser humano não tem esperança de se reproduzir se não copular. Quando isso sair totalmente de moda, estaremos perdidos.

Seguiram andando sem pressa. Interrompendo um silêncio quase amigável, Theo indagou:

– Você vai a Woolcombe com frequência?

– Aquele mausoléu vivo? Aquele lugar me aterroriza. Eu costumava cumprir o dever de fazer uma visita ocasional à minha mãe. Faz cinco anos que não vou lá. Ninguém morre em Woolcombe hoje em dia. O que aquele lugar precisa é de uma bomba para ter o seu próprio Termo. Estranho, não é? Quase toda a pesquisa médica moderna é dedicada a melhorar a saúde na velhice e estender a expectativa de vida humana, entretanto conseguimos mais senilidade, não menos. Estender a vida para quê? Damos a eles remédios para melhorar a memória de curto prazo, remédios para melhorar o ânimo, remédios para aumentar o apetite. Eles não precisam de nada para dormir, é a única coisa que parecem fazer. Eu me pergunto o que passa por aquelas mentes senis durante esses longos períodos de semiconsciência. Lembranças, suponho; orações.

– Uma oração – disse Theo. – "Que eu viva para ver os filhos dos meus filhos e que haja paz em Israel." Sua mãe reconheceu seu rosto antes de morrer?

– Infelizmente sim.

– Você me falou uma vez que o seu pai a odiava.

– Não consigo imaginar por que falei isso. Acho que estava tentando chocar, embora desde menino você já fosse difícil de impressionar. Nada do que alcancei, universidade, vida militar, ter me tornado Administrador, o impressionou de verdade, não é? Meus pais se davam bem. Meu pai era gay, claro. Você não percebeu? Eu costumava me importar desesperadamente quando era criança, mas agora não parece nem um pouco importante. Por que ele não deveria viver como quisesse? Eu sempre vivi. Isso explica o casamento, claro. Ele queria respeitabilidade e precisava de um filho, então escolheu uma mulher que ficaria tão maravilhada de conquistar Woolcombe, um baronete e um título que não reclamaria quando descobrisse que era a única coisa que ia ter.

– Seu pai nunca me abordou.

Xan deu risada.

– Como você é egocêntrico, Theo. Você não fazia o tipo dele, e ele era morbidamente convencional. Onde se ganha o pão, não se come a carne. Além do mais, ele tinha Scovell, que estava no carro com ele quando sofreu o acidente. Consegui abafar isso com bastante eficiência... alguma espécie de piedade filial, imagino. Eu não me importava com quem sabia, mas ele teria se importado. Fui um filho suficientemente ruim. Devia isso a ele.

– Não vamos ser os dois últimos homens na Terra – comentou Xan, de repente. – Esse privilégio será de um Ômega, que Deus o ajude. Mas, se fôssemos, o que acha que faríamos?

– Beberíamos. Saudaríamos a escuridão e nos lembraríamos da luz. Gritaríamos uma lista de nomes e depois nos mataríamos com um tiro.

– Quais nomes?

– Michelangelo, Leonardo da Vinci, Shakespeare, Bach, Mozart, Beethoven. Jesus Cristo.

– Seria uma lista de chamada da humanidade. Deixaríamos de fora os deuses, os profetas, os fanáticos. Eu gostaria que fosse em pleno verão, que a bebida fosse o clarete e que o lugar fosse a ponte em Woolcombe.

– E já que somos ingleses, afinal, poderíamos terminar com o discurso de Próspero de *A tempestade*.

– Se não fôssemos velhos demais para lembrar as palavras e, quando o vinho tivesse terminado, não estivéssemos fracos demais para segurar as armas.

Eles estavam agora no final do lago. O carro os esperava no shopping, respaldado pela estátua da Rainha Vitória. Ao lado do veículo, o chofer aguardava imóvel, com as pernas separadas e os braços cruzados, fitando-os sob a borda do quepe. Era a postura de um carcereiro, talvez de um executor. Theo imaginou o quepe substituído por um gorro preto, uma máscara e um machado ao lado.

Então ouviu a voz de Xan, suas palavras de despedida:

– Diga aos seus amigos, sejam eles quem forem, para que sejam sensatos, sim? Se não puderem ser sensatos, para que sejam prudentes. Não sou um tirano, mas não posso me dar ao luxo de ser misericordioso. Vou fazer o que tiver que ser feito.

Ele olhou para Theo, que, por um extraordinário momento, pensou ter visto nos olhos de Xan um apelo por compreensão. Depois repetiu:

– Diga isso a eles, Theo. Vou fazer o que tiver que ser feito.

14

Theo ainda achava difícil se acostumar a atravessar a rua St. Giles vazia. A lembrança de seus primeiros dias em Oxford, as fileiras de carros estacionados bem perto uns dos outros sob os olmos, de sua crescente frustração enquanto esperava para atravessar o tráfego quase incessante devia ter se enraizado com mais firmeza do que recordações mais auspiciosas ou significativas para ser desencadeada com tanta facilidade. Ele ainda estava instintivamente hesitante na sarjeta; ainda não conseguia ver aquele vazio sem se surpreender. Atravessando a ampla rua com uma rápida olhada para a direita e para a esquerda, desceu a viela de paralelepípedos ao lado do pub Lamb and Flag e foi até o museu. Os portões estavam fechados e, por um momento, receou que o museu também estivesse. Irritou-se consigo mesmo por não ter telefonado. Entretanto o portão se abriu quando ele girou a maçaneta, e Theo notou que a porta interior de madeira estava entreaberta. Perambulou pela grande sala quadrada de vidro e ferro.

O ar estava muito frio – mais frio, parecia, do que a rua lá fora –, e o museu estava vazio a não ser por uma senhora de idade, tão agasalhada que só se viam seus olhos entre o cachecol de lã listrado e o gorro, que estava no balcão da loja. Ele podia ver que os mesmos cartões-postais estavam em exposição: imagens de dinossauros, de pedras preciosas, de borboletas, dos capitéis cuidadosamente esculpidos das colunas, fotografias dos pais fundadores daquela catedral secular da confiança vitoriana, John Ruskin e Sir Henry Ackland sentados juntos em 1874, Benjamin Woodward com seu rosto sensível e melancólico. Olhava silenciosamente para o teto maciço sustentado por uma série de colunas de ferro fundido, para os tímpanos ornamentados entre os arcos que se ramificavam com grande elegância em folhas, frutas, flores, árvores e arbustos. Mas sabia que seu estranho frêmito de agitação, mais preocupante do que agradável, tinha menos a ver com o prédio do que com o encontro com Julian, e tentou controlá-lo concentrando-se na engenhosidade e na qualidade do trabalho em ferro forjado, na beleza dos entalhes. Era, afinal de contas, o seu período. Ali estava a confiança vitoriana, a seriedade vitoriana; o respeito pelo aprendizado, pela maestria, pela arte; a convicção de que a vida inteira de um homem podia ser vivida em harmonia com o mundo natural. Fazia mais de três anos que não ia ao museu, todavia nada mudara. Nada, na verdade, mudara desde a primeira vez que entrara ali como universitário a não ser pelo aviso que ele se lembrava de ter visto apoiado contra uma coluna, dando as boas-vindas às crianças, mas advertindo, ineficientemente, recordava-se, para não correrem de um lado para o outro ou não fazerem barulho. O dinossauro com seu grande polegar curvado ainda tinha lugar de honra. Examinando-o, ele estava de novo na escola primária de Kingston. A sra. Ladbrook fixara a figura de um dinossauro na lousa e explicara que aquele animal desajeitado com a cabeça minúscula era corpulento, mas por ter um cérebro pequeno não conseguira se adaptar e perecera. Mesmo aos dez anos de idade ele achara a explicação pouco convincente. O dinossauro, com seu cérebro pequeno, sobrevivera durante alguns milhões de anos; saíra-se melhor do que o *Homo sapiens*.

Theo passou pelo arco no outro extremo do prédio principal e entrou no Pitt Rivers Museum, uma das maiores coleções etnológicas do mundo. As peças estavam tão próximas que era difícil saber se ela já estava lá esperando, talvez ao lado de um totem de doze metros. Mas, ao parar, não ouviu nenhum passo como resposta. O silêncio era absoluto e ele soube que estava sozinho, mas também que ela viria.

O Pitt Rivers Museum parecia bem mais apinhado do que em sua última visita. Nos mostruários desarrumados, navios modelo, máscaras, marfim e artesanatos com miçanga, amuletos e oferendas votivas pareciam se oferecer silenciosamente à sua atenção. Ele andou entre os mostruários e parou enfim diante de um antigo favorito, ainda em exibição, mas com a etiqueta tão escurecida e desbotada que mal dava para decifrar as letras. Era um colar com vinte e três dentes curvos e polidos de uma cachalote, dado pelo Rei Thakombau ao Reverendo James Calvert em 1874 e presenteado ao museu pelo bisneto dele, um piloto que morrera ao ser ferido no começo da Segunda Guerra Mundial. Theo sentiu outra vez o fascínio que sentira como estudante universitário com o estranho encadeamento de eventos que ligavam as mãos de um escultor fijiano ao jovem aviador condenado. Voltou a imaginar a cerimônia de entrega, o rei em seu trono cercado por guerreiros com saias de palha, o missionário de rosto sério aceitando o curioso tributo. A guerra de 1939 a 1945 fora a guerra do seu próprio avô; ele também fora morto servindo à Força Aérea Real, abatido em um bombardeiro Lancaster no grande ataque sobre Dresden. Como estudante universitário, sempre obcecado com o mistério do tempo, agradava-lhe pensar que isso também lhe dava uma tênue ligação com aquele rei morto havia muito tempo, cujos ossos jaziam do outro lado do mundo.

E então ouviu os passos. Olhou ao redor, mas esperou até Julian se aproximar. Seu cabelo estava descoberto, mas ela vestia uma jaqueta acolchoada e calça. Quando falou, seu hálito subiu em pequenas ondas de névoa.

– Me desculpe pelo atraso. Vim de bicicleta e o pneu furou. Você se encontrou com ele?

Não se cumprimentaram, e ele soube que era apenas um mensageiro para ela. Afastou-se do mostruário e ela o seguiu, olhando de um lado para o outro na esperança, supôs ele, de dar a impressão, mesmo naquele evidente vazio, de que eram somente dois visitantes que haviam se encontrado casualmente. O gesto não foi convincente, e ele se perguntou por que ela se importava.

– Eu me encontrei com ele – disse Theo. – Me encontrei com o Conselho inteiro na verdade. Mais tarde falei com o Administrador a sós. Não fiz bem, posso ter causado algum prejuízo. Ele sabia que alguém tinha incentivado a minha visita. Agora, se vocês decidirem seguir com o plano, ele foi advertido.

– Você explicou para ele sobre o Termo, o tratamento dado aos Temporários, o que está acontecendo na ilha de Man?

– Foi o que vocês me pediram para fazer e foi o que fiz. Eu não esperava ter sucesso e não tive. Ah, ele pode fazer algumas mudanças, sim, embora não tenha prometido. Provavelmente vai fechar as lojas pornográficas que sobraram, mas aos poucos, e liberalizar as regulações para a testagem compulsória de sêmen. É um desperdício de tempo e duvido que ele tenha técnicos de laboratório suficientes para manter as análises em escala nacional por muito mais tempo. Metade deles deixou de se importar. Faltei em duas consultas ano passado e ninguém se deu o trabalho de verificar. Acho que ele não vai fazer nada a respeito do Termo a não ser talvez garantir que seja mais bem organizado no futuro.

– E a Colônia Penal de Man?

– Nada. Ele não vai desperdiçar homens e recursos para pacificar a ilha. Por que deveria? Estabelecer a Colônia Penal provavelmente é a coisa mais popular que ele fez.

– E o tratamento dado aos Temporários? Dar a eles plenos direitos civis, uma vida decente aqui, a chance de ficar?

– Isso parece ter muito pouca relevância comparado ao que ele considera importante: a ordem da Grã-Bretanha, a garantia de que a raça morra com alguma dignidade.

– Dignidade? – retorquiu ela. – Como pode existir dignidade se nos importamos tão pouco com a dignidade dos outros?

Estavam perto do totem agora. Theo passou a mão pela madeira. Sem se dar ao trabalho de olhar para o objeto, ela falou:

– Então vamos ter de fazer o que pudermos.

– Não há nada que vocês possam fazer, e no fim acabarão mortos ou serão enviados para a ilha, isso se o Administrador e o Conselho forem tão cruéis quanto vocês parecem acreditar. Como Miriam pode lhes dizer, é preferível morrer a ir para a ilha.

– Talvez se algumas pessoas, um grupo de amigos, dessem um jeito de ser mandados para a ilha de propósito, poderiam fazer algo para mudar as coisas por lá – comentou ela, como que considerando seriamente um plano. – Ou, se nos oferecêssemos para ir voluntariamente, por que o Administrador nos proibiria, por que se importaria? Mesmo um grupo pequeno poderia ajudar se chegasse de forma amorosa.

Theo podia ouvir o desdém na própria voz.

– Segurando a Cruz de Cristo diante dos selvagens co--mo os missionários fizeram na América do Sul? Para serem massacrados como eles foram nas praias? Você não lê os livros de história? Só existem dois motivos para esse tipo de loucura. Um é que vocês anseiam pelo martírio. Não há nada de novo nisso, se é para esse caminho que a sua religião a leva. Sempre vi essa atitude como uma mistura doentia de masoquismo e sensualidade, mas consigo entender seu apelo para uma certa espécie de mentalidade. A novidade é que o seu martírio não vai ser comemorado, sequer notado. Em setenta e poucos anos, não terá nenhum valor porque não terá restado ninguém na Terra para dar valor a ele nem para construir um santuário de beira de estrada para os novos mártires de Oxford. O segundo motivo é mais desonroso e Xan o entenderia muito bem. Se vocês conseguissem, ficariam intoxicados com o poder! A Ilha de Man pacificada, os violentos vivendo em paz, plantações semeadas e colhidas, os doentes recebendo cuidados, cultos dominicais nas igrejas, os redimidos beijando as mãos do santo vivo que tornou tudo isso possível. Aí vocês saberiam o que o Administrador da Inglaterra sente o tempo todo, do que ele gosta, aquilo sem o que não consegue viver: poder absoluto em seu pequeno reino. Posso entender o atrativo disso, mas não vai acontecer.

Eles ficaram parados um tempo em silêncio; então Theo disse, em um tom suave:

– Esqueçam. Não desperdicem o resto da vida de vocês com uma causa que é tão fútil quanto impossível. As coisas vão melhorar. Em uns quinze anos, que é um período muito curto, 90% dos moradores da Grã-Bretanha terão mais de oitenta anos. Não vai haver energia para o mal, assim como não vai haver energia para o bem. Pensem em como será essa Inglaterra. Os grandes edifícios vazios e silenciosos, as estradas sem reparos, estendendo-se entre cercas vivas excessivamente grandes, os últimos exemplares da humanidade agrupando-se em busca de conforto e proteção, o desmantelamento dos serviços da civilização e então, no final, a falta de energia e de luz. As velas acumuladas serão acesas e logo até a última delas vai bruxulear e morrer. Isso não faz o que está acontecendo na Ilha de Man parecer sem importância?

– Se estamos morrendo, que possamos morrer como seres humanos, não como demônios – respondeu ela. – Adeus, e obrigada por falar com o Administrador.

Mas Theo tinha de fazer mais um esforço.

– Não consigo pensar em um grupo menos preparado para confrontar a aparato estatal – comentou ele. – Vocês não têm dinheiro, nem recursos, nem influência, nem apoio popular. Vocês nem sequer têm uma filosofia coerente de revolta. Miriam está fazendo isso para vingar o irmão. Gascoigne, aparentemente porque o Administrador se apropriou da palavra granadeiros. Luke, por algum vago idealismo cristão e um desejo por coisas abstratas como compaixão, justiça e amor. Rolf nem ao menos tem a justificativa da indignação moral. Seu motivo é ambição; ele se ressente do poder absoluto do Administrador e gostaria de ter esse poder para si. Você está fazendo isso porque é casada com Rolf, que a está arrastando para um perigo terrível somente para satisfazer as ambições dele. Ele não pode obrigá-la. Abandone-o. Liberte-se.

– Não posso deixar de estar casada com ele – disse ela, em um tom suave. – Não posso abandoná-lo. E você está errado, o motivo não é esse. Estou com eles porque essa é uma coisa que tenho que fazer.

– Sim, porque Rolf quer que você faça.

– Não, porque Deus quer que eu faça.

Em sua frustração, ele teve vontade de bater a cabeça no totem.

– Se você acredita que Ele existe, então presumivelmente acredita que Ele lhe deu a sua mente, a sua inteligência. Use-a. Achei que fosse orgulhosa demais para fazer papel de boba.

Mas ela era imune a bajulações tão medíocres.

– O mundo não é transformado pelos egocêntricos, mas por homens e mulheres preparados para fazer papel de bobos – falou ela. – Adeus, dr. Faron. E obrigada por tentar.

Julian se virou sem tocá-lo, e Theo a viu partir.

Ela não lhe pedira para não traí-los. Não precisava, mas ele ficou feliz mesmo assim de que as palavras não houvessem sido pronunciadas. E Theo não poderia ter prometido nada. Não achava que Xan aprovaria tortura, mas, para ele, a ameaça de tortura teria sido suficiente – e ocorreu-lhe, pela primeira vez, que talvez houvesse julgado Xan de forma errônea pelos motivos mais ingênuos: não podia acreditar que um homem altamente inteligente, dotado de tamanho humor e charme, um homem a quem chamara de amigo, pudesse ser mau. Talvez fosse ele, e não Julian, quem precisasse de uma aula de história.

15

O grupo não esperou muito. Duas semanas após o encontro com Julian, Theo desceu para tomar o café da manhã e encontrou entre as correspondências dispersas sobre o tapete uma folha de papel dobrado. As palavras impressas estavam encabeçadas pela imagem de um peixinho semelhante ao arenque desenhada com precisão. Era como o desenho de uma criança; alguém tinha se dado o trabalho. Theo leu a mensagem com uma piedade exasperada.

AO POVO DA GRÃ-BRETANHA

Não podemos fechar nossos olhos para os males da nossa sociedade. Se a nossa raça deve morrer, ao menos que seja como homens e mulheres livres, como seres humanos, não como demônios. Estamos fazendo as seguintes exigências ao Administrador da Inglaterra.

1. Convocar uma eleição geral e apresentar as suas políticas ao povo.
2. Dar aos Temporários direitos civis plenos, inclusive o direito de morar em suas próprias casas, trazer seus familiares e permanecer na Grã-Bretanha ao final do contrato de serviço.
3. Revogar o Termo.

4. Parar de deportar infratores condenados para a Colônia Penal da Ilha de Man e garantir que as pessoas que já estão lá possam viver em paz e com decência.

5. Parar com a testagem compulsória de sêmen, com o exame das mulheres saudáveis e encerrar as lojas pornográficas públicas.

OS CINCO PEIXES

As palavras o confrontaram em sua simplicidade, sua sensatez, sua humanidade essencial. Por que tinha tanta certeza, pensou ele, de que haviam sido escritas por Julian? E, no entanto, não poderiam ter utilidade. O que os Cinco Peixes estavam propondo? Que as pessoas marchassem em peso contra o Conselho Local ou atacassem o velho edifício do Ministério das Relações Exteriores? O grupo não tinha organização nenhuma, nem base de poder, nem dinheiro, nem um plano de campanha aparente. O máximo que podiam esperar seria fazer as pessoas pensarem, provocar insatisfação, encorajar os homens a não comparecer ao próximo teste de sêmen e as mulheres a rejeitar o próximo exame médico. E que diferença isso faria? Os exames estavam se tornando cada vez mais superficiais à medida que a esperança morria.

O papel era barato; a mensagem, impressa de forma amadora. Presumivelmente tinham uma impressora escondida na cripta de alguma igreja ou em alguma cabana remota, porém acessível na floresta. Mas por quanto tempo permaneceria secreta se a PSE se desse ao trabalho de ir atrás deles?

Ele leu mais uma vez as cinco exigências. Era pouco provável que a primeira preocupasse Xan. O país dificilmente receberia bem o gasto e a perturbação de uma eleição geral; mas, se ele a convocasse, seu poder seria confirmado por uma maioria esmagadora, havendo ou não alguém que tivesse a audácia de se opor a ele. Theo se perguntou quantas das outras reformas poderia ter conseguido se tivesse continuado como assessor de Xan. Mas sabia a resposta: ele fora impotente naquele momento, assim como os Cinco Peixes eram impotentes agora. Se não houvesse acontecido a Ômega, esses eram propósitos pelos quais um ser humano talvez estivesse preparado para lutar, ou pelos quais estivesse até mesmo preparado para sofrer. Mas, se não houvesse acontecido a Ômega, os males não existiriam. Era sensato lutar, sofrer, talvez até morrer por uma sociedade mais justa, mais compassiva, mas não em um mundo sem futuro onde, em pouquíssimo tempo, as próprias palavras justiça, compaixão, sociedade, luta, mal, seriam ecos não ouvidos no ar vazio. Julian diria que valia a pena a luta e o sofrimento para salvar um Temporário que fosse dos maus-tratos ou evitar que um infrator fosse deportado para a Colônia Penal de Man. Entretanto, o que quer que os Cinco Peixes fizessem, isso não aconteceria. Não estava ao alcance deles. Relendo as cinco exigências, sentiu sua simpatia inicial se esvair. Disse a si mesmo que a maioria dos homens e das mulheres, mulas humanas privadas de posteridade, ainda carregava o fardo da tristeza e do arrependimento com toda a fortaleza de espírito que conseguiam reunir; arranjava seus prazeres compensadores, satisfazia pequenas vaidades pessoais, comportava-se de maneira decente uns com os outros e com os Temporários que encontrasse. Com que direito os Cinco Peixes procuravam impor sobre esses estoicos despossuídos o fardo fútil da virtude heroica? Levou o papel até o vaso sanitário e, após rasgá-lo em quatro partes, deu descarga. Enquanto eram sugados, girando para longe de sua vista, ele desejou, por não mais que um segundo, compartilhar a paixão e a loucura que unia aquele grupo lastimável e desarmado.

16

Sábado, 6 de março de 2021

Hoje Helena ligou depois do café da manhã e me convidou para tomar chá e ver os filhotinhos da Mathilda. Ela tinha me mandado um cartão-postal cinco dias atrás para dizer que eles tinham nascido com segurança, mas eu não tinha sido convidado para a festa de nascimento. Fiquei me perguntando se tinha havido festa ou se eles tinham mantido o nascimento como um deleite particular, uma experiência compartilhada que celebraria e consolidaria com atraso a nova vida deles em conjunto. Mesmo assim, parecia pouco provável que fossem se abster do que em geral é aceito como uma obrigação: a oportunidade de deixar os amigos testemunharem o milagre de uma vida que surge. No máximo seis pessoas costumam ser convidadas para assistir, mas a uma distância cuidadosamente ponderada, de modo a não afligir ou perturbar a mãe. E depois disso, se tudo correr bem, celebra-se com uma refeição, muitas vezes com champanhe. O nascimento de toda ninhada não deixa de ser impregnado de tristeza. As regulações referentes a animais domésticos férteis são claras e impostas com rigor. Mathilda agora será castrada, e Helena e Rupert terão permissão para ficar com uma fêmea da ninhada para reprodução. Como alternativa, Mathilda poderá ter mais uma ninhada e todos, menos um macho, serão mortos de forma indolor.

Depois da ligação de Helena, liguei o rádio para ouvir as notícias das oito horas. Ouvindo a data informada, percebi pela primeira vez que hoje faz exatamente um ano que ela me trocou pelo Rupert. Talvez seja uma data apropriada para a minha primeira visita ao seu novo lar. Escrevo lar em vez de casa porque tenho certeza de que é assim que Helena a descreveria, dignificando uma construção comum no norte de Oxford com a importância sacramental do amor e da louça que compartilham, do compromisso com a total sinceridade e com uma dieta balanceada, de uma nova cozinha higiênica e de sexo higiênico duas vezes por semana. Fico pensando no sexo, meio que deplorando a minha lascívia, mas dizendo a mim mesmo que a minha curiosidade é natural e admissível. Afinal de contas, tudo que Rupert está desfrutando agora, ou talvez não conseguindo desfrutar, é o corpo que um dia conheci de maneira quase tão íntima quanto o meu próprio. Um casamento fracassado é a confirmação mais humilhante da transitoriedade do apelo carnal. Os amantes podem explorar cada linha, cada curva e depressão do corpo do amado, podem juntos alcançar o ápice do êxtase inexprimível; no entanto, isso tudo tem tão pouca importância quando o amor ou o desejo enfim morrem e só o que nos resta são pertences disputados, contas de advogados, os tristes detritos do cômodo de móveis não usados; quando a casa escolhida, mobiliada e possuída com entusiasmo e esperança se torna uma prisão; quando os rostos estão marcados por linhas de ressentimento irritadiço, e corpos não mais desejados são observados com todas as suas imperfeições por um olho impassível e desencantado. Eu me pergunto se a Helena conversa com o Rupert sobre o que acontecia entre nós na cama. Imagino que sim – não conversar exigiria um auto-controle e uma delicadeza maiores do que jamais vi nela. Existe um rastro de vulgaridade na respeitabilidade social cuidadosamente cultivada da Helena, e posso imaginar o que ela contaria para ele.

"Theo achava que era um amante maravilhoso, mas era tudo técnica. Daria para pensar que ele aprendeu tudo em um manual de sexo. E ele nunca conversava comigo, não verdadeiramente. Eu podia muito bem ser qualquer mulher."

Posso imaginar as palavras porque sei que são justi-ficadas. Fiz mais mal a ela do que ela a mim, mesmo se tirarmos do cálculo o fato de eu ter matado sua única fi-lha. Por que me casei com ela? Me casei com ela porque era a filha do Mestre e isso conferia prestígio, porque ela também tinha se formado em História e achei que tínha-mos interesses intelectuais em comum, e porque a achava fisicamente atraente e, assim, consegui convencer o meu coração de que, se isso não era amor, era o mais próximo que eu jamais chegaria de senti-lo. Ser o genro do Mestre causou-me mais irritação do que prazer (ele era de fato um homem espantosamente pomposo; não era de admirar que Helena mal pudesse esperar para se afastar dele); os interesses intelectuais dela eram inexistentes (só foi aceita pela Oxford porque era filha de um diretor de faculdade e conseguira, por meio de um trabalho árduo e educação boa e cara, ser aprovada nos três exames finais necessá-rios para que Oxford pudesse justificar uma escolha que, de outro modo, não teriam feito). A atração sexual? Bem, essa durou mais, embora sujeita à lei da diminuição dos retornos, até morrer quando matei Natalie. Não há nada mais eficaz do que a morte de uma criança para expor, sem nenhuma possibilidade de autoengano, o vazio de um casamento fracassado.

Fico imaginando se Helena está tendo mais sorte com Rupert; se estão gostando da vida sexual, fazendo parte de uma minoria afortunada. O sexo passou a estar entre os prazeres sensoriais menos importantes para o ser humano. Teria sido possível imaginar que, com o medo de uma gravidez permanentemente excluído e a parafernália antierótica das pílulas, da borracha e da aritmética da ovulação não mais necessária, o sexo seria libertado para novos deleites imaginativos. Aconteceu o oposto. Até mesmo os homens e as mulheres que em geral não teriam desejo de se reproduzir aparentemente precisavam da convicção de que poderiam ter um filho se quisessem. O sexo totalmente separado da procriação se tornou quase uma acrobacia sem sentido. As mulheres reclamam cada vez mais do que descrevem como orgasmo doloroso: o espasmo é alcançado, mas o prazer, não. Páginas são dedicadas a esse fenômeno comum nas revistas femininas. As mulheres, cada vez mais críticas e intolerantes quanto aos homens nos anos 1980 e 1990, têm enfim uma justificativa avassaladora para um ressentimento que ficou contido por séculos. Nós, que não podemos mais dar filhos a elas, não podemos lhes dar prazer. O sexo ainda pode ser um consolo mútuo, mas raras vezes é um êxtase mútuo. As lojas pornográficas patrocinadas pelo governo, a literatura cada vez mais explícita, todas as invenções para estimular o desejo – nada funcionou. As pessoas ainda se casam, embora com menos frequência, com menos cerimônia e, muitas vezes, com o mesmo sexo. As pessoas ainda se apaixonam ou dizem estar apaixonadas. Há uma procura quase desesperada por aquele alguém, de preferência mais jovem, mas pelo menos da mesma idade, com quem enfrentar o enfraquecimento e o declínio inevitáveis da idade. Nós precisamos do consolo da carne que reage, das mãos dadas, dos lábios colados. Mas lemos os poemas de amor de eras anteriores com certa admiração.

Descendo a rua Walton esta tarde, não senti nenhuma relutância em particular com a perspectiva de me encontrar com Helena de novo e pensei em Mathilda com um prazer ansioso. Como coproprietário registrado da licença de animal doméstico fértil eu podia, claro, ter solicitado à Corte de Custódia Animal custódia compartilhada ou ordem de acesso, mas não tinha vontade de me submeter a essa humilhação. Alguns casos de custódia animal são disputados de forma feroz, dispendiosa e aberta, e eu não tenho a menor intenção de ampliar esse número. Sei que perdi Mathilda e ela, criatura pérfida e acomodada como todos os gatos, a essas alturas terá me esquecido.

Quando a vi, foi difícil não me enganar. Estava deitada no cesto com dois gatinhos trêmulos, pareciam dois ratinhos brancos e macios, sorvendo delicadamente as tetas dela. Ela olhou para mim com seus olhos azuis inexpressivos e começou um ronronado alto e estridente que pareceu chacoalhar o cesto. Estendi a minha mão e toquei a cabeça sedosa da gata.

– Correu tudo bem? – perguntei.

– Ah, perfeitamente. Claro que trouxemos o veterinário para cá desde o começo do parto, mas ele disse que raras vezes viu um nascimento mais tranquilo. Ele levou dois gatinhos. Ainda estamos decidindo com qual desses dois vamos ficar.

A casa é pequena, de estilo arquitetônico indistinto, um casarão geminado de alvenaria em um bairro afastado, sendo o comprido jardim nos fundos, que desce em declive até o canal, sua principal vantagem. Boa parte dos móveis e todos os tapetes pareciam novos, escolhidos, desconfio eu, por Helena, que tinha jogado fora a parafernália da antiga vida do amante: os amigos, os clubes, as consolações de solteiro solitário e o mobiliário e as fotos de família que lhe foram legados com a casa. Ela sentiu prazer em criar um lar para ele – tenho certeza de que foi essa a expressão que ela usou –, e ele se deleitou com o resultado como uma criança com um quarto de bebê novo. Por toda parte havia cheiro de tinta fresca. A sala de estar, como é de costume nesse tipo de casa em Oxford, teve a parede do fundo derrubada para criar uma sala maior, com uma janela saliente na parte dianteira e uma janela balcão que dava para um pórtico de vidro na parte de trás. Ao longo de uma parede do corredor pintado de branco estava pendurada uma fileira dos desenhos originais de Rupert, cada um em uma moldura de madeira branca. São doze no total, e fiquei me perguntando se aquela exibição pública tinha sido ideia dele ou de Helena. De qualquer modo, serviu como uma justificativa em um momento de reprovação desdenhosa. Eu queria parar e examinar os desenhos, mas isso significaria ter que comentá-los e não havia nada que eu quisesse dizer. Mas mesmo uma olhada rápida me mostrou que tinham um poder considerável e que Rupert não era um artista insignificante; aquela exibição egoísta de talento só confirmou o que eu já sabia.

Tomamos chá no jardim de inverno, um banquete generoso de sanduíches com patê, bolinhos caseiros e bolo de frutas servidos em uma bandeja com uma toalha de linho recém-engomada e pequenos guardanapos que combinavam. A palavra que veio à mente foi *afetado*. Olhando para a toalha, reconheci ser a que Helena estava bordando pouco antes de me deixar. Então aquele cuidadoso trabalho com fios tinha sido parte do enxoval doméstico adúltero. Será que o banquete afetado – e eu me demorei no adjetivo pejorativo – fora planejado para me impressionar, para mostrar como ela podia ser uma boa esposa para um homem preparado para apreciar o seu talento? Para mim está claro que Rupert os aprecia; quase se deleitava com os mimos maternos dela. Talvez um artista tome esse cuidado como um direito seu. O jardim de inverno devia ser aconchegante na primavera e no outono, pensei. Mesmo agora, com apenas um aquecedor, estava confortavelmente cálido, e pude ver vagamente pelo vidro que eles andavam ocupados trabalhando no jardim. Uma fileira de roseiras espinhosas, as raízes encobertas de juta, estava apoiada contra o que parecia uma nova cerca divisória. Segurança, conforto, prazer. Xan e seu Conselho aprovariam.

Após o chá, Rupert foi para a sala de estar por um breve período. Voltou e me entregou um panfleto. Eu o reconheci de imediato. Era idêntico àquele que os Cinco Peixes tinham empurrado por baixo da minha porta. Fingindo ser algo novo para mim, li com atenção. Rupert parecia estar esperando alguma resposta. Como não falei nada, ele comentou:

– Eles se arriscaram indo de porta em porta.

Eu me vi falando o que sabia que devia ter acontecido e irritado por saber, por não conseguir ficar de boca fechada.

– Eles não fariam isso. Isso não é sequer uma revista paroquial, é? Alguém deve ter entregado por conta própria, talvez de bicicleta, talvez a pé, passando um folheto por baixo de alguma porta eventual quando não tinha ninguém por perto, deixando algumas delas em pontos de ônibus ou debaixo do para-brisa de um carro estacionado.

– Mas ainda é um risco, não é? – perguntou Helena. – Ou será, caso a PSE decida ir atrás deles.

. – Acho que não vão se dar ao trabalho – opinou Rupert. – Ninguém vai levar isso a sério.

– Você levou? – perguntei.

Afinal de contas, ele tinha guardado o panfleto. A pergunta, feita de maneira mais brusca do que eu tinha pretendido, deixou-o desconcertado. Ele olhou para Helena e hesitou. Fiquei me perguntando se teriam discordado sobre isso. A primeira briga, talvez. Mas eu estava sendo otimista. Se tivessem brigado, o folheto teria sido destruído na primeira alegria da reconciliação.

– Fiquei pensando se devíamos mencioná-lo ao Conselho Local quando aparecêssemos para registrar os gatinhos – respondeu ele. – Decidimos não fazer isso. Não consigo ver o que eles poderiam fazer... o Conselho Local, quero dizer.

– Além de contar à PSE e prender você por posse de material de sedição.

– Bom, nós pensamos nisso. Não queríamos que os oficiais achassem que apoiamos essas coisas.

– Alguém mais desta rua recebe?

– Eles não disseram e não quisemos perguntar.

– De qualquer forma, o Conselho não pode fazer nada sobre essas coisas – comentou Helena. – Ninguém quer que a Colônia Penal de Man seja fechada.

Rupert continuava segurando o panfleto, aparentemente sem saber ao certo o que fazer com ele.

– Por outro lado, a gente ouve boatos sobre o que acontece nos acampamentos dos Temporários e acho que, já que eles estão aqui, devíamos lhes dar um tratamento justo.

– Eles recebem um tratamento melhor aqui do que receberiam em seu país – retrucou Helena, abruptamente.

– Estão felizes o bastante de vir. Não estão sendo forçados. E é ridículo sugerir o fechamento da Colônia Penal.

Era isto o que a estava preocupando, pensei. Eram o crime e a violência que ameaçavam a casinha, a toalha de bandeja bordada, a sala de estar aconchegante, o jardim de inverno com as suas paredes de vidro vulneráveis, sua vista do jardim escuro onde agora ela podia se sentir confiante de que não havia nada rondando.

– Não estão sugerindo que deveria ser fechada – falei. – Mas é possível argumentar que ela deveria ser policiada de forma adequada e que os condenados tenham uma vida razoável.

– Mas não é isso que os tais Cinco Peixes estão sugerindo. O papel diz que a deportação deveria parar. Eles querem que feche. E policiado por quem? Eu não deixaria o Rupert se oferecer para o trabalho. Além do mais os condenados podem ter uma vida razoável. Depende deles. A ilha é grande o suficiente e eles têm comida e abrigo. Com certeza o Conselho não evacuaria a ilha. Haveria protestos... todos esses assassinos e estupradores à solta de novo. Os presidiários do hospital psiquiátrico Broadmoor não estão lá também? Eles são loucos, loucos e maus.

Notei que ela usou a palavra *presidiários*, não *pacientes*.

– Os piores devem estar velhos demais para representar grande perigo – comentei.

– Mas alguns estão só beirando os cinquenta e mandam mais gente para lá todo ano – gritou ela. – Mais de duas mil no ano passado, não foi?

Ela se virou para Rupert.

– Querido, acho que devíamos rasgar isso. Não faz sentido guardar. Não podemos fazer nada. Sejam quem forem, eles não têm o direito de publicar esse tipo de coisa. Só deixa as pessoas preocupadas.

– Vou jogar no vaso e dar descarga – disse ele.

Quando ele saiu, ela se virou para mim.

– Você não acredita em nada disso, acredita, Theo?

– Posso acreditar que a vida seja peculiarmente desagradável na Ilha de Man.

– Bom, isso depende dos próprios condenados, não é? – reiterou ela, obstinada.

Não mencionamos mais o folheto e, dez minutos mais tarde, depois de uma visita final à Mathilda, que Helena obviamente esperava de mim e que Mathilda tolerou, eu os deixei. Não lamento ter feito a visita. Não era só a necessidade de ver Mathilda; o nosso breve encontro tinha sido um sofrimento em vez de uma alegria. Algo que tinha ficado por terminar agora poderia ser deixado para trás. Helena está feliz. Ela até parece mais jovem, mais bonita. A graça atraente e esbelta que eu costumava elevar a beleza amadurecera, tornando-se uma segura elegância. Não posso dizer com sinceridade que estou feliz por ela. É difícil ter uma mentalidade generosa para com aqueles que magoamos muito. Mas pelo menos não sou mais responsável pela felicidade ou infelicidade dela. Não tenho nenhum desejo em especial de voltar a ver qualquer um dos dois, mas consigo pensar neles sem amargura ou culpa.

Houve só um momento, pouco antes de minha partida, quando senti mais do que um interesse cínico e desinteressado pela domesticidade autossuficiente deles. Eu tinha deixado os dois a sós para ir ao lavabo – toalha de mão limpa e bordada, sabonete novo, o vaso sanitário de um azul espumoso e desinfetante, um pequeno recipiente com *pot-pourri*: notei e menosprezei tudo. No meu silencioso retorno vi que, sentados um pouco afastados, tinham estendido as mãos um para o outro e depois, ouvindo meu passo, afastaram-se depressa, quase com culpa. Aquele

momento de delicadeza, tato, talvez até de pena causou-
-me um segundo de emoções conflitantes, vivenciadas de
forma tão ligeira que passaram quase ao mesmo tempo
que reconheci sua natureza. Mas eu sabia que o que tinha
sentido era inveja e arrependimento, não por algo perdido,
mas por algo nunca alcançado.

17

Segunda-feira, 15 de março de 2021

Hoje recebi uma visita de dois oficiais da Polícia de Segurança do Estado. O fato de que consigo escrever isto mostra que não fui preso e que eles não encontraram o diário. Reconheço que não o procuraram. Não procuraram nada. Deus sabe que o diário é incriminador o suficiente para qualquer um interessado em deficiências morais e inadequação pessoal, mas a mente deles estava voltada para malefícios mais tangíveis. Como eu disse, havia dois deles – um jovem, obviamente Ômega (é extraordinário como sempre é possível distinguir), e um agente mais graduado, um pouco mais novo do que eu, que carregava uma capa de chuva e uma maleta de couro preto. Ele se apresentou como Inspetor-chefe George Rawlings e seu acompanhante, como Sargento Oliver Cathcart. Cathcart era saturnino, elegante, inexpressivo, um típico Ômega. Rawlings, robusto, um pouco desajeitado em seus movimentos, e exibia uma cabeleira farta e disciplinada de fios grisalhos, que parecia ter recebido um corte caro para enfatizar o ondulado das laterais e da nuca. Seu rosto tinha traços fortes e olhos estreitos, tão fundos que as írises eram quase invisíveis, e uma boca comprida com o lábio superior pontudo e afiado como um bico. Os dois usavam roupas civis, os ternos extremamente bem-feitos. Em outras circunstâncias, teria me sentido tentado a perguntar se eles iam ao mesmo alfaiate.

Eram onze horas quando chegaram. Eu os conduzi à sala de estar do térreo e perguntei se gostariam de tomar café. Recusaram. Pedi que se sentassem, ao que Rawlings se acomodou confortavelmente em uma poltrona ao lado da lareira enquanto Cathcart, após hesitar por um momento, sentou-se de frente para ele em uma postura rigidamente ereta. Eu me sentei na cadeira giratória à mesa e a virei para olhar para eles.

– Uma sobrinha minha, filha mais nova da minha irmã, perdeu a Ômega por um ano... ela frequentou as suas aulas sobre A Vida e A Época Vitorianas – disse Rawlings. – Ela não é muito inteligente, o senhor provavelmente não se lembra dela. Mas talvez se lembre, é claro. Marion Hopcroft. Ela falou que era uma turma pequena e foi ficando menor a cada semana. As pessoas não têm persistência. Elas se entusiasmam, mas se cansam logo, em especial se seu interesse não é continuamente estimulado.

Em poucas frases, tinha reduzido as aulas a conversas chatas para um número minguante de pessoas de pouca inteligência. A tática não tinha sido sutil, mas duvido que ele lide com a sutileza.

– O nome me é familiar, mas não consigo me lembrar dela – falei.

– A Vida e A Época Vitorianas. Achei que a palavra *época* foi redundante. Por que não apenas A Vida Vitoriana? Ou você poderia ter anunciado: "A Vida na Inglaterra Vitoriana".

– Não fui eu que escolhi o nome do curso.

– Não? Que estranho. Achei que tivesse sido. Bem, a meu ver, o senhor deveria insistir em escolher o nome dos seus cursos.

Não respondi. Eu tinha poucas dúvidas de que ele sabia perfeitamente bem que eu tinha assumido o curso para Colin Seabrook, mas, se não sabia, eu não tinha nenhuma intenção de esclarecê-lo.

– Pensei em fazer um desses cursos para adultos – continuou o agente, depois de um momento de silêncio que nem ele nem Cathcart pareceram achar constrangedor. – De história, não de literatura. Mas eu não escolheria a Inglaterra Vitoriana. Eu voltaria mais atrás, para os Tudor. Sempre fui fascinado pelos Tudor; por Elizabeth I em particular.

– O que chama a sua atenção nesse período? – perguntei. – A violência e o esplendor, a glória de suas conquistas, a mescla de poesia e crueldade, as faces inteligentes e sagazes sobre os rufos, a magnífica corte sustentada por instrumentos de tortura como o cavalete ou aquele que esmagava os polegares?

Ele pareceu pensar na pergunta por um instante, então respondeu:

– Eu não diria que a era Tudor foi excepcionalmente cruel, dr. Faron. Eles morriam jovens naquela época, e eu ousaria dizer que a maioria morreu em agonia. Cada era tem as suas crueldades. E, se considerarmos a dor, morrer de câncer sem remédio, que foi o destino do ser humano durante a maior parte da história, é um tormento mais terrível do que qualquer coisa que os Tudor pudessem inventar. Particularmente para as crianças, não acha? É difícil ver o propósito disso, não é? O tormento das crianças.

– Talvez não devamos supor que a natureza tenha um propósito – comentei.

– Meu avô... foi um daqueles pregadores que falam do fogo do inferno... ele achava que tudo tinha um propósito, em especial a dor – continuou, como se eu não tivesse falado. – Nascido na época errada, ele teria sido mais feliz no seu século 19. Lembro que, aos nove anos, tive uma dor de dente muito forte, um abscesso. Não falei nada, com medo do dentista, até que uma noite acordei com muita dor. Minha mãe disse que iríamos ao consultório do cirurgião assim que abrisse, mas fiquei me contorcendo até amanhecer. Meu avô veio me ver. Ele falou: "Podemos fazer alguma coisa a respeito das pequenas dores deste mundo, mas não a respeito das dores infinitas do mundo vindouro. Lembre-se disso, garoto". Com certeza ele escolheu bem o momento. Dor de dente eterna. Era uma ideia aterrorizante para um menino de nove anos.

– Ou para um adulto – eu disse.

– Bem, nós abandonamos essa crença, exceto Roger Estrondoso. Ele parece ainda ter seus seguidores.

Deteve-se por um minuto, como que para ponderar sobre os ataques verbais de Roger Estrondoso; depois continuou, sem nenhuma mudança de tom:

– O Conselho está apreensivo, preocupado talvez seja uma palavra mais apropriada, quanto às atividades de certas pessoas.

Ele esperou talvez que eu perguntasse "que atividades?", "que pessoas?".

– Preciso sair daqui a uma meia hora – falei. – Se o seu colega quiser fazer uma busca na casa, talvez possa fazer isso agora, enquanto estamos conversando. Há uma ou duas coisinhas de valor para mim: as colheres de chá em formato de folha na vitrine georgiana, as peças comemorativas vitorianas de Staffordshire na sala de estar, uma ou duas das primeiras edições. Normalmente, eu esperaria estar presente durante a busca, mas tenho toda confiança na probidade da PSE.

Com essas últimas palavras, fitei diretamente os olhos de Cathcart. Eles nem piscaram.

Rawlings permitiu um pequeno toque de reprovação:

– Uma busca está fora de questão, dr. Faron. O que o leva a crer que gostaríamos de fazer uma? Para procurar pelo quê? O senhor não é um subversivo. Isso aqui é apenas uma conversa, uma consulta, se preferir. Como eu disse, estão acontecendo coisas que causam certa preocupação no Conselho. Estou falando confidencialmente agora. Essas questões não foram divulgadas pelos jornais, pelo rádio ou pela TV.

– Sensato da parte do Conselho. Os desordeiros, presumindo que vocês tenham desordeiros, se alimentam de publicidade – comentei. – Por que dar isso a eles?

– Exato. Os governos demoraram muito tempo para perceber que não é necessário manipular notícias indesejáveis. Basta simplesmente não mostrá-las.

– E o que vocês não estão mostrando?

– Pequenos incidentes que em si não têm importância, mas que possivelmente são evidências de conspiração. Os dois últimos Termos foram interrompidos. As rampas foram destruídas na manhã da cerimônia, apenas meia hora antes de as vítimas sacrificiais... ou, talvez, *vítimas* não seja a palavra apropriada. Digamos *os mártires sacrificiais...* deviam chegar.

Ele fez uma pausa, então acrescentou:

– Embora mártires talvez seja redundante. Digamos antes do horário em que os suicidas potenciais deveriam chegar. Isso causou um sofrimento considerável a eles. O terrorista, ele ou ela, deixou pouca margem para executar o trabalho. Meia hora mais tarde e os velhos teriam morrido de uma maneira mais espetacular do que o planejado. Telefonaram avisando, uma voz masculina jovem, mas chegou tarde demais para fazer algo além de manter a multidão afastada do local.

– Um inconveniente irritante – comentei. – Eu fui ver um Termo mais ou menos um mês atrás. A rampa de onde subiam no barco devia ter sido construída com bastante rapidez. Não acredito que esse ato de dano criminoso em particular tenha adiado o Termo por mais do que um dia.

– Como insinuou, dr. Faron, um inconveniente sem importância, mas talvez não sem significado. Têm acontecido muitos inconvenientes sem importância nos últimos tempos. E há também os panfletos. Alguns direcionados ao tratamento dado aos Temporários. O último grupo de Temporários, os de sessenta anos e alguns que ficaram doentes tiveram que ser forçosamente repatriados. Houve cenas lamentáveis no cais. Não estou dizendo que existe uma ligação entre aquele desastre e a disseminação dos panfletos, mas pode ser mais do que coincidência. A distribuição de material político entre os Temporários é ilegal, mas sabemos que os panfletos subversivos andam circulando nos acampamentos. Outros folhetos foram entregues de casa em casa, reclamando do tratamento dado aos Temporários em geral, das condições da Ilha de Man, da testagem compulsória de sêmen e do que os dissidentes aparentemente veem como falhas no processo democrático. Um folheto recente incorporou todas essas insatisfações em uma lista de exigências. Talvez tenha visto.

Ele pegou a maleta de couro preta, colocou-a no colo e abriu-a. Estava desempenhando o papel de um visitante casual, paternal, não muito confiante no propósito de sua visita, e eu meio que esperava que ele fingisse vasculhar inutilmente os papéis antes de encontrar o que queria. Ele me surpreendeu quando pegou o papel de imediato.

– O senhor já viu um desses antes? – perguntou, passando-o para mim.

Dei uma olhada e respondi:

– Já. Alguém empurrou um por debaixo da porta algumas semanas atrás.

Não havia muito sentido em negar. Era quase certo que a PSE sabia que os folhetos tinham sido distribuídos na rua St. John – e por que a minha casa teria ficado de fora? Depois de reler, devolvi o papel.

– Mais alguém que você conhece recebeu?

– Não que eu saiba. Mas imagino que deva ter sido amplamente disseminado. Não fiquei interessado o suficiente para perguntar.

Rawlings o examinou como se fosse novidade para ele.

– Os Cinco Peixes – disse ele. – Engenhoso, mas não muito inteligente. Suponho que estejamos procurando um grupo de cinco pessoas. Cinco amigos, cinco parentes, cinco colegas de trabalho, cinco colegas conspiradores. Talvez tenham tirado a ideia do Conselho da Inglaterra. É um número útil, o senhor não acha? Em qualquer discussão, garante que sempre pode haver uma maioria.

Como não respondi, ele continuou:

– Imagino que cada um desses cinco peixes tenha um codinome provavelmente baseado nos nomes de batismo; assim é fácil para todo mundo lembrar. Mas com *A* seria difícil. Não consigo pensar de improviso em nenhum peixe com um nome que comece com *A*. Talvez o nome de nenhum comece com *A*. Podem ter começado com o *B*, imagino, e o *C* não seria difícil: cavala, cavalinha. Dourado serviria para o *D*. O *E* poderia apresentar alguma dificuldade. Eu posso estar errado, é claro, mas suponho que eles não teriam escolhido se autodenominar Os Cinco Peixes se não conseguissem encontrar um peixe apropriado para cada membro do bando. O que o senhor acha? Enquanto um exercício de raciocínio, quero dizer.

– Engenhoso – respondi. – É interessante ver o processo mental da PSE em ação. Poucos cidadãos devem ter tido essa oportunidade. Pelo menos poucos cidadãos realmente em liberdade.

Seria melhor que tivesse me calado. Ele continuou examinando o panfleto por alguns segundos, então falou:

– Um peixe. Muito bem desenhado. Não por um artista profissional, eu acho, mas por alguém com sensibilidade para o desenho. O peixe é um símbolo cristão. Poderia ser um grupo cristão, eu me pergunto? – Ele alçou o olhar para mim. – O senhor admite que teve um desses panfletos em suas mãos, mas não fez nada sobre isso? Não achou que era seu dever denunciar?

– Tratei o panfleto como trato todas as correspondências não solicitadas e sem importância. – Então, decidindo que estava na hora de partir para a ofensiva, prossegui: – Me desculpe, Inspetor-chefe, mas não entendo o que exatamente está preocupando o Conselho. Existem pessoas descontentes em toda sociedade. Esse grupo em particular aparentemente causou pouco dano além de explodir duas rampas frágeis e temporárias e distribuir algumas críticas mal concebidas sobre o governo.

– Bem, não seria difícil descrever esses panfletos como literatura subversiva, senhor.

– O senhor pode usar os termos que quiser, mas não pode elevar isso à categoria de conspiração. Vocês com certeza não vão mobilizar os batalhões da segurança de estado porque uns poucos descontentes preferem se divertir jogando um jogo mais perigoso do que golfe. O que exatamente está preocupando o Conselho? Se existe um grupo de dissidentes, devem ser consideravelmente jovens, ou pelo menos de meia-idade. Mas o tempo vai passar para eles; o tempo está passando para todos nós. Vocês esqueceram os números? O Conselho da Inglaterra nos faz lembrar deles com bastante frequência. Uma população de cinquenta e oito milhões em 1996 caiu para trinta e seis milhões este ano, e 20% têm mais de setenta. Somos uma raça condenada, Inspetor-chefe. Com a maturidade, com a velhice, todo o entusiasmo desaparece, mesmo pela adrenalina sedutora da conspiração. Não existe nenhuma oposição real ao Administrador da Inglaterra. Nunca houve, desde que ele assumiu o poder.

– Nosso trabalho é garantir que não haja, senhor.

– O senhor vai fazer o que achar necessário, é claro. Mas eu só levaria isso a sério se achasse que é realmente sério, oposição à autoridade do Administrador dentro do próprio Conselho, talvez.

Essas palavras tinham sido um risco calculado, talvez até perigoso, e notei que o tinha deixado preocupado. De fato, era essa a minha intenção.

Depois de um momento de pausa, que foi involuntária, não calculada, ele disse:

– Se fosse esse o caso, a questão não estaria em minhas mãos, senhor. Cuidariam disso inteiramente em um nível mais alto.

Eu me levantei.

– O Administrador da Inglaterra é meu primo e meu amigo – falei. – Ele foi gentil comigo na infância, quando a gentileza é particularmente importante. Não sou mais assessor dele no Conselho, mas não quer dizer que não seja mais primo e amigo dele. Se eu tiver evidência de uma conspiração contra o Administrador, vou contar a ele. Não vou contar para o senhor, Inspetor-chefe, nem vou entrar em contato com a PSE; vou diretamente à pessoa mais interessada, que é o Administrador da Inglaterra.

Era tudo encenação, é claro, e nós sabíamos. Não demos apertos de mão nem conversamos enquanto eu os acompanhava até a porta, mas não porque tinha feito um inimigo: Rawlings não se permitia o luxo da antipatia pessoal, assim como não teria se permitido sentir simpatia, afeição ou as comoções da piedade pelas vítimas que visitava e interrogava. Eu achava que entendia pessoas do tipo dele, os burocratas insignificantes da tirania, homens que desfrutam a recompensa cuidadosamente medida do poder que lhes é permitida, que precisam caminhar na aura do medo fabricado, saber que o medo os precede quando entram em uma sala e que permanecerá como um odor quando tiverem saído, mas que não têm nem o sadismo nem a coragem para a crueldade extrema. No entanto, precisam de sua parte da ação. Não é suficiente para eles, como acontece com a maioria de nós, manter-se um pouco afastados para observar as cruzes no monte.

18

Theo fechou o diário e o colocou na primeira gaveta da escrivaninha, girando a chave e guardando-a no bolso. A escrivaninha era bem-feita, as gavetas eram fortes, mas não resistiria a uma investida hábil e determinada. Contudo, era pouco provável que fosse acontecer e, se acontecesse, ele tomara o cuidado de que seu relato sobre a visita de Rawlings fosse inócuo. Irritou-se com o fato de que a precaução fosse necessária. Começara o diário não tanto como um registro de sua vida (para quem e por quê? Que vida?), mas mais como um exercício exploratório regular e autoindulgente, um meio de atribuir sentido aos últimos anos, em parte catarse, em parte afirmação reconfortante. O diário, que se tornara rotina em sua vida, era inútil se ele tivesse de censurar, deixar coisas de fora; se tivesse de enganar, não iluminar.

Theo se lembrou da visita de Rawlings e Cathcart. Surpreendera-lhe naquele momento o fato de os achar tão pouco assustadores. Depois que haviam saído, sentira certa satisfação nessa ausência de medo, nessa competência com que lidara com aquele encontro. Agora se perguntava se sua confiança era justificada. Tinha uma lembrança quase perfeita do que fora dito – a recordação verbal sempre fora um de seus talentos. Mas o exercício de anotar aquela conversa elíptica suscitara inquietações que ele não sentira no momento. Disse a si mesmo que não tinha nada a temer. Mentira diretamente só uma vez, quando negara conhecer qualquer outra pessoa que houvesse recebido um dos panfletos dos Cinco Peixes. Era uma mentira que ele podia justificar se fosse contestada. *Por que deveria mencionar a ex-mulher e expô-la ao inconveniente e à apreensão de uma visita da* PSE*?*, argumentaria. Não havia nenhuma relevância em particular no fato de que ela ou qualquer outra pessoa tivessem recebido um panfleto, as folhas deviam ter sido passadas por debaixo de praticamente todas as portas da rua. Uma mentira não era evidência de mentira. Era pouco provável que ele fosse preso por conta de uma mentirinha. Afinal de contas, ainda existia lei na Inglaterra, pelo menos para os bretões.

Ele desceu para a sala de estar e, inquieto, andou pelo cômodo amplo, misteriosamente ciente dos andares vazios e apagados acima e abaixo como se cada um deles reservasse uma ameaça. Parou em uma janela que dava para a rua e olhou por cima da sacada de ferro forjado. Caía uma chuva fina. Theo podia ver agulhas prateadas caindo contra as luzes da rua e, bem abaixo, a cafonice escura do pavimento. As cortinas em frente haviam sido fechadas e a fachada de pedra plana não mostrava nenhum sinal de vida, nem mesmo uma fresta onde as cortinas se encontravam. A depressão recaiu sobre ele como um manto pesado e familiar. Sobrecarregado com a culpa e a lembrança e a ansiedade, quase pôde sentir o cheiro do lixo acumulado dos anos passados. Sua confiança se esvaiu, e o medo ganhou força. Ele disse a si mesmo que, durante o encontro, pensara apenas em si mesmo, em sua segurança, em sua esperteza, em seu respeito próprio. No entanto, aqueles dois não estavam interessados especialmente nele, e sim procurando por Julian e os Cinco Peixes. Theo não revelara nada, não precisava sentir culpa alguma quanto a isso, mas, mesmo assim, tinham ido atrás dele – e isso queria dizer que suspeitavam de que soubesse alguma coisa. Claro que suspeitavam. O Conselho jamais acreditara que sua visita tivesse sido inteiramente motivada por sua vontade. A PSE voltaria. Da próxima vez, a aparência de polidez seria mais tênue; as perguntas, mais perscrutadoras; o resultado, possivelmente mais doloroso.

O que mais eles sabiam que Rawlings não revelou? De repente, pareceu-lhe extraordinário que ainda não tivessem prendido o grupo para interrogatório. Talvez tivessem. Seria esse o motivo da visita hoje? Será que já haviam detido Julian e o grupo e estavam verificando até que ponto ele estava envolvido? E com certeza podiam chegar até Miriam bem depressa. Ele se lembrava da pergunta que fizera ao Conselho sobre as condições da Ilha de Man – e de sua resposta: "Nós sabemos; a questão é como *você* sabe". Eles estavam procurando alguém com conhecimento sobre as condições na ilha e, considerando que visitantes estavam proibidos, que não era permitido enviar cartas da e para a ilha e que não havia nenhuma divulgação, como aquele conhecimento poderia ter chegado a alguém? A fuga do irmão de Miriam estaria registrada. Era extraordinário que não a tivessem levado para ser interrogada quando os Cinco Peixes começaram a agir. Mas talvez a tivessem levado. Talvez, naquele momento, ela e Julian estivessem nas mãos deles.

Seus pensamentos haviam voltado ao ponto inicial e ele sentiu, pela primeira vez, uma solidão extraordinária. Não era uma emoção com a qual estava acostumado. Desconfiava e se ressentia dela. Olhando para a rua vazia, desejou pela primeira vez ter alguém por perto, um amigo em quem pudesse confiar, com quem pudesse desabafar. Antes de deixá-lo, Helena dissera: "Moramos na mesma casa, mas somos hóspedes ou clientes no mesmo hotel. Nunca conversamos de verdade". Irritado com uma reclamação tão banal e previsível, a lamentação que era lugar-comum das esposas descontentes, ele respondera: "Conversar sobre? Eu estou aqui. Se quiser conversar agora, estou ouvindo".

Pareceu-lhe que seria um conforto até mesmo conversar com ela, ouvir a resposta relutante e inútil dela para o seu dilema. E mesclada ao medo, à culpa, à solidão, sentiu uma irritação renovada... com Julian, com o grupo, consigo mesmo por ter se envolvido. Pelo menos fizera o que eles haviam pedido. Encontrara-se com o Administrador da Inglaterra e depois alertara Julian. Não era culpa sua que o grupo não houvesse dado ouvidos ao alerta. Sem dúvida argumentariam que ele tinha a obrigação de fazer chegar uma mensagem para eles, de avisá-los que estavam em perigo. E como ele poderia dar esse aviso? Não sabia o endereço de nenhum deles nem onde trabalhavam ou em quê. A única coisa que poderia fazer se Julian fosse levada seria interceder em favor dela junto a Xan. Mas será que ficaria sabendo quando ela fosse presa? Se procurasse, seria possível encontrar alguém do bando, mas como poderia investigar em segurança sem tornar a busca óbvia? Daquele momento em diante, era possível até que a PSE o estivesse mantendo secretamente sob vigilância. Não havia nada que pudesse fazer, a não ser esperar.

19

Sexta-feira, 26 de março de 2021

Eu a vi hoje pela primeira vez desde que nos encontramos no Pitt River Museum. Estava comprando queijo no mercado coberto e tinha virado as costas para o balcão com meus pacotes pequenos e cuidadosamente embalados de Roquefort, Danish Blue, Camembert, quando a vi a apenas alguns metros de distância. Ela estava escolhendo frutas – não apenas comprando, como eu, para atender a um gosto cada vez mais enjoado, e sim apontando suas escolhas sem hesitação, estendendo a sacola de lona aberta com generosidade para receber frágeis sacolas marrons que quase explodiam com as esferas douradas e cheias de furinhos das laranjas, as curvas brilhantes das bananas, o castanho-avermelhado das maçãs Cox's Orange Pippin. Eu a vi em um fulgor de cores brilhantes, a pele e o cabelo parecendo absorver a resplandecência das frutas, como se estivesse sendo iluminada não pelas luzes fortes e ofuscantes da loja, mas pelo sol quente do sul. Vi quando ela entregou uma nota, depois contou as moedas para dar ao lojista o dinheiro exato, sorrindo ao estendê-lo, e vi ainda quando ergueu a alça larga da sacola de lona sobre o ombro, vergando um pouco com o peso. Fregueses se arrastavam entre nós, mas permaneci parado, relutante, talvez incapaz de me mexer, com a mente tumultuada por sensações extraordinárias e indesejadas. Fui tomado por um impulso absurdo de correr para a banca de flores, ir logo colocando cédulas nas mãos da florista, tirar dos recipientes punhados de narcisos, tulipas, rosas de estufa e lírios, amontoá-los nos braços dela e retirar a sacola de seu ombro sobrecarregado. Era um impulso romântico, infantil e ridículo, que eu não sentia desde menino. Agora me chocava por sua força, sua irracionalidade, seu potencial destrutivo.

Ela se virou, ainda sem me ver, e foi andando em direção à saída para a High Street. Fui atrás, abrindo caminho em meio aos compradores de sexta de manhã com suas cestas com rodinhas, impaciente sempre que minha passagem era momentaneamente bloqueada. Disse a mim mesmo que estava agindo como um tolo, que deveria perdê-la de vista, que era uma mulher que eu tinha encontrado apenas quatro vezes e que nunca havia mostrado nenhum interesse em mim além da determinação obstinada de que eu deveria fazer o que ela queria; que eu não sabia nada sobre ela exceto que era casada, e que aquela urgência avassaladora de ouvir sua voz e tocá-la não devia ser mais do que o primeiro sintoma da mórbida instabilidade emocional das pessoas solitárias de meia-idade. Tentei não apertar o passo, num reconhecimento degradante da necessidade de fazê-lo. Mesmo assim, consegui alcançá-la quando virou na High Street. Toquei o ombro dela e falei:

– Bom dia.

Qualquer cumprimento teria parecido banal. Esse pelo menos era inócuo. Ela se virou para mim e, por um segundo, consegui me enganar com a ideia de que o seu sorriso era de alegria por me reconhecer. Mas era o mesmo sorriso que ela dera ao quitandeiro.

Coloquei a mão na sacola e indaguei:

– Posso levar para você? – perguntei, me sentindo como um adolescente insistente.

– Obrigada, mas a van está estacionada aqui perto – respondeu ela, chacoalhando a cabeça.

Que van? Fiquei me perguntando. Para quem eram as frutas? Com certeza não era só para eles dois, Rolf e ela. Será que trabalhava em algum tipo de instituição? Mas, sabendo que não me contaria, não perguntei.

– Você está bem? – falei.

Outra vez ela sorriu.

– Estou, como pode ver. E você?

– Como pode ver.

Ela virou as costas. O gesto foi brando – não era sua intenção me magoar –, mas proposital, e sua intenção era que fosse definitivo.

– Preciso conversar com você – eu disse, em voz baixa. – É importante. Não vai demorar. Não há nenhum lugar aonde a gente possa ir?

– É mais seguro no mercado do que aqui.

Ela voltou para trás e eu andei casualmente a seu lado, como dois fregueses na multidão, forçados a uma proximidade temporária pela pressão dos corpos em movimento. Já no mercado, ela parou para olhar por uma janela onde um idoso e seu assistente vendiam flans e tortas que tinham acabado de sair do forno. Permaneci ao lado dela, fingindo interesse no queijo que borbulhava, no caldo de carne que vazava. O cheiro chegou até mim, forte e saboroso – um cheiro carregado de lembranças. Aquelas tortas eram vendidas ali desde os meus tempos de faculdade.

Continuei olhando, como se analisasse as ofertas; então, disse baixinho em seu ouvido:

– A PSE me procurou... eles podem estar muito perto. Estão atrás de um grupo de cinco pessoas.

Ela deu as costas para a janela e continuou andando. Eu me mantive ao seu lado.

– Claro. Eles sabem que existem cinco de nós. Não há segredo nenhum nisso – comentou ela.

– Não sei o que mais eles descobriram ou presumiram – falei, ombro a ombro com ela. – Parem agora. Não estão fazendo bem nenhum. Pode não haver tempo suficiente. Se os outros não pararem, então dê o fora você.

Foi então que ela se virou e me olhou. Nossos olhos se encontraram apenas por um segundo, mas agora, longe das luzes ardentes e do colorido das frutas luminosas, vi o que não tinha notado antes: que o rosto dela parecia cansado, mais velho, esgotado.

– Por favor, vá embora – pediu ela. – É melhor não nos vermos de novo.

Ela estendeu a mão e, desafiando o risco, eu a apertei.

– Não sei o seu sobrenome. Não sei onde você mora nem onde encontrá-la. Mas você sabe onde me encontrar. Se algum dia precisar de mim, mande me chamar na rua St. John e eu irei, ok?

Então me virei e fui embora para não precisar vê-la se afastar de mim.

Estou escrevendo isto depois do jantar, olhando pela pequena janela dos fundos em direção à distante encosta verde de Wytham Wood. Tenho cinquenta anos de idade e nunca soube o que é amar. Posso escrever as palavras, saber que são verdadeiras, mas sentir somente a tristeza que um homem que não tem ouvido musical deve sentir porque não consegue apreciar a música, uma tristeza menos intensa porque se deve a uma coisa jamais conhecida, não por algo perdido. Mas as emoções têm o seu próprio tempo e lugar. Cinquenta não é uma idade para convidar a turbulência do amor, em especial neste planeta condenado e triste onde o ser humano vai para o seu último descanso e todo o desejo desvanece. Então, devo planejar a minha fuga. Não é fácil para ninguém com menos de 65 conseguir um visto de saída: desde a Ômega, só os idosos conseguem viajar à vontade. Mas não espero dificuldades. Ainda existem algumas vantagens em ser primo do Administrador, mesmo que eu nunca mencione nosso parentesco. Embora tão logo eu entre em contato com a oficialidade, o fato seja conhecido. Meu passaporte já está carimbado com o visto de viagem necessário. Vou conseguir alguém para assumir o meu curso de verão, aliviado por ser eximido daquele tédio compartilhado. Não tenho nenhum conhecimento novo, nenhum entusiasmo para transmitir. Vou pegar a balsa e dirigir, revisitar as grandes cidades, as catedrais e templos da Europa enquanto ainda há estradas transitáveis, hotéis com equipes suficientes para proporcionar pelo menos um padrão aceitável de conforto, onde posso ter uma certeza razoável de comprar combustível, pelo menos nas cidades. Vou deixar para trás a lembrança do que vi em Southwold, Xan e o Conselho, e essa cidade cinza, onde até as pedras são testemunhas da efemeridade da juventude, do aprendizado, do amor. Vou arrancar esta página do meu diário. Escrever estas palavras foi um deleite, mas deixá-las continuar existindo seria uma insensatez. E vou tentar esquecer a promessa desta manhã. Foi feita em um momento de loucura. Não acho que ela vá levá-la adiante. Se levar, vai encontrar esta casa vazia.

Livro dois

ALFA

Outubro de 2021

A

20

Ele voltou para Oxford no último dia de setembro, no meio da tarde. Ninguém tentara impedir que fosse nem lhe dera as boas-vindas quando voltara. A casa cheirava a sujeira, a sala de jantar do porão estava úmida e mofada, os cômodos dos andares superiores não estavam arejados. Ele instruíra a sra. Kavanagh a abrir as janelas de vez em quando, mas o ar, com sua acidez desagradável, guardava um cheiro de mofo, como se houvessem permanecido hermeticamente fechadas durante anos. O corredor estreito estava coberto de correspondências, e os frágeis envelopes de parte delas pareciam estar aderindo ao carpete. Na sala de visitas, as longas cortinas impediam a passagem do sol da tarde como numa casa abandonada, pequenos montes de entulho e manchas de fuligem haviam caído da chaminé e se alastrado no tapete sob seus pés ingênuos. Ele respirou fuligem e decadência. A própria casa parecia estar se desintegrando diante de seus olhos.

O pequeno quarto no último andar, com vista para o campanário da Igreja de St. Barnabas e para as árvores de Wytham Wood tingidas com os primeiros matizes do outono, pareceu-lhe muito frio, porém inalterado. Ali ele se sentou e virou desatentamente as páginas do diário onde registrara cada dia da viagem, de forma minuciosa, sem alegria, assinalando mentalmente cada uma das cidades e vistas que planejara revisitar como se fosse um garoto fazendo dever de casa nas férias. Auvergne, Fontainebleau, Carcassonne, Florença, Veneza, Perugia, a catedral em Orvieto, os mosaicos em San Vitale, Ravenna, o Templo de Hera em Pesto. Ele não partira em estado de expectativa entusiasmada, não convidei nenhuma aventura, não procurei lugares primitivos desconhecidos onde a novidade e a descoberta poderiam mais do que compensar pela comida monótona ou pelos colchões duros. Locomovera-se em um conforto organizado e caro de capital em capital: Paris, Madri, Berlim, Roma. Não estivera sequer se despedindo conscientemente da beleza e dos esplendores que conhecera pela primeira vez na juventude. Podia ter a esperança de voltar – aquela não precisava ser uma última visita. Era uma viagem de evasão, não uma peregrinação em busca de sensações esquecidas. Mas sabia agora que a parte de si da qual mais precisava se esquivar permanecera em Oxford.

Em agosto a Itália ficara quente demais. Fugindo do calor, da poeira, da companhia cinzenta dos velhos que pareciam se arrastar pela Europa como uma névoa ambulante, ele pegou a estrada sinuosa para Ravello, pendurada como um ninho entre o azul profundo do Mediterrâneo e o céu. Ali encontrou um pequeno hotel gerido por uma família, caro e meio vazio. Ficou o resto do mês. Não podia lhe dar paz, mas lhe deu conforto e reclusão.

Sua lembrança mais viva era de Roma, diante da Pietà de Michelangelo na basílica de São Pedro, das fileiras de velas crepitantes, das mulheres ajoelhadas, dos ricos e dos pobres, dos jovens e dos velhos, fixando os olhos no rosto da Virgem com uma intensidade de anseio quase dolorosa demais para se testemunhar. Ele se lembrava de braços estendidos, das palmas contra a proteção de vidro, do murmúrio baixo e contínuo das preces deles como se aquele incessante lamento angustiado viesse de uma única garganta e levasse para aquele mármore negligente a ânsia desesperançada do mundo inteiro.

Voltou para uma Oxford descorada e exausta após um verão quente, para uma atmosfera que se imprimia ansiosa, irritável, quase intimidadora sobre ele. Andou pelos pátios vazios, as pedras douradas sob o sol suave do outono, os últimos ornamentos do pico do verão ainda chamejando contra as suas paredes, e não encontrou nenhum rosto conhecido. Pareceu para a sua imaginação deprimida e distorcida que os antigos moradores haviam sido misteriosamente despejados e que estranhos andavam pelas ruas cinzentas e se sentavam como fantasmas de regresso sob as árvores dos jardins das faculdades. A conversa no Salão Social era forçada, aleatória. Seus colegas pareciam não querer olhá-lo nos olhos. Os poucos que perceberam que ele estivera fora perguntavam sobre o sucesso da viagem, mas sem curiosidade; um mero paliativo para a polidez. Sentiu como se houvesse trazido de volta consigo algum contágio externo e vergonhoso. Voltara à própria cidade, ao próprio local familiar, contudo estava sendo revisitado por aquele desassossego peculiar e estranho que supunha poder ser chamado apenas de solidão.

Depois da primeira semana, telefonou para Helena, surpreso de querer não só ouvir a voz dela, mas de esperar por um convite. Helena não fez nenhum. Ela não fez nenhum esforço para esconder seu desapontamento ao ouvir a voz dele. Mathilda estava apática e sem apetite. O veterinário fizera alguns exames, e ela estava esperando que ele ligasse.

– Estive fora de Oxford o verão inteiro – disse Theo. – Está acontecendo alguma coisa?

– O que você quer dizer com está acontecendo alguma coisa? Que tipo de coisa? Não está acontecendo nada.

– Imagino que não. A pessoa volta seis meses depois esperando encontrar as coisas mudadas.

– As coisas não mudam em Oxford. Por que deveriam?

– Eu não estava pensando em Oxford, mas no país como um todo. Não recebi muitas notícias enquanto estava fora.

– Bom, não tem notícia nenhuma. E por que perguntar para mim? Houve problemas com alguns dissidentes, só isso. São só boatos. Aparentemente, eles estavam explodindo cais, tentando impedir o Termo. E teve alguma coisa nas notícias da televisão mais ou menos um mês atrás. O apresentador disse que um grupo está planejando libertar todos os condenados da Ilha de Man, que podem até organizar uma invasão a partir da ilha e tentar depor o Administrador.

– Isso é ridículo – comentou Theo.

– Foi o que Rupert falou. Mas eles não deviam divulgar coisas desse tipo se não for verdade. Só perturba as pessoas. Tudo costumava ser tão pacífico.

– Eles sabem quem são esses dissidentes?

– Acho que não. Acho que não sabem. Theo, tenho que desligar agora. Estou esperando um telefonema do veterinário.

Sem esperar que ele se despedisse, ela desligou.

Às primeiras horas do décimo dia após o retorno, os pesadelos voltaram. Entretanto, desta vez não era o pai que estava ao pé da cama apontando o cotoco ensanguentado, mas Luke – e não estava na cama, mas sentado no carro, não do lado de fora da Lathbury Road, e sim na nave da Igreja de Binsey. As janelas do carro estavam fechadas. Ele podia ouvir uma mulher gritando, como Helena havia gritado. Rolf estava lá, o rosto vermelho, batendo os punhos no carro e gritando: "Você matou a Julian! Você matou a Julian!". Na frente do carro estava Luke, apontando silenciosamente o cotoco ensanguentado. Ele não conseguia se mexer, paralisado em uma rigidez como a do *rigor mortis*. Ele ouvia as vozes raivosas: "Saia! Saia!", mas não conseguia se mexer. Ficou ali parado, olhando pelo para-brisa com os olhos sem expressão para a figura acusadora de Luke, esperando que abrissem a porta, que mãos o arrastassem para fora e o confrontassem com o horror do que ele, e somente ele, havia feito.

O pesadelo deixou seu legado de inquietação que se intensificou dia a dia. Tentou se livrar dela, mas nada em sua vida monótona, solitária e dominada pela rotina era poderoso o bastante para ocupar mais do que uma parte de sua mente. Disse a si mesmo que tinha de agir normalmente, parecer despreocupado, que estava sob algum tipo de vigilância. Mas não havia nenhum sinal dela. Ele não ouviu notícias de Xan, nem do Conselho, não recebeu nenhum comunicado, não notou estar sendo seguido. Temia um contato de Jasper com uma nova sugestão de que deveriam morar juntos, mas Jasper não o contatava desde o Termo e não houve nenhum telefonema. Ele voltou a fazer seu exercício de costume e, duas semanas após a sua chegada, saiu para correr de manhã passando pelo Porto Meadow e indo até a Igreja de Binsey. Sabia que não seria prudente fazer uma visita e interrogar o velho sacerdote e achava difícil explicar para si mesmo por que revisitar Binsey era tão importante ou o que esperava conseguir com isso. Correndo pelo Porto Meadow com suas longas passadas regulares, por um instante receou conduzir a Polícia de Segurança do Estado a um dos lugares onde o grupo normalmente se encontrava. Mas, quando chegou a Binsey, viu que a vila estava completamente deserta e disse a si mesmo que era muito difícil que eles continuassem se encontrando em qualquer um dos antigos esconderijos. Onde quer que estivessem, sabia que estavam em grande perigo. Corria agora, como correra todos os dias, com um tumulto de emoções conflitantes e familiares: irritação por ter se envolvido, arrependimento por não ter se saído melhor na reunião com o Conselho, pavor de que Julian estivesse nesse momento nas mãos da Polícia de Segurança, frustração por não haver nenhum meio de entrar em contato com ela e nenhuma pessoa com quem pudesse conversar em segurança.

A viela que levava à Igreja de St. Margaret estava ainda mais desgrenhada, ainda mais coberta de vegetação do que da última vez em que passara por ela; os galhos entrelaçados lá no alto a tornavam escura e sinistra como um túnel. Quando chegou ao cemitério, viu que havia um carro funerário do lado de fora da casa e que dois homens carregavam um caixão simples de pinheiro pela trilha.

– O velho pároco está morto? – perguntou Theo.

O homem que respondeu mal olhou para ele.

– É melhor que esteja. Ele está no caixão. – Habilmente, ele fez o caixão deslizar para dentro da traseira do carro, fechou a porta e os dois foram embora.

A porta da igreja estava aberta, e Theo entrou em seu vazio secular e pouco iluminado. Já havia sinais de deterioração iminente. Folhas haviam entrado pela porta sopradas pelo vento e o piso da capela-mor estava enlameado e fedia ao que aparentava ser sangue. Os bancos da igreja tinham camadas grossas de poeira e o cheiro deixava evidente que animais, provavelmente cães, haviam estado soltos por ali. Diante do altar, sinais curiosos haviam sido pintados no chão, alguns vagamente familiares. Ele lamentou ter ido àquela choupana profanada. Saiu, fechando a porta pesada com uma sensação de alívio. Mas não descobrira nada, aquilo não fizera bem nenhum. Sua pequena peregrinação inútil apenas intensificara seu senso de impotência, de desastre iminente.

21

Eram oito e meia daquela noite quando ele ouviu a batida. Estava na cozinha temperando uma salada para o jantar, misturando cuidadosamente o azeite e o vinagre nas proporções certas. Ia comer, como costumava fazer à noite, no escritório, e sua bandeja com a toalha limpa e o guardanapo já estava preparada, esperando por ele na mesa da cozinha. A costeleta de carneiro estava na frigideira. Tirara a rolha do clarete uma hora antes e servira a primeira taça para beber enquanto cozinhava. Fez os movimentos familiares sem entusiasmo, quase sem interesse. Imaginava que precisava comer. Era um hábito seu gastar um tempo com o tempero da salada. Ao mesmo tempo que suas mãos estavam ocupadas com o trabalho familiar do preparo, sua mente lhe dizia que tudo aquilo era extremamente insignificante.

Ele fechara as cortinas da porta balcão que davam para o quintal e para os degraus que levavam ao jardim, não tanto para preservar a privacidade – o que era desnecessário –, mas porque estava habituado a deixar a noite do lado de fora. Exceto pelos pequenos ruídos que ele mesmo produzia, Theo estava cercado pelo silêncio total, os andares vazios da casa empilhavam-se sobre ele como um peso físico. E foi quando ele levou a taça aos lábios que ouviu uma batida. Foi uma única batida no vidro, fraca, porém urgente, logo seguida por outras três, tão definitivas quanto um sinal. Ele abriu a cortina e só conseguiu distinguir os contornos de um rosto quase colado ao vidro. Um rosto escuro. Em vez de ver, soube instintivamente que era Miriam. Girou os dois trincos e abriu a porta, e ela se esgueirou de imediato para dentro.

– Você está sozinho? – perguntou ela, sem perder tempo com cumprimentos.

– Estou. O que foi? O que aconteceu?

– Pegaram o Gascoigne. Estamos fugindo. Julian precisa de você. Seria difícil para ela vir, então pediu que eu viesse.

Ele ficou surpreso por conseguir contrapor a agitação dela, seu pavor meio reprimido, com tanta calma. Mas essa visita, embora inesperada, parecia o clímax natural da ansiedade crescente daquela semana. Ele sabia que algo traumático ia acontecer, que lhe fariam alguma exigência extraordinária. Agora chegara a intimação.

Quando ele não respondeu, ela disse:

– Você falou para Julian que viria se ela precisasse. Ela está precisando agora.

– Onde eles estão?

Ela parou por um segundo, como se mesmo agora estivesse pensando se era seguro lhe contar, depois respondeu:

– Estão em uma capela em Widford, perto de Swinbrook. Estamos com o carro do Rolf, mas a PSE vai saber a placa. Precisamos do seu carro e de você. Temos que fugir antes que o Gascoigne abra a boca e dê nomes a eles.

Nenhum deles duvidava que Gascoigne falaria. Nada tão bruto como tortura física seria necessário. A Polícia de Segurança do Estado teria as drogas necessárias, o conhecimento e a crueldade para usá-las.

– Como você chegou aqui? – indagou ele.

– Bicicleta – replicou ela, impaciente. – Deixei do lado de fora do seu portão dos fundos. Estava trancado, mas, por sorte, o seu vizinho tinha colocado a lata de lixo para fora. Eu pulei o portão. Escute, não dá tempo de comer. Melhor você pegar o que estiver mais fácil por aqui. Temos um pouco de pão, queijo, alguns enlatados. Onde está o seu carro?

– Em uma garagem na Pusey Lane. Vou pegar meu casaco. Tem uma sacola pendurada atrás da porta daquele armário. A despensa fica ali. Veja o que consegue pegar de comida. E é melhor você tampar esse vinho com a rolha e guardá-lo.

Ele subiu a escada para pegar o casaco pesado e, subindo mais uma escada até a pequena sala do fundo, colocou o diário no grande bolso interno. O ato foi instintivo: se lhe perguntassem, ele teria dificuldade de explicar para si mesmo. O diário não era particularmente incriminador, ele havia se certificado disso. Não tinha nenhuma premonição de que estivesse deixando por mais do que algumas horas a vida que o diário contava e que aquela casa ecoante encerrava. E, mesmo que a viagem fosse o começo de uma odisseia, havia talismãs mais úteis, mais estimados e mais relevantes que ele poderia ter guardado no bolso.

O último chamado de Miriam para apressá-lo fora desnecessário. Ele sabia que o tempo era muito curto. Se quisesse chegar para discutir com o grupo qual seria a melhor forma de usar sua influência com Xan – e, acima de tudo, se quisesse ver Julian antes que ela fosse ser presa –, precisaria pegar a estrada sem nenhum segundo de atraso além do necessário. Assim que a PSE soubesse que o grupo havia fugido, voltariam sua atenção a ele. A matrícula do seu carro estava no registro. O jantar abandonado, mesmo que ele pudesse reservar um tempo para jogá-lo no lixo, seria evidência suficiente de que saíra com pressa. Em sua ansiedade para chegar até Julian, não sentiu mais do que uma ligeira preocupação pela própria segurança. Ainda era ex-assessor do Conselho. Havia um homem na Grã--Bretanha que tinha poder absoluto, autoridade absoluta, controle absoluto, e ele era primo desse homem. No final das contas, nem a Polícia de Segurança do Estado poderia impedi-lo de ver Xan. Mas poderiam impedi-lo de chegar até Julian – pelo menos isso estava ao alcance deles.

Miriam, segurando uma bolsa, esperava-o ao lado da porta da frente. Ele a abriu, mas ela o afastou, encostou a cabeça no batente da porta e olhou rapidamente para os dois lados.

– Parece que a barra está limpa – comentou ela.

Devia ter chovido. O ar era fresco, mas a noite estava escura; os postes de iluminação lançavam sua luz fraca sobre o calçamento cinza, os tetos salpicados de chuva dos carros estacionados. Dos dois lados da rua, as cortinas estavam fechadas, exceto por uma janela alta onde um quadrado de luz brilhava e permitia a visão de cabeças escuras passando, e ouvir o som distante de música. Então alguém no cômodo ergueu o volume e, de repente, invadiram a rua cinzenta vozes penetrantemente doces e mescladas de tenores, baixos e sopranos cantando um quarteto, com certeza Mozart, embora ele não conseguisse reconhecer a ópera. Por um vívido momento de nostalgia e arrependimento, o som o levou de volta à rua que conhecera como estudante universitário trinta anos antes, para amigos que haviam se acomodado lá e ido embora, para a lembrança de janelas abertas à noite de verão, vozes jovens chamando, música e risadas.

Não havia nenhum sinal de olhos intrometidos, nenhum sinal de vida a não ser por aquela explosão de som furioso, mas ele e Miriam andavam rápida e discretamente os vinte e sete metros da Pusey Lane, as cabeças inclinadas e em silêncio, como se mesmo um sussurro ou um passo pesado pudessem trazer a rua de volta à atividade. Eles viraram na Pusey Lane e Miriam esperou, ainda sem dizer uma palavra, enquanto ele destrancou a garagem, ligou o Rover e abriu a porta do carona para ela entrar rapidamente. Passou depressa pela Woodstock Road, mas com cuidado e dentro do limite de velocidade. Ao chegarem à periferia da cidade, Theo perguntou:

– Quando levaram Gascoigne?

– Cerca de duas horas atrás. Ele estava colocando explosivos para destruir um embarcadouro em Shoreham. Ia acontecer outro Termo. A Polícia de Segurança estava esperando por ele.

– Não é de surpreender. Vocês vêm destruindo embarcadouros. Eles claramente ficaram vigiando. Então faz duas horas que estão com ele. Estou surpreso que não tenham pegado vocês ainda.

– Eles provavelmente esperaram para interrogá-lo quando estivesse em Londres. E acho que não estão com muita pressa, nós não somos importantes. Mas eles virão.

– Com certeza. Como sabem que pegaram Gascoigne?

– Ele telefonou para contar o que ia fazer. Foi uma iniciativa pessoal, Rolf não tinha autorizado. Nós sempre telefonamos de volta quando a tarefa está terminada, e ele não ligou. Luke passou pelo quarto dele em Cowley. A Polícia de Segurança do Estado tinha feito uma busca... pelo menos a proprietária falou que alguém tinha feito uma busca. É óbvio que foram eles.

– Não foi sensato da parte do Luke ir até lá. Poderiam estar esperando por ele.

– Nada do que fizemos foi sensato, apenas necessário.

– Não sei o que vocês esperam de mim, mas, se querem que eu ajude, é melhor me contarem alguma coisa sobre vocês – disse ele. – Não sei nada além do primeiro nome. Onde vocês moram? O que fazem? Como se conheceram?

– Vou contar, mas não entendo por que isso importa ou por que precisa saber. Gascoigne é... era... um caminhoneiro que fazia viagens de longa distância. Foi por isso que Rolf o recrutou. Acho que se conheceram em um pub. Ele podia distribuir nossos folhetos por toda a Inglaterra.

– Um caminhoneiro de grandes distâncias que é especialista em explosivos. Entendo a utilidade dele.

– Ele aprendeu tudo com o avô, que era militar. Os dois eram próximos. E também não precisava ser um especialista para o que fazemos. Não há nada de muito complicado em explodir embarcadouros ou qualquer outra coisa. Rolf é engenheiro. Trabalha com fornecimento de energia.

– E como Rolf contribuiu com a empreitada além de oferecer a vocês uma liderança não muito efetiva?

Miriam ignorou o insulto.

– Você sabe sobre o Luke. Ele costumava ser sacerdote. Acho que ainda é. De acordo com ele, uma vez sacerdote, sempre sacerdote. Ele não tem paróquia porque não sobraram muitas igrejas que queiram o tipo de cristianismo dele.

– E de que tipo é?

– O tipo do qual a Igreja se livrou na década de 1990. A antiga Bíblia, o velho livro de orações. Ele faz um ou outro culto se as pessoas pedem. Trabalha no jardim botânico e está aprendendo sobre pecuária.

– E por que Rolf o recrutou? Não pode ter sido para dar consolo espiritual ao grupo.

– Julian o queria.

– E você?

– Você sabe sobre mim. Fui parteira. É a única coisa que eu sempre quis ser. Depois da Ômega, consegui um emprego como caixa de supermercado em Headington. Agora sou gerente da loja.

– E o que você faz para os Cinco Peixes? Esconde panfletos nos pacotes de cereal do café da manhã?

– Olha só, eu falei que não somos sensatos – respondeu ela. – Não falei que somos idiotas. Se não tivéssemos tomado cuidado, se fôssemos tão incompetentes quanto você acha que somos, não teríamos durado tanto tempo.

– Vocês duraram esse tempo todo porque o Administrador queria que durassem – retorquiu Theo. – Ele poderia ter capturado vocês meses atrás. Não capturou porque são mais úteis para ele à solta do que presos. Xan não quer mártires. O que ele quer é a pretensão de uma ameaça interna à ordem pública. Ajuda a apoiar a autoridade dele. Todos os tiranos precisaram disso de tempos em tempos. A única coisa que ele precisa fazer é falar para as pessoas que existe uma sociedade secreta em funcionamento e que essa sociedade publicou um manifesto que pode ser sedutoramente liberal, mas cujo verdadeiro objetivo é fechar o Assentamento da Ilha de Man, soltar dez mil psicopatas criminosos em uma sociedade que está envelhecendo, mandar para casa todos os Temporários, de forma que o lixo não será recolhido e as ruas não serão varridas, e, por fim, destituir o Conselho e o próprio Administrador.

– Por que as pessoas acreditariam nisso?

– Por que não? Entre vocês cinco, vocês provavelmente gostariam de fazer todas essas coisas. O Rolf com certeza gostaria de fazer essa última. Sob um governo antidemocrático não pode haver nenhuma dissidência aceitável, assim como não pode haver insubordinação moderada. Voltando ao assunto, sei que vocês se denominam os Cinco Peixes. Você poderia muito bem me dizer os seus codinomes.

– Rolf é o Robalo, Luke é o Linguado, Gascoigne é o Garoupa, eu sou a Merluza.

– E Julian?

– Tivemos dificuldade aí. Encontramos só um peixe que começa com J, a jamanta.

Theo precisou conter uma risada.

– Qual era o objetivo disso? Vocês anunciaram para o país inteiro que denominam a si mesmos de os Cinco Peixes? Imagino que, quando o Rolf liga para você, ele diz: "Aqui é o Robalo ligando para a Merluza", na esperança de que, se a PSE estiver escutando, vai arrancar os cabelos e morder o tapete de frustração.

– Tudo bem, você deu a sua opinião – falou ela. – Nós não usamos os codinomes de fato. Não com frequência. Foi só uma ideia do Rolf.

– Achei que tivesse sido.

– Olha, será que dá para parar com esse tom arrogante? Nós sabemos que você é inteligente e o sarcasmo é o seu jeito de mostrar o quanto é inteligente, mas não consigo aguentar isso no momento. E não provoque o Rolf. Se você se importa com Julian, acalme-se, certo?

Por alguns minutos, viajaram em silêncio. Observando-a, Theo viu que ela estava olhando para a estrada à frente com uma intensidade quase apaixonada, como se esperasse descobrir que estava minada. As mãos dela, agarradas à sacola, estavam tensas, os nós dos dedos estavam brancos, e parecia-lhe que fluía dela um acesso de agitação quase palpável. Ela respondera às perguntas, mas como se estivesse com a cabeça em outro lugar.

Então ela falou e, ao dizer seu nome, ele sentiu um pequeno choque pela intimidade inesperada.

– Theo, tem uma coisa que preciso te contar. Julian disse para não falar nada até estarmos a caminho. Não era para testar a sua boa-fé. Ela sabia que você viria se fosse chamado. Mas, se não viesse, se alguma coisa importante o impedisse, se você não pudesse vir, então eu não deveria contar. De qualquer maneira, não teria sentido.

– Contar o quê?

Theo lançou a ela um olhar demorado. Miriam continuava olhando para a frente, enquanto os lábios se moviam silenciosamente, como se estivesse procurando as palavras.

– Contar o quê, Miriam?

Ainda assim, ela não olhou para ele.

– Você não vai acreditar – disse ela. – E nem espero que acredite. Embora sua descrença não tenha importância, porque em pouco mais de meia hora você vai ver a verdade com os próprios olhos. Só não discuta. Neste exato momento, não quero ter que lidar com protestos e discussões. Não vou tentar convencê-lo, Julian é quem vai fazer isso.

– Só fala logo. Eu decido se acredito em você.

Ela virou a cabeça e olhou para ele.

– Julian está grávida – afirmou Miriam, a voz clara sobrepondo-se ao barulho do motor. – É por isso que precisa de você. Ela vai ter um bebê.

No silêncio que se seguiu, Theo percebeu primeiro uma profunda decepção, seguida por irritação e depois por repulsa. Era repugnante acreditar que Julian fosse capaz de um disparate ilusório desses ou que Miriam fosse tola o bastante para ser conivente com isso. No primeiro e único encontro entre eles em Binsey, por mais breve que tivesse sido, Theo gostara dela, achara-a sensata e inteligente. Ele detestava que seu julgamento a respeito de alguém fosse frustrado a esse ponto.

– Não vou discutir, mas não acredito em você – respondeu ele, depois de um momento. – Não estou dizendo que está mentindo de propósito, acho que você acredita que é verdade. Mas não é.

Afinal, costumava ser uma ilusão comum. Nos primeiros anos após a Ômega, mulheres de todas as partes do mundo pensavam estar grávidas, apresentavam os sintomas da gravidez, andavam orgulhosas de suas barrigas... ele as vira descendo a High Street em Oxford. Haviam feito planos para o nascimento e até entrado em um falso trabalho de parto, gemendo e fazendo força e gerando nada além de vento e angústia.

– Há quanto tempo você acredita nessa história? – perguntou ele, cinco minutos mais tarde.

– Eu disse que não queria conversar sobre isso. Disse que era para você esperar.

– Você falou que não era para eu discutir. Não estou discutindo. Só estou fazendo uma pergunta.

– Desde que o bebê chutou. Julian não sabia até esse momento. Como poderia saber? Mas quando aconteceu ela conversou comigo e eu confirmei a gravidez. Sou parteira, lembra? Achamos prudente não nos reunir mais do que o necessário nos últimos quatro meses. Se eu a tivesse visto com mais frequência, teria descoberto antes. Mesmo depois de vinte e cinco anos, eu saberia.

– Se você acredita nisso... no inacreditável... então está recebendo a novidade com muita calma – comentou ele.

– Tive tempo para me acostumar com a glória da notícia. Agora estou mais preocupada com os aspectos práticos.

Seguiu-se um período de silêncio. Então, como quem rememora o passado com todo o tempo do mundo, Miriam retomou:

– Eu tinha vinte e sete anos na época da Ômega e trabalhava do departamento de maternidade do John Radcliffe. Estava fazendo um estágio na clínica pré-natal. Me lembro de agendar uma paciente para a próxima consulta e de repente notar que a página sete meses à frente estava em branco. Nem um único nome. As mulheres costumavam agendar no segundo mês que a menstruação atrasava, algumas no primeiro. Nem um único nome. Pensei: *o que está acontecendo com os homens desta cidade?* Então liguei para uma amiga que trabalhava no Queen Charlotte. Ela falou a mesma coisa. Contou que ia telefonar para alguém que conhecia no Rosie Maternity Hospital de Cambridge. Ela me ligou de volta vinte minutos depois. Estava acontecendo a mesma coisa lá. Foi assim que eu soube, devo ter sido uma das primeiras a saber. Eu estava presente no fim. Agora preciso estar presente no começo.

Eles estavam chegando a Swinbrook e Theo dirigia mais devagar, baixando a luz como se essa precaução pudesse de algum modo torná-los invisíveis. Mas a vila estava deserta. A lua cérea, meio cheia, oscilava contra um céu de trêmula seda azul-cinzenta, perfurado por algumas estrelas altas. A noite estava menos escura do que ele esperara, e o ar estava doce e calmo, com cheiro de relva. Sob a pálida luz da lua, as pedras suaves emanavam um tênue brilho que parecia se espalhar pelo ar, e Theo podia distinguir claramente o contorno das casas, os telhados altos e inclinados e as paredes dos jardins com flores penduradas. Não havia luz em nenhuma janela, e a vila estava vazia e silenciosa como um set de filmagem deserto, concreto e permanente por fora, mas efêmero; as paredes pintadas apoiadas apenas por suportes de madeira e ocultando os entulhos podres da equipe que partiu. Ele teve uma ilusão momentânea de que só precisaria encostar em uma dessas paredes e ela desmoronaria em um amontoado de reboco e ripas que estalam. E era familiar. Mesmo sob aquela luz surreal ele podia reconhecer os pontos de referência: o pequeno bosque ao lado do lago, com sua imensa árvore suspensa, o banco ao seu redor e a entrada para a viela estreita que levava à igreja.

Estivera ali antes com Xan, no primeiro ano. Fora em um dia quente no final de junho quando Oxford se tornara um lugar do qual se escapar, suas pavimentações quentes obstruídas por turistas, o ar fedendo a fumaça de carro e tomado pela algazarra de idiomas estranhos, os pátios outrora tranquilos, invadidos. Estavam descendo a Woodstock Road sem uma ideia clara de para onde estavam indo quando Theo se lembrou da vontade de ver a Capela St. Oswald em Widford. Era um destino tão bom quanto qualquer outro. Felizes de que a expedição tivesse um objetivo, haviam tomado a estrada para Swinbrook. Na lembrança, o dia era um ícone que ele podia evocar para representar o verão inglês perfeito: um céu azul-celeste quase sem nuvens, a névoa de cicuta-dos-prados, o cheiro de grama cortada, o vento passando por seus cabelos. Aquele passeio podia evocar outras coisas também, mais transitórias, que, diferente do verão, haviam se perdido para sempre: juventude, confiança, alegria, esperança de ter um amor. Não estavam com pressa. Nos arredores de Swinbrook havia acontecido uma partida de críquete do vilarejo, e eles estacionaram o carro e se sentaram na grama atrás do muro de pedra para observar, criticar, aplaudir. Tinham estacionado da outra vez no mesmo ponto onde ele estacionava agora, ao lado do lago, e feito a mesma caminhada que ele e Miriam fariam, passando pelo antigo correio, subindo pela estreita viela de paralelepípedos, delimitada pelo muro alto coberto de hera, até a igreja da vila. Acontecera um batizado. Uma pequena procissão de moradores se espalhava pelo caminho em direção ao pórtico, os pais à frente, a mãe carregando o bebê com sua roupa de batismo branca de babados; as mulheres com chapéus floridos; os homens, um tanto inibidos, transpirando em ternos justos azuis e cinza. Ele se recordava de pensar que a cena era atemporal e achara graça por um momento, imaginando batizados anteriores, as roupas diferentes, mas os rostos camponeses, um misto de seriedade e ansiedade, sempre os mesmos. Pensou naquela época, como pensava agora, no tempo passando, o inexorável, impiedoso, incontrolável tempo. Mas o pensamento daquele dia fora um exercício intelectual desprovido de dor ou nostalgia, uma vez que o tempo ainda se estendia pela frente e, para um jovem de 19 anos, parecia uma eternidade.

Então, virando-se para fechar o carro, ele comentou:

– Se o ponto de encontro for a Capela de St. Oswald, o Administrador sabe onde fica.

A resposta dela foi calma.

– Mas ele não sabe que sabemos.

– Vai saber quando Gascoigne falar.

– Gascoigne também não sabe. É um ponto de encontro alternativo que Rolf guardou para si mesmo caso um de nós fosse levado.

– Onde ele deixou o carro dele?

– Escondido em algum lugar fora da estrada. Eles planejavam fazer os últimos dois quilômetros, um pouco mais ou um pouco menos, a pé.

– Andando por campos irregulares, e no escuro – comentou Theo. – Não é exatamente um lugar fácil para uma fuga rápida.

– Não, mas fica em uma área remota, não está sendo usada e a capela está sempre aberta. Não precisamos nos preocupar com uma fuga rápida se ninguém souber onde nos encontrar.

Mas deve haver algum lugar mais adequado, pensou Theo, e duvidou outra vez da competência de Rolf para planejar e liderar. Reconfortado pelo desdém, disse a si mesmo: ele tem boa aparência e certa força bruta, mas não muita inteligência, u*m bárbaro ambicioso. Como ela se casou com ele?*

A viela terminou e eles viraram à esquerda, descendo por um caminho estreito de terra e pedra entre os muros cobertos de hera, atravessando um mata-burro e entrando em um campo. Ao pé da colina, à esquerda, havia uma casa de fazenda baixa que ele não se lembrava de ter visto antes.

– Está vazia – informou Miriam. – A vila inteira está deserta agora. Não sei por que isso aconteceu com um lugar mais do que com outro. Imagino que uma ou duas famílias mais importantes decidem ir embora, aí o resto entra em pânico e vai atrás.

O campo era irregular e estava coberto de relva. Os dois andavam com cuidado, mirando o chão. De tempos em tempos, um deles tropeçava e o outro estendia uma mão de apoio enquanto Miriam apontava a lanterna, procurando na poça de luz por uma trilha inexistente. Theo pensou que deviam parecer um casal muito velho, os últimos habitantes de um vilarejo deserto abrindo caminho em meio à escuridão final até a Capela St. Oswald por causa de alguma necessidade perversa ou atávica de morrer em solo consagrado. À esquerda dele, os campos se estendiam até uma cerca viva alta atrás da qual, ele sabia, passava o rio Windrush. Ali, depois de visitar a capela, ele e Xan haviam se deitado na grama, observando o riacho que corria lento e os peixes que chegavam até a superfície; então, virando as costas, haviam olhado por entre folhas prateadas para o céu. Haviam levado vinho e comprado morangos na estrada. Ele descobriu que conseguia se lembrar de cada palavra da conversa.

– Como Brideshead, não é, meu jovem? Sinto necessidade de um ursinho – dissera Xan, deixando um morango cair dentro da boca, depois virando-se para pegar o vinho, e então, sem nenhuma mudança de tom, acrescentara: – Estou pensando em entrar para o Exército.

– Por quê, Xan?

– Por nenhum motivo em particular. Pelo menos não vai ser entediante.

– Deve ser indescritivelmente entediante, a não ser para pessoas que gostam de viajar e de praticar esportes, e você nunca ligou muito para nenhum dos dois, exceto para o críquete, e esse não é um esporte praticado pelo Exército. Eles jogam pesado, aqueles caras. De qualquer forma, provavelmente não vão te aceitar. Agora que são tão poucos, soube que ficaram exigentes.

– Ah, eles vão me aceitar. E mais tarde talvez eu tente a política.

– Mais entediante ainda. Você nunca demonstrou o menor interesse por política. Você não tem convicções políticas.

– Posso passar a ter. E não será tão entediante quanto o que você planejou para si. Você vai conseguir o seu diploma com honras de primeira classe, é claro, depois o Jasper vai encontrar um emprego de pesquisador para o aluno favorito. Então vai haver a nomeação provinciana de costume, trabalhando com nulidades em alguma universidade antiga, publicando os seus artigos, escrevendo ocasionalmente algum livro bem fundamentado que será recebido de forma respeitosa. Depois vai voltar para Oxford com uma bolsa de estudos, e, se tiver sorte e ainda não tiver conseguido, conquistará um emprego para toda a vida dando aula para alunos que veem a história como uma opção fácil. Ah, eu esqueci: uma esposa adequada, inteligente o bastante para uma conversa aceitável ao jantar, mas não tão inteligente a ponto de competir com você, uma casa hipotecada no norte de Oxford e dois filhos inteligentes, mas chatos, que vão repetir o padrão.

Bem, Xan acertara a maior parte, tudo menos a esposa inteligente e os dois filhos. E se tudo que ele havia dito naquela conversa casual tivesse sido parte de um plano? Xan estava certo, o Exército o aceitou. Tornou-se o coronel mais jovem em cento e cinquenta anos. Ainda sem nenhuma filiação política, nenhuma convicção além da convicção de que deveria ter o que quisesse e de que, quando se pusesse a fazer algo, seria bem-sucedido. Depois da Ômega, com o país mergulhado em apatia, ninguém querendo trabalhar, os serviços quase parados, o crime fora de controle, e toda a esperança e ambição perdidas para sempre, a Inglaterra se tornara uma ameixa madura para ele colher. A símile era banal, mas nenhuma era mais exata. Ela estava ali, madura demais, podre, e Xan só precisou estender a mão. Theo tentou afastar o passado da memória, mas as vozes daquele último verão ecoavam em sua mente, e mesmo naquela noite gelada de outono ele conseguia sentir o sol daquele dia em suas costas.

Agora a capela estava nítida diante deles, a capela-mor e a nave sob um único telhado, a torre do sino no centro – igual a quando a vira pela primeira vez, incrivelmente pequena, uma capela construída por um deísta de mão aberta como um brinquedo de criança. Quando se aproximavam da porta, ele foi tomado por uma súbita relutância que paralisou por um momento seus passos, perguntando-se pela primeira vez em um acesso de curiosidade e ansiedade o que exatamente encontraria. Não conseguia acreditar que Julian houvesse concebido; não era por isso que estava ali. Miriam podia ser parteira, mas não praticava havia vinte e cinco anos, e inúmeros problemas de saúde poderiam simular uma gravidez. Alguns eram perigosos: talvez tumor maligno não tratado pudesse ser o motivo pelo qual Miriam e Julian haviam sido enganadas pela esperança? Fora uma tragédia bastante comum nos primeiros anos após a Ômega, quase tão comum quanto as gravidezes fantasma. Ele odiava a ideia de que Julian fosse uma tola iludida, mas odiava mais ainda o medo de que ela estivesse muito doente. Meio que se ressentia de sua preocupação, do que parecia sua obsessão com ela. Mas o que mais o levara àquele lugar remoto e de livre acesso?

Miriam apontou a lanterna para a porta, depois desligou-a. A porta se abriu com facilidade ao toque da mão dela. A capela estava escura, mas o grupo acendera oito abajures e os havia enfileirado diante do altar. Ele se perguntou se Rolf os escondera lá com antecedência ou se haviam sido deixados por outros visitantes menos passageiros. Os pavios bruxulearam por um breve instante pela brisa que entrou pela porta aberta, lançando sombras no piso de pedra e na madeira clara e sem verniz antes de se firmarem em um suave brilho leitoso. De início, pensou que a capela estivesse vazia, então viu as três cabeças escuras erguendo-se em um dos bancos. Entraram no corredor estreito e ficaram observando-o. Estavam vestidos como se fossem viajar: Rolf usava uma boina e uma jaqueta de couro de carneiro grande e suja; Luke, um casaco preto surrado e um cachecol; Julian, uma capa comprida que chegava quase até o chão. Sob a tênue luz das velas, os rostos dos três eram borrões suaves. Ninguém disse nada. Então Luke virou-se, pegou uma das velas e ergueu-a. Julian avançou em direção a Theo e olhou no rosto dele, sorrindo.

– É verdade, Theo – falou ela.

Sob a capa, Julian vestia uma bata sobre calças largas. Ela pegou a mão direita dele e conduziu-a por baixo do algodão da bata, esticando o elástico da calça. A barriga inchada parecia firme e o primeiro pensamento que lhe veio em mente foi admiração por aquela protuberância imensa ser tão pouco visível sob a roupa. No começo, a pele dela, esticada porém macia como a seda, pareceu fria sob a mão de Theo, mas imperceptivelmente o calor passou da pele dele para a dela, de modo que não conseguia mais sentir nenhuma diferença e parecia-lhe que a carne dos dois havia se tornado uma. E então, com um espasmo súbito e convulsivo, sua mão quase foi chutada para longe. Julian riu, e o eco alegre ressoou, enchendo a capela.

– Escute – pediu a jovem –, ouve só as batidas do coração dela.

Era mais fácil para ele se ajoelhar, então o fez, de forma natural, sem pensar naquele gesto como uma homenagem, mas sabendo que era certo que deveria estar de joelhos. Passou o braço direito pela cintura de Julian e encostou o ouvido em sua barriga. Não conseguia ouvir o coração batendo, mas pôde ouvir e sentir os movimentos da criança, sentir sua vida. Ele foi arrastado por uma maré de emoções que se ergueu, rebentou e o tragou em um acesso turbulento de deslumbramento, entusiasmo e pavor, depois recuou, deixando-o exausto e fraco. Por um momento, ficou ali ajoelhado, incapaz de se mexer, quase apoiado pelo corpo de Julian, deixando o cheiro dela, o calor dela, a própria essência dela se infiltrar nele. Então se endireitou e se levantou, ciente dos olhares observadores dos presentes. No entanto, ainda assim, ninguém disse nada. Theo queria que eles fossem embora para poder levar Julian para a escuridão e o silêncio da noite e a seu lado tornar-se parte da noite e ficar junto dela naquele silêncio maior. Precisava descansar a mente em paz, sentir e não falar. Mas sabia que tinha de falar e que precisaria de todo o seu poder persuasivo. E talvez as palavras não fossem suficientes. Teria de equiparar vontade com vontade, paixão com paixão. Tudo o que ele tinha a oferecer era razão, argumento, inteligência, e depositara sua fé neles a vida inteira. Agora, sentia-se vulnerável e inadequado, quando um dia se sentira mais confiante e seguro.

Ele se afastou de Julian e pediu a Miriam:

– Me dê a lanterna.

Ela obedeceu, sem dizer uma palavra; Theo acendeu a lanterna e passou o foco de luz pelo rosto de cada membro do grupo. Eles o fitaram de volta: os olhos de Miriam, perplexos e sorridentes; os de Rolf, ressentidos, porém triunfantes; os de Luke, cheios de um apelo desesperado.

Foi Luke quem falou primeiro:

– Você entende, Theo, que nós tínhamos que fugir, manter Julian a salvo.

– Vocês não vão mantê-la a salvo fugindo – advertiu Theo. – Isso muda tudo, muda não só para vocês, mas para o mundo todo. Nada mais importa agora a não ser a segurança de Julian e da criança. Ela deveria estar em um hospital. Liguem para o Administrador, ou deixem que eu ligue. Quando souberem disso, ninguém vai se preocupar com panfletos subversivos ou com dissidência. Não existe ninguém no Conselho, nem no país, nem no mundo aliás, que não vai estar preocupado com apenas uma coisa: o nascimento seguro dessa criança.

Julian pôs a mão deformada sobre a dele.

– Por favor, não me obrigue a fazer isso. Não quero que ele esteja lá quando meu bebê nascer.

– Ele não precisa estar presente de fato. Ele vai fazer o que você quiser. Todos vão fazer o que você quiser.

– Ele vai estar lá. Você sabe que vai. Estará lá no nascimento e vai estar lá sempre. Ele matou o irmão da Miriam, está matando Gascoigne agora. Se eu cair nas mãos dele, nunca vou me livrar. Meu bebê nunca vai ser livre.

Como, perguntou-se Theo, ela e o bebê se manteriam fora das mãos de Xan? Será que ela propunha manter a criança em segredo para sempre?

– Você precisa pensar primeiro nessa criança, Julian – argumentou Theo. – Suponha que aconteça alguma complicação, uma hemorragia?

– Não vai acontecer. A Miriam vai cuidar de mim.

Theo se virou para Miriam.

– Converse com ela, Miriam. Você é a profissional. Você sabe que ela deveria estar em um hospital. Ou você só está pensando em si mesma? É nisso que todos vocês aqui estão pensando, em si mesmos? Na própria glória? Seria uma coisa e tanto, não seria? A parteira do primeiro filho de uma nova raça, se é o que essa criança está destinada a ser. Você não quer compartilhar a glória, tem medo de que não te permitam ter nenhuma parte. Você quer ser a única a ver essa criança milagrosa vir ao mundo.

– Eu trouxe duzentos e oito bebês ao mundo – respondeu Miriam, calmamente. – Todos eles pareciam milagres, pelo menos na época do nascimento. Tudo o que quero é que a mãe e a criança estejam bem e seguras. Eu não entregaria uma vadia grávida à mercê do Administrador da Inglaterra. É, eu preferiria fazer o parto no hospital, mas Julian tem o direito de escolher.

Theo se virou para Rolf.

– O que o pai acha?

Rolf estava impaciente.

– Se ficarmos aqui conversando por muito mais tempo, não teremos escolha. Julian tem razão. Quando ela estiver nas mãos do Administrador, ele vai tomar o controle. Vai estar lá no nascimento. Vai anunciar para o mundo. Ele é que vai aparecer na televisão mostrando o meu filho para a nação. Só que cabe a mim fazer isso, não a ele.

Theo pensou: ele acha que está apoiando a mulher, mas a única coisa com que realmente se importa é conseguir que a criança nasça em segurança antes que Xan e o Conselho descubram sobre a gravidez.

A raiva e a frustração deixaram sua voz áspera.

– Isso é loucura. Vocês não são crianças com um brinquedo novo que podem guardar só para vocês, brincar com ele sozinhos, impedir que as outras crianças tenham acesso. Esse nascimento é uma preocupação do mundo inteiro, não só da Inglaterra. Essa criança pertence à humanidade.

– Essa criança pertence a Deus – interpôs Luke.

Theo se virou para ele.

– Jesus Cristo! Será que não podemos discutir o assunto pelo menos com base na razão?

Foi Miriam quem respondeu.

– A criança pertence a si mesma, mas Julian é a mãe. Até ela nascer e durante algum tempo após o nascimento, o bebê a mãe são um só. Julian tem o direito de dizer onde vai dar à luz.

– Mesmo que isso signifique colocar o bebê em risco.

– Se eu tiver esse bebê na presença do Administrador, nós dois vamos morrer – disse Julian.

– Isso é ridículo.

– Você quer correr o risco? – perguntou Miriam, com a voz serena.

Theo não respondeu. Ela esperou, depois reiterou:

– Você está preparado para assumir essa responsabilidade?

– Então, quais são os planos de vocês?

Rolf respondeu:

– Encontrar um lugar seguro, ou tão seguro quanto possível. Uma casa vazia, uma casa de campo, qualquer tipo de abrigo onde possamos nos amontoar por quatro semanas. Precisa ser um lugar distante, talvez uma floresta. Precisamos de provisões e água e precisamos de um carro. O único que temos é o meu e eles vão saber a placa!

– Também não podemos usar o meu, não por muito tempo – disse Theo. – A PSE provavelmente está na rua St. John agora. A empreitada toda é inútil. Quando Gascoigne falar... e ele vai falar, eles não precisam torturá-lo, eles têm drogas... quando o Conselho souber da gravidez, vão vir atrás de vocês com tudo o que têm. Aonde vocês acham que vão chegar antes que os encontrem?

A voz de Luke soou calma e paciente. Ele poderia estar explicando a situação para uma criança não muito inteligente.

– Sabemos que eles virão. Estão procurando por nós e querem nos destruir. Mas pode ser que não venham rápido, podem não se preocupar muito no começo. Veja bem, eles não sabem sobre o bebê. Não contamos a Gascoigne.

– Mas ele fazia parte de vocês, parte do grupo. Ele não presumiu? Ele tinha olhos, não conseguiu ver?

– Ele tinha 31 anos e duvido que tenha visto uma mulher grávida – comentou Julian. – Ninguém dá à luz há vinte e cinco anos, Theo. A mente dele não estava aberta para essa possibilidade. E quanto aos Temporários com quem trabalhei no acampamento, a mente deles também não estava aberta para isso. Ninguém sabe além de nós cinco.

– E Julian tem quadril largo e a barriga está alta – falou Miriam. – Você não teria notado se não tivesse sentido o bebê se mexer.

Theo pensou: *então não tinham confiado em Gascoigne, pelo menos não com o segredo mais valioso de todos.* Não tinham achado Gascoigne merecedor, aquele homem simples, robusto e decente que parecera a Theo no primeiro encontro a âncora impassível e confiável do grupo. E, se tivessem confiado, ele certamente teria obedecido às ordens. Não teria havido nenhuma tentativa de sabotagem, nenhuma captura.

– Foi para a própria proteção dele, e para a nossa – declarou Rolf, como que lendo seus pensamentos. – Quanto menos pessoas soubessem, melhor. Tive que contar para a Miriam, é claro. Nós precisávamos das habilidades dela. Depois contei para o Luke porque Julian queria que ele soubesse. Tinha alguma coisa a ver com o fato de ele ser sacerdote, alguma superstição ou outra. Era para ele nos trazer boa sorte. Não achei prudente, mas contei mesmo assim.

– Fui eu que contei para o Luke – interrompeu Julian.

Theo pensou que provavelmente também era contra o conselho de Rolf que o haviam chamado. Julian o quisera, e eles estavam tentando proporcionar tudo que ela queria. Mas o segredo, uma vez revelado, jamais poderia ser esquecido. Ele ainda poderia tentar escapar do compromisso, mas agora não podia escapar do conhecimento.

Pela primeira vez, houve um tom de urgência na voz de Luke.

– Vamos fugir antes que eles venham. Podemos usar o seu carro. Podemos continuar conversando enquanto viajamos. Você vai ter tempo e oportunidade para convencer Julian a mudar de ideia.

– Por favor, venha com a gente, Theo – pediu Julian. – Por favor, ajude a gente.

– Ele não tem escolha – disse Rolf, impaciente. – Ele sabe demais. Não podemos deixar que vá embora livremente agora.

Theo olhou para Julian. Queria perguntar: "É esse o homem que você e o Deus de vocês escolheram para repovoar o mundo?".

– Pelo amor de Deus, não comece com ameaças – retorquiu ele com frieza. – Você pode reduzir tudo, até uma coisa como essa, ao nível de um longa-metragem barato. Se eu for com vocês, vai ser porque escolhi ir.

22

Uma a uma, eles apagaram as velas. A pequena capela voltou à sua calma eterna. Rolf fechou a porta e eles começaram a cuidadosa caminhada pelo campo, Rolf à frente. Ele pegara a lanterna e sua pequena lua de luz se mexia como um fogo fátuo sobre as touceiras emaranhadas de relva marrom, iluminando brevemente, como que com um holofote em miniatura, uma única flor trêmula e moitas de margaridas com seus botões resplandecentes. Atrás de Rolf, as duas mulheres caminhavam juntas, Julian de braços dados com Miriam. Luke e Theo cuidavam da retaguarda. Eles não conversaram, mas Theo estava ciente de que Luke se alegrava com a sua companhia. Chamou-lhe a atenção o fato de que ele próprio pudesse ser tomado por sensações tão fortes, por acessos de admiração, entusiasmo e deslumbramento e ainda ser capaz de observar e analisar o efeito dos sentimentos sobre a ação e o pensamento. Chamava-lhe a atenção também que, em meio àquele tumulto, pudesse achar espaço para a irritação. Parecia uma reação tão trivial e irrelevante para a importância avassaladora do dilema que tinha diante de si. Mas a situação toda era paradoxal. Será que os objetivos e os meios poderiam algum dia ter sido tão incompatíveis? Será que algum dia houvera alguma empreitada de tão imensa importância iniciada por aventureiros tão frágeis e pateticamente inadequados? Mas Theo não precisava ser um deles. Desarmados, não podiam mantê-lo à força para sempre, e ele estava com as chaves do carro. Podia fugir, telefonar para Xan, pôr um fim naquilo. Mas, se o fizesse, Julian morreria. Pelo menos ela achava que morreria, e a convicção poderia ser forte o bastante para matar a mãe e a criança. Ele já fora responsável pela morte de uma criança. Era o suficiente.

Quando por fim chegaram ao lago e ao bosque onde estacionara o Rover, Theo já esperava vê-lo cercado pela PSE, vultos pretos imóveis, de olhos inflexíveis, armas em punho. Mas a vila estava tão deserta quanto estava quando haviam chegado. Ao se aproximarem do carro, decidiu fazer mais uma tentativa.

Foi para Julian que se virou.

– O que quer que você sinta a respeito do Administrador, do que quer que tenha medo, me deixe telefonar para ele agora. Me deixe falar com ele. Ele não é o demônio que você pensa.

Foi a voz impaciente de Rolf que respondeu:

– Você não desiste nunca? Ela não quer o seu apoio. Ela não confia nas suas promessas. Vamos fazer o que planejamos, ir o mais longe possível daqui e encontrar um abrigo. E então vamos roubar toda a comida que precisarmos até essa criança nascer.

– Theo, não temos escolha – interveio Miriam. – Deve haver algum lugar para a gente por aí, talvez uma casa de campo deserta em algum ponto de mata fechada.

Theo se voltou para ela.

– Que idílico, não? Posso imaginar todos vocês. Uma casinha confortável na clareira de alguma floresta, a fumaça da lenha na lareira saindo pela chaminé, um poço de água potável, coelhos e pássaros ociosos, esperando para serem pegos, a horta dos fundos cheia de legumes e verduras. Talvez vocês até encontrem algumas galinhas e uma cabra leiteira. E sem dúvida os antigos donos terão deixado um carrinho de bebê gentilmente no barracão da horta.

– Theo, não temos escolha – repetiu Miriam em tom calmo, porém firme, com os olhos fixos nos dele.

Theo também não tinha. Aquele momento em que se ajoelhara aos pés de Julian e sentira o bebê dela se mexer sob a sua mão prendera-o a eles irremediavelmente. E precisavam dele. Rolf podia se sentir incomodado, mas ele ainda era necessário. Se acontecesse o pior, podia interceder junto a Xan. Se caíssem nas mãos da Polícia de Segurança do Estado, talvez o ouvissem.

Ele tirou as chaves do bolso. Rolf estendeu a mão para pegá-las.

– Eu dirijo – falou Theo. – Você pode escolher a rota. Suponho que saiba ler um mapa.

O comentário ácido fora insensato.

– Você nos despreza, não é? – perguntou Rolf, em um tom perigosamente calmo.

– Não, por que eu deveria?

– Você não precisa de um motivo. Você despreza o mundo inteiro, a não ser as pessoas do seu tipo, pessoas que tiveram a sua educação, as suas vantagens, as suas escolhas. Gascoigne era duas vezes mais homem do que você. O que você produziu na vida? O que você já fez, além de falar do passado? Não é de admirar que escolha museus como ponto de encontro. É onde se sente em casa. Gascoigne conseguiu destruir um embarcadouro e impedir um Termo sozinho. Você conseguiria?

– Usar explosivos? Não, admito que essa não seja uma das minhas façanhas.

– Admito que essa não seja uma das minhas façanhas! – repetiu Rolf, imitando a voz de Theo. – Você devia ouvir a si mesmo. Você não é um de nós, nunca foi. Você não tem coragem. E não pense que realmente queremos você com a gente. Não pense que gostamos de você. Você só está aqui porque é primo do Administrador e isso pode ser útil.

Ele usara o plural, mas os dois sabiam de quem ele estava falando.

– Se você admirava tanto Gascoigne, por que não confiou nele? – perguntou Theo. – Se você tivesse contado sobre o bebê, ele não teria desobedecido às ordens. Posso não ser um de vocês, mas ele era. Ele tinha o direito de saber. Você é responsável pela captura dele e, se estiver morto, é responsável pela morte dele. Não jogue a culpa em mim se está se sentindo culpado.

Ele sentiu a mão de Miriam em seu braço.

– Acalme-se, Theo – disse ela com uma autoridade serena. – Se brigarmos, vamos morrer. Vamos sair daqui, certo?

Quando estavam dentro do carro, Theo e Rolf nos bancos da frente, Theo perguntou:

– Em qual direção?

– Vá para noroeste e entre no País de Gales. Vamos estar mais seguros do outro lado da fronteira. O ditame do Administrador é seguido por lá, mas ele é mais malvisto do que amado. Vamos viajar de noite, dormir durante o dia. E vamos nos manter nas estradas secundárias. Não ser detectado é mais importante do que percorrer a distância toda. E vão estar procurando este carro. Se tivermos a oportunidade, vamos arrumar outro.

Foi nesse momento que Theo teve uma inspiração. Jasper. Jasper tão convenientemente perto, tão bem aprovisionado. Jasper, que precisava tão desesperadamente se juntar a ele na rua St. John.

– Tenho um amigo que mora nos arredores de Asthall, praticamente o próximo vilarejo. Ele tem alimentos armazenados e acho que poderia convencê-lo a emprestar o carro.

– O que o faz pensar que ele vai concordar? – perguntou Rolf.

– Tem uma coisa que ele quer muito, e eu posso oferecer.

– Não temos tempo para desperdiçar – disse Rolf. – Quanto tempo vai demorar essa persuasão?

Theo controlou sua irritação.

– Pegar um carro diferente e enchê-lo com o que precisamos não é desperdício de tempo – respondeu ele. – Eu diria que é essencial. Mas, se você tiver uma sugestão melhor, vamos ouvir.

– Tudo bem, vamos – concordou Rolf.

Theo soltou a embreagem e dirigiu com cuidado pela escuridão. Quando chegaram nas redondezas de Asthall, ele disse:

– Vamos pegar o carro dele emprestado e deixar o meu na garagem. Com um pouco de sorte, vai demorar um bom tempo para chegarem até ele. E acho que posso prometer que ele não vai falar.

– Mas isso não significaria pôr o seu amigo em perigo? – perguntou Julian, inclinando-se para a frente. – Acho que não devemos fazer isso.

Rolf estava impaciente.

– Ele vai ter que assumir o risco.

– Se formos pegos, só o meu carro vai ligá-lo a nós – disse Theo para Julian. – Ele pode argumentar que o dele foi levado durante a noite, que nós roubamos, ou que foi obrigado a cooperar.

– E se ele não quiser ajudar? – perguntou Rolf. – É melhor eu entrar com você e garantir que ele coopere.

– À força? Não seja tolo. Por quanto tempo ele ficaria calado depois disso? Ele vai cooperar, mas não se começar a ameaçá-lo. Vou precisar de uma pessoa comigo. Vou levar a Miriam.

– Por que ela?

– Ela sabe o que vai precisar para o parto.

Rolf não discutiu. Theo ficou pensando se havia usado de tato suficiente ao lidar com Rolf, depois se ressentiu da arrogância que tornara o tato necessário. Mas, de algum modo, ele tinha de evitar uma desavença declarada. Comparada à segurança de Julian, à importância aterradora da empreitada, sua irritação cada vez maior com Rolf parecia uma indulgência trivial, e perigosa. Ele estava com aquelas pessoas por escolha, mas, na verdade, não houvera escolha. Era a Julian e ao bebê por nascer, e a eles somente, que Theo devia lealdade.

Quando ergueu a mão para apertar a campainha na parede do imenso portão, viu para sua surpresa que estava aberto. Fez um sinal para Miriam e entraram juntos, fechando o portão ao passar. A casa estava escura, exceto pela sala de estar. A cortina estava fechada, mas com uma fresta brilhante de dois centímetros e meio. Theo viu que a garagem também estava aberta, a porta erguida e o volume escuro do Renault estacionado lá dentro. Não ficou surpreso quando encontrou a próxima porta também destrancada. Acendeu a luz do corredor, chamando baixinho, mas não houve resposta. Com Miriam ao seu lado, atravessou o corredor e foi até a sala de estar.

Assim que empurrou a porta, Theo soube o que ia encontrar. O cheiro o sufocou, forte e maligno como um contágio: sangue, fezes, o fedor da morte. Jasper se acomodou bem para o ato final de sua vida. Estava sentado na poltrona diante da lareira vazia, as mãos frouxamente penduradas sobre os braços do móvel. O método que ele escolhera fora certeiro e catastrófico. Colocara o cano de um revólver na boca e estourara a parte de cima da cabeça. O que restou dela estava caído para a frente sobre o peito dele, onde havia um babador endurecido de sangue marrom que parecia vômito seco. Ele era canhoto e a arma estava no chão ao lado da poltrona, debaixo de uma mesinha redonda onde estavam as chaves da casa e do carro, uma taça vazia, uma garrafa vazia de clarete e um bilhete escrito em latim, no início, e em inglês no final.

Quid te exempta iuvat spinis de pluribus una?
Vivere si recte nescis, decede peritis.
Lusisti satis, edisti satis atque bibisti:
Tempus abire tibi est.

Miriam se aproximou do cadáver e tocou os dedos frios em um gesto instintivo e fútil de compaixão.

– Pobre homem. Ah, pobre homem.

– Rolf diria que ele nos fez um favor. Agora não vamos desperdiçar tempo nenhum com a persuasão.

– Por que ele fez isso? O que diz o bilhete?

– É uma citação de Horácio. Diz que não há prazer em se livrar de um espinho entre tantos. Se você não pode viver bem, vá embora. Ele provavelmente encontrou a versão em latim no *Livro de Citações de Oxford*.

O trecho abaixo, em inglês, era mais curto e mais simples. "Sinto muito pela bagunça. Sobrou uma bala na arma." Seria aquilo, perguntou-se Theo, um aviso ou um convite? E o que levara Jasper a cometer esse ato? Remorso, arrependimento, solidão, desespero ou a percepção de que o espinho fora tirado, mas a dor e o sofrimento permaneciam e estavam longe de sarar?

– Você provavelmente vai encontrar roupa de cama e cobertores no andar de cima – disse Theo. – Vou pegar as provisões.

Ficou feliz por estar usando o casaco comprido e pesado. O bolso interno do forro abrigaria o revólver com facilidade. Ele verificou que havia uma bala na câmara, retirou-a e colocou a arma e a bala no bolso.

A cozinha, com as bancadas vazias, uma fileira de canecas penduradas com as asas alinhadas, estava suja, mas organizada, sem nenhum sinal de que já houvesse sido usada a não ser por um pano de prato, amarrotado e obviamente recém-lavado, que fora colocado sobre o escorredor vazio para secar. A única nota discordante no capricho organizado eram dois tapetes de junco enrolados e apoiados contra a parede. Será que Jasper pretendera se matar naquele cômodo e tivera a preocupação de que fosse facilmente esfregado do chão de pedra? Ou será que pretendera lavar mais uma vez o chão e então se deu conta da futilidade daquele gesto derradeiro de obsessão por limpeza?

A porta da despensa estava destrancada. Após vinte e cinco anos de economia doméstica e não necessitando mais de sua preciosa reserva, deixara-a aberta, como deixara aberta a vida, para casuais usurpadores. Aqui também havia limpeza e organização. As prateleiras de madeira abrigavam grandes caixas de latas, as beiradas fechadas com fita. Cada uma estava etiquetada com a letra elegante de Jasper: *carne, fruta enlatada, leite em pó, açúcar, café, arroz, chá, farinha*. Ver as etiquetas, as letras tão meticulosamente escritas provocou em Theo um pequeno espasmo de compaixão, doloroso e indesejado, uma onda de pena e arrependimento que a imagem do cérebro espalhado e do peito ensanguentado não haviam conseguido tocar. Deixou que essa onda o perpassasse rapidamente, depois se concentrou no trabalho em questão. De imediato, pensara em colocar as latas no chão e selecionar os itens com maior probabilidade de serem usados, pelo menos na primeira semana, mas disse a si mesmo que não havia tempo. Mesmo tirar a fita o atrasaria. Melhor pegar uma seleção de produtos fechados: carne, leite em pó, frutas secas, café, açúcar, legumes enlatados. As caixas menores, de medicamentos e seringas, tabletes purificadores de água e fósforos eram escolhas óbvias. Dois fogões portáteis a querosene representaram uma decisão mais difícil. Um deles era um modelo antigo de uma boca, o outro era um fogão mais moderno, pesado, de três bocas, que ele rejeitou por ocupar muito espaço. Theo ficou aliviado de encontrar uma lata de óleo e dois galões de combustível. Esperava que o tanque do carro não estivesse vazio.

Podia ouvir Miriam se movendo rápida, porém silenciosamente, no andar de cima; e, quando voltou para a casa depois de levar o segundo lote de latas para o carro, encontrou-a descendo a escada, o queixo apoiado em quatro travesseiros.

– A gente pode ter um pouco de conforto também – disse ela.

– Vai ocupar bastante espaço. Pegou tudo o que precisa para o parto?

– Várias toalhas e lençóis de solteiro. Podemos nos sentar em cima dos travesseiros. E tem um armário de remédios no quarto. Peguei tudo e coloquei dentro de uma fronha. O desinfetante será útil, mas em grande parte são remédios simples: aspirina, bicarbonato de sódio, xarope para tosse. Tem tudo nessa casa. Pena que não podemos ficar aqui.

Não era uma sugestão séria, ele sabia, mas a contestou.

– Quando descobrirem que sumi, este será um dos primeiros lugares onde vão aparecer. Todas as pessoas que conheço vão ser abordadas e interrogadas.

Trabalharam juntos, metódica e silenciosamente. Quando enfim o porta-malas estava cheio, Theo o fechou sem fazer barulho e, em seguida, disse:

– Vamos colocar o meu carro na garagem. Vou trancar o portão também. Não vai manter a PSE afastada, mas pode evitar uma descoberta prematura.

Quando estava trancando a porta da casa de campo, Miriam pôs a mão no braço dele e disse rapidamente:

– A arma. É melhor não deixar Rolf saber que está com ela.

Havia uma insistência, quase uma autoridade na voz dela que ecoava a própria ansiedade instintiva de Theo.

– Não tenho nenhuma intenção de deixá-lo saber.

– Melhor não contar para Julian também. Rolf tentaria tirar a arma de você, e Julian iria querer que a jogasse fora.

– Não vou contar para nenhum dos dois – assegurou ele, em um tom seco. – E, se Julian quiser proteção para si mesma e para a criança, vai ter que aturar os métodos. Ou por acaso ela quer ser mais virtuosa do que o Deus dela?

Com cautela, Theo tirou o Renault da garagem e estacionou ao lado do Rover. Rolf parecia indignado, andando para lá e para cá ao lado do carro.

– Vocês demoraram um tempão. Tiveram algum problema?

– Não. Jasper está morto. Suicídio. Pegamos o máximo de coisas que cabe no carro. Guarde o Rover na garagem e eu vou trancar o portão. Já tranquei a casa.

Não havia nada que valesse a pena passar do Rover para o Renault a não ser os mapas rodoviários e uma edição em brochura de *Emma*, que ele encontrou no porta-luvas. Guardou o livro no bolso interno do casaco, onde estavam o revólver e o diário. Dois minutos depois, estavam no Renault. Theo se sentou no banco do motorista. Rolf, após hesitar por um momento, sentou-se ao lado dele, Julian se sentou entre Miriam e Luke. Theo trancou o portão e jogou a chave por cima. Não dava para ver nada da casa além da inclinação alta e escura do telhado.

23

Durante a primeira hora, tiveram de parar duas vezes para Miriam e Julian desaparecerem na escuridão. Rolf aguçava o olhar, acompanhando-as, incomodado quando saíam do seu campo de visão. Em resposta à evidente impaciência de Rolf, Miriam disse:

– Você vai ter que se acostumar. Acontece no final da gravidez. Pressão na bexiga.

Na terceira parada, todos saíram para esticar as pernas, e Luke, murmurando uma desculpa, também foi na direção das cercas vivas. Com as luzes apagadas e o motor parado, o silêncio parecia absoluto. O ar estava cálido e doce, como se ainda fosse verão, e as estrelas brilhavam lá no alto. Theo pensou que podia sentir o cheiro de um campo de feijão distante, mas com certeza era uma ilusão: as flores já teriam caído a essa altura e os pés estariam com vagens encorpadas.

Rolf se aproximou dele.

– Você e eu temos que conversar.

– Pode falar.

– Não podemos ter dois líderes nesta expedição.

– Expedição, é isso o que estamos fazendo? Cinco fugitivos mal preparados sem destino certo nem ideia do que vão fazer quando chegarem lá. Não acho que seja necessária uma hierarquia de comando, mas se você fica satisfeito em se autodenominar líder, não me incomoda, contanto que não espere obediência incondicional.

– Você nunca fez parte de nós, nunca foi parte do grupo. Você teve a sua chance de se juntar e se recusou. Só está aqui porque mandei te chamar.

– Estou aqui porque Julian mandou me chamar. Estamos presos um ao outro. Posso tolerar você se não tiver escolha. Sugiro que exercite uma tolerância semelhante.

– Eu quero dirigir – disse Rolf e, como se não tivesse sido claro o bastante, acrescentou: – Quero assumir a direção a partir de agora.

Theo soltou uma risada espontânea e genuína.

– O bebê de Julian vai ser aclamado como um milagre. Você vai ser aclamado como o pai desse milagre. O novo Adão, o gerador da nova raça, o salvador da humanidade. É poder suficiente em potencial para qualquer homem, desconfio que mais poder do que você vai ser capaz de lidar, e você está preocupado com não ter a sua cota de direção?!

Rolf fez uma pausa antes de responder:

– Tudo bem, vamos fazer um pacto. Talvez eu até possa usar você. O Administrador achou que você tinha alguma coisa a oferecer. Vou querer um conselheiro também.

– Parece que eu sou o confidente universal, mas provavelmente você não vai me achar satisfatório, assim como ele não achou.

Theo ficou calado por um tempo, depois perguntou:

– Então você está pensando em ficar no comando?

– Por que não? Se querem ficar com o meu esperma, vão ter que me levar. Não podem ter um sem o outro. Eu poderia fazer o trabalho tão bem quanto ele.

– Pensei que o seu grupo estava argumentando que ele governa mal, que é um tirano impiedoso. Mas, pelo que estou vendo, o que você está propondo é substituir uma ditadura por outra. Benevolente desta vez, imagino. A maioria dos tiranos começa assim.

Rolf não respondeu. Theo pensou: *estamos sozinhos. Pode ser a única oportunidade que eu tenho de conversar com ele sem os outros estarem presentes.*

– Olha, ainda acho que nós devíamos ligar para Xan, dar a Julian os cuidados necessários – falou ele. – Você sabe que essa é a única conduta sensata.

– E você sabe que ela não suporta essa ideia. Ela vai ficar bem. O parto é um processo natural, não é? Ela tem uma parteira.

– Que não faz um parto há vinte e cinco anos. E sempre existe a possibilidade de uma complicação.

– Não vai ter complicação nenhuma. Miriam não está preocupada. De qualquer forma, ela vai correr um risco maior de ter complicações físicas ou mentais se for força-da a ser internada em um hospital. Ela tem pavor do Administrador, acha que ele é diabólico. Xan matou o irmão dela e provavelmente está matando Gascoigne agora. Ela morre de medo de que ele machuque o bebê.

– Que ideia ridícula! Não pode ser que vocês dois acreditem nisso. É a última coisa que ele vai querer fazer. Quando ele estiver com essa criança em mãos, seu poder vai aumentar imensamente, não só na Grã-Bretanha, mas no mundo inteiro.

– O poder dele não, o meu. A segurança dela não me preocupa. O Conselho não vai fazer mal a ela, nem ao bebê. Mas vou ser eu, não Xan Lyppiatt, quem vai apresentar o meu filho ao mundo, e aí veremos quem é o Administrador da Inglaterra.

– Então quais são os seus planos?

– Como assim? – perguntou Rolf, soando desconfiado.

– Bem, você deve ter alguma ideia do que planeja fa-zer se conseguir tirar o poder do Administrador.

– Não será uma questão de tirar. O povo vai me dar o poder. Vão ter que fazer isso se quiserem a Grã-Bretanha repovoada.

– Ah, entendo. O povo vai dar o poder para você. Bem, você provavelmente está certo. E depois?

– Vou nomear o meu próprio Conselho, mas sem Xan Lyppiatt. Ele já teve sua cota de poder.

– Presumo que você vá fazer alguma coisa para pacificar a Ilha de Man.

– Essa não é uma das prioridades. O país não vai exatamente me agradecer por soltar um bando de psicopatas criminosos nas ruas. Vou esperar até que eles sejam reduzidos por desgaste natural.

– Imagino que seja essa a ideia de Xan também. Não vai agradar a Miriam.

– Não tenho que agradar a Miriam. Ela tem o trabalho dela a fazer e, quando estiver feito, vai ser recompensada da maneira apropriada.

– E os Temporários? Você planeja dar um tratamento melhor a eles ou vai pôr fim a toda imigração de estrangeiros jovens? Afinal, o país de origem precisa deles, não?

– Vou controlar esse fluxo e garantir que os que vierem recebam um tratamento justo e firme.

– Imagino que é o que o Administrador acha que está fazendo. E quanto ao Termo?

– Não vou interferir na liberdade das pessoas de se matarem do jeito que acharem mais conveniente.

– O Administrador da Inglaterra concordaria.

– Mas, diferente dele, posso gerar uma nova raça – disse ele. – Já temos as informações de todas as mulheres férteis de trinta a cinquenta anos no computador. Vai haver uma enorme competição por esperma fértil. Claro que existe o perigo da procriação consanguínea. É por isso que temos que selecionar com muito cuidado aquelas que têm saúde física perfeita e alta inteligência.

– O Administrador da Inglaterra aprovaria. Esse é o plano dele.

– Mas ele não tem o esperma, eu tenho.

– Tem uma coisa que parece que você não levou em consideração – comentou Theo. – Tudo isso vai depender do que ela vai dar à luz, não vai? A criança terá que ser normal e saudável. E se ela estiver carregando um monstro na barriga?

– Por que ele seria um monstro? Por que nosso filho não seria normal?

Aquele momento de vulnerabilidade, de confidência compartilhada, o medo secreto enfim reconhecido e expresso, provocou em Theo um segundo de simpatia. Não o suficiente para fazê-lo gostar da companhia de Rolf, mas suficiente para impedi-lo de falar o que estava pensando: "Pode ser mais sorte sua se a criança for anormal, deformada, um idiota, um monstro. Se for saudável, você vai ser um animal de experimento e procriação pelo resto da vida. Você acha que o Administrador vai desistir do poder, mesmo que para o pai de uma nova raça? Podem precisar do seu esperma, mas podem obter o bastante dele para povoar a Inglaterra e metade do mundo e depois decidir que você é dispensável. Isso provavelmente vai acontecer quando o Administrador vir você como uma ameaça".

Mas Theo não falou.

Três vultos saíram da escuridão: Luke primeiro, seguido por Miriam e Julian, de mãos dadas, andando com cuidado sobre a margem cheia de saliências. Rolf se sentou no banco do motorista.

– Tudo bem – disse ele –, vamos indo. De agora em diante, eu dirijo.

24

Assim que o carro sacolejou para a frente, Theo soube que Rolf dirigiria rápido demais. Ele o fitou, perguntando-se se deveria se arriscar a alertá-lo, na esperança de que a superfície melhorasse e tornasse o aviso desnecessário. Sob o feixe clareador dos faróis dianteiros, a estrada pustulenta parecia tão sinistra e estranha quanto uma paisagem lunar, próxima e ao mesmo tempo misteriosamente remota e perpétua. Rolf olhava pelo para-brisa com a intensidade voraz de um piloto de rali, torcendo a direção à medida que cada novo obstáculo surgia na escuridão. A estrada, com seus buracos, seus sulcos e saliências, teria sido perigosa até para um motorista cuidadoso. Sob a condução brutal de Rolf, o carro dava solavancos e guinadas, chacoalhando os três passageiros de trás, firmemente encaixados, de um lado para o outro.

Com esforço, Miriam conseguiu se soltar para se inclinar para a frente e disse:

– Calma, Rolf. Vai devagar. Isso não é bom para Julian. Você quer um parto prematuro?

Sua voz estava calma, mas sua autoridade era absoluta e o efeito foi imediato. Rolf tirou o pé do acelerador no mesmo segundo, mas tarde demais. O carro trepidou e pulou, guinou violentamente e, durante três segundos, girou fora de controle. Rolf pisou no freio e eles sacudiram e pararam.

– Que merda! – exclamou ele, quase sussurrando. – Furou um pneu dianteiro.

Recriminações não faziam sentido. Theo soltou o cinto.

– Tem um estepe no porta-malas. Vamos tirar o carro da estrada.

Fora da pista, saíram todos do carro e ficaram embaixo da sombra de uma cerca viva enquanto Rolf conduzia o carro até o acostamento coberto de grama. Theo viu que estavam em um campo raso – a uns quinze quilômetros de Stratford, provavelmente. Dos dois lados crescia uma cerca viva desleixada de arbustos altos e emaranhados interrompidos por brechas de galhos divididos por onde eles podiam ver os sulcos marcados do campo arado. Julian, envolta por sua capa, permaneceu calma e silenciosa, como uma criança dócil levada para um piquenique e esperando pacientemente que um pequeno contratempo fosse remediado pelos adultos.

– Quanto tempo vai demorar? – A voz de Miriam estava calma, mas ela não conseguiu disfarçar um tom implícito de ansiedade.

Rolf olhava ao redor.

– Uns vinte minutos, menos se tivermos sorte – respondeu Rolf. – Mas estaremos mais seguros fora da estrada, onde não podem nos ver.

Sem nenhuma explicação, ele foi andando rápido em frente. O grupo esperou, acompanhando seus movimentos. Em menos de um minuto, Theo estava de volta.

– À direita, a menos de cem metros há um portão e uma trilha irregular. Parece levar a um amontoado de árvores. Estaremos mais seguros lá. Deus sabe que esta estrada é quase intransponível, mas, se podemos passar por ela, outros também podem. Não podemos correr o risco de algum desavisado parar e oferecer ajuda.

– Fica muito longe? Não queremos ir mais longe do que o necessário e vai ser um peso para o aro da roda – objetou Miriam.

– Precisamos nos esconder – argumentou Rolf. – Não tenho como ter certeza de quanto tempo vai demorar o trabalho. Temos que ficar bem fora de vista.

Silenciosamente, Theo concordava com ele. Era mais importante não ser detectado do que percorrer a distância. A PSE não teria ideia de em qual direção eles estavam viajando e, a menos que já houvessem descoberto o corpo de Jasper, nenhuma identificação para o carro. Ele se sentou no banco do motorista e Rolf não fez nenhuma objeção.

– Com todas essas provisões no porta-malas, é melhor aliviarmos a carga. A Julian pode ir de carro, o resto vai andando – falou ele.

O portão e a trilha estavam mais próximos do que Theo esperara. A trilha irregular subia suavemente a colina pela beirada de um campo não cultivado, obviamente deixado há muito tempo para semear. A terra estava marcada por sulcos e curvas de pesados pneus de trator, a saliência central estava coroada por grama alta que chacoalhava como antenas frágeis nos faróis. Theo dirigia devagar e com muito cuidado, Julian no banco ao seu lado, os três vultos silenciosos se mexendo como sombras escuras em paralelo. Quando chegaram ao amontoado de árvores, ele viu que o bosque oferecia uma cobertura ainda mais densa, mas um obstáculo final se apresentou: um barranco profundo de quase dois metros de largura.

Rolf bateu na janela do carro.

– Esperem aqui um momento – pediu ele.

Theo correu, voltou correndo e disse:

– Tem um lugar para atravessar a uns vinte metros. Parece que leva a um tipo de clareira.

A entrada para o bosque era uma ponte estreita feita de troncos cortados e terra, agora coberta de grama e ervas daninhas. Theo viu com alívio que era grande o suficiente para abrigar o carro, mas esperou até Rolf pegar a lanterna e inspecionar os troncos para se certificar de que não haviam apodrecido. Ao sinal dele, Theo conseguiu atravessar sem grande dificuldade. O carro deu um leve solavanco para a frente e ficou cercado de faias, seus galhos altos e arqueados formando uma intrincada cobertura de folhas cor de bronze como um teto entalhado. Quando saiu do carro, Theo viu que haviam parado em um bolo de folhas mortas de faia.

Juntos, Rolf e Theo foram resolver o problema do pneu dianteiro, enquanto Miriam segurava a lanterna. Luke e Julian ficaram de pé, observando em silêncio, e Rolf se encarregou de pegar o estepe, o macaco e a chave de roda. Tirar a roda se mostrou mais difícil do que Theo esperara. As porcas haviam sido bem parafusadas, e nem ele nem Rolf conseguiam girá-las.

– Pelo amor de Deus, segura essa lanterna direito. Não consigo ver o que estou fazendo. A iluminação está muito fraca – falou Rolf, impaciente.

Um segundo depois, a luz se apagou. Miriam não esperou pela pergunta de Rolf.

– Não temos pilhas reserva – explicou ela. – Sinto muito. Vamos ter que ficar aqui até amanhecer.

Theo esperou pelo acesso de raiva de Rolf, mas ele não aconteceu. Em vez disso, Rolf se levantou e disse, calmamente:

– Então é melhor comermos alguma coisa e nos acomodarmos.

25

Theo e Rolf escolheram dormir no chão; os outros três preferiram o carro: Luke no banco da frente e as duas mulheres encolhidas no banco de trás. Theo recolheu braçadas de folhas de faia, estendeu o sobretudo de Jasper e cobriu-se com um cobertor e o próprio casaco. Sua última lembrança foi a de vozes distantes enquanto as mulheres se acomodavam para dormir, e do estalido de gravetos quando a cama de folhas cedeu sob seus movimentos. Antes que ele dormisse, o vento começou a aumentar, não forte o bastante para agitar os galhos baixos das faias sobre sua cabeça, mas produzindo um som remoto e distante, como se o bosque estivesse ganhando vida.

Na manhã seguinte, ao abrir os olhos, viu os tons de bronze e castanho-avermelhado das folhas de faia banhados pelos raios de uma pálida luz leitosa. Percebeu a dureza da terra, o cheiro de argila e folhas, pungente e indistintamente reconfortante. Moveu-se com dificuldade sob o peso do cobertor e do casaco e esticou-se, notando uma dor nos ombros e na lombar. Ficou surpreso por ter dormido um sono tão profundo em uma cama que, maravilhosamente macia de início, compactara-se sob seu peso e agora estava dura como uma tábua.

Parecia que ele era o último a acordar. As portas do carro estavam abertas, os bancos vazios. Alguém já fizera o chá da manhã. No topo aplainado de um tronco havia cinco canecas e um bule de metal. As canecas coloridas pareciam curiosamente festivas.

– Sirva-se – disse Rolf.

Miriam tinha um travesseiro em cada mão e os chacoalhava com força. Levou-os de volta para o carro onde Rolf já começara a trabalhar com o pneu. Theo bebeu o chá, depois foi ajudá-lo e trabalharam juntos de modo eficiente e amistoso. As mãos grandes e de dedos quadrados de Rolf eram surpreendentemente ágeis. Talvez porque ambos estivessem descansados, menos ansiosos, não dependendo mais de um único foco de lanterna, as porcas antes intratáveis cederam ao esforço conjunto.

– Onde estão Julian e Luke? – perguntou Theo, recolhendo um punhado de folhas para limpar as mãos.

– Rezando – respondeu Rolf. – Eles rezam todo dia. Quando voltarem, vamos tomar café da manhã. Encarreguei o Luke de cuidar das rações. É bom para ele ter algo mais útil para fazer além de orar com a minha mulher.

– Será que eles não podiam rezar aqui? Devemos ficar juntos.

– Eles não estão longe. Gostam de estar a sós. De qualquer forma, não posso impedi-los. Julian gosta, e Miriam me falou para deixá-la calma e feliz. Aparentemente, rezar a deixa calma e feliz. É uma espécie de ritual para eles. Por que não vai se juntar a eles se está preocupado?

– Não acho que iriam me querer – respondeu Theo.

– Não sei, talvez queiram. Talvez tentem convertê-lo. Você é cristão?

– Não, não sou.

– No que acredita então?

– No que acredito sobre o quê?

– Sobre as coisas que as pessoas religiosas acham importante. Se existe Deus. Como você explica o mal? O que acontece quando morremos? Por que estamos aqui? Como devemos viver as nossas vidas?

– A última é a mais importante, é a única pergunta que realmente importa – opinou Theo. – Não é preciso ser religioso para acreditar nisso. E não é preciso ser cristão para encontrar a resposta.

Rolf se virou para ele e indagou, como se quisesse mesmo saber:

– Mas em que você acredita? Não estou falando só de religião. Do que você tem certeza?

– De que antes eu não existia e agora existo. De que um dia não vou existir mais.

Rolf deu uma risada breve, áspera como um grito.

– É uma resposta segura o bastante. Ninguém pode argumentar contra isso. No que ele acredita, o Administrador da Inglaterra?

– Não sei. Nunca conversamos sobre isso.

Miriam se aproximou e, sentada com as costas apoiadas em um tronco, esticou bem as pernas, fechou os olhos e ergueu o rosto para o céu com um sorriso suave, ouvindo, mas sem falar.

– Eu costumava acreditar em Deus e no diabo e então, uma manhã, quando tinha doze anos, perdi a minha fé – contou Rolf. – Acordei e descobri que não acreditava em nenhuma das coisas que os Irmãos Cristãos tinham me ensinado. Achei que, se isso acontecesse, eu ficaria assustado demais para continuar vivendo, mas não fez diferença nenhuma. Uma noite fui dormir acreditando e, na manhã seguinte, acordei desacreditando. Não pude nem dizer a Deus que eu lamentava, porque Ele não estava mais lá. E, no entanto, não tinha mesmo importância. Não teve importância desde então.

– O que você colocou no lugar vazio Dele? – perguntou Miriam, sem abrir os olhos.

– Não ficou um lugar vazio. É isso que estou dizendo para vocês.

– E o diabo?

– Acredito no Administrador da Inglaterra. Ele existe. Ele é diabo suficiente para eu continuar acreditando.

Theo se afastou deles e desceu o caminho estreito entre as árvores. Continuava apreensivo com a ausência de Julian – apreensivo e irritado. Ela devia saber que precisavam permanecer juntos, devia ter consciência de que alguém, um andarilho, um lenhador, um agente imobiliário, poderia passar pela estrada e vê-los. Não era só da Polícia de Segurança do Estado ou dos granadeiros que deviam ter medo. Ele sabia que estava irritado devido a ansiedades irracionais. Quem neste lugar deserto e a essa hora poderia surpreendê-los? Brotou nele um sentimento de raiva, perturbadora em sua veemência.

Então ele os viu. Estavam a menos de cinquenta metros de distância da clareira e do carro, ajoelhados em uma pequena faixa verde de musgo. Estavam totalmente absortos. Luke montara seu altar: uma das caixas de lata virada para cima e uma toalha de chá estendida em cima. Sobre ela havia uma única vela colada em um pires. Ao lado havia outro pires com duas migalhas de pão e, ao lado dele, uma canequinha. Ele usava uma estola cor de creme. Theo se perguntou se a levava enrolada no bolso. Eles não haviam notado sua presença, e para Theo lembravam duas crianças totalmente absortas em algum jogo primitivo, os rostos sérios e sarapintados pelas sombras das folhas. Ele viu Luke erguer o pires com as duas migalhas de pão com a mão esquerda, colocando a palma direita em cima. Julian curvou ainda mais a cabeça, de modo que parecia estar agachada no chão.

As palavras, meio lembradas de sua infância distante, foram pronunciadas em voz baixa, mas chegaram a Theo claramente. "E mui humildemente nós te suplicamos, ó Pai misericordioso, que nos ouças, e, por tua infinita bondade, te dignes abençoar estes teus dons e criaturas do Pão e Vinho; para que nós, recebendo-os segundo a santa instituição de teu Filho, nosso Salvador Jesus Cristo, em memória de sua paixão e morte, sejamos participantes do seu abençoadíssimo Corpo e Sangue".

De longe, abrigado sob as árvores, Theo observou. Voltou à igrejinha tediosa em Surrey, com sua roupa azul--escura de domingo, o sr. Greenstreet e sua arrogância cuidadosamente controlada, acompanhando a congregação banco a banco para a comunhão. Lembrou-se da mãe com a cabeça curvada. Sentira-se excluído naquela época e sentia-se excluído agora.

Afastando-se das árvores, voltou para a clareira.

– Estão quase terminando. Não vão demorar muito – disse ele.

– Eles nunca demoram – falou Rolf. – É melhor esperarmos eles para o café da manhã. Acho que devíamos agradecer o fato de que Luke não sinta necessidade de pregar um sermão para ela.

A voz e o sorriso dele eram indulgentes. Theo se perguntou qual era a relação de Rolf com Luke, a quem ele parecia tolerar como toleraria uma criança bem-intencionada de quem não se podia esperar uma contribuição adulta plena, mas que estava dando o melhor de si para ser útil e não causava problemas. Estaria ele apenas satisfazendo o que via como o capricho de uma grávida? Se Julian queria os serviços de um capelão pessoal, então ele estava preparado para incluir Luke nos Cinco Peixes mesmo que o sacerdote não tivesse nenhuma habilidade prática para oferecer. Ou será que ele, naquela única e completa rejeição da religião de sua infância, tinha mantido um vestígio oculto de superstição? Será que parte dele via Luke como um milagreiro capaz de transformar migalhas secas em carne, como um portador da sorte, um possuidor de poderes místicos e encantos antigos, cuja presença entre eles poderia aplacar os perigosos deuses da floresta e da noite?

26

Sexta-feira, 15 de outubro de 2021

Escrevo isto na clareira de um bosque de faias, com as costas apoiadas em uma árvore. É final de tarde, e as sombras estão começando a se alongar, mas, dentro do arvoredo, ainda persiste o calor do dia. Tenho a convicção de que esta é a última entrada de diário que vou escrever, mas, se nem eu nem estas palavras sobreviverem, preciso registrar este dia. Foi um dia de felicidade extraordinária e eu o passei com quatro estranhos. Nos anos que antecederam a Ômega, no começo de cada ano acadêmico, eu costumava escrever uma avaliação dos candidatos que tinha selecionado para ingressar na faculdade. Esse registro, com uma fotografia do formulário de inscrição, eu guardava em um arquivo particular. Ao final dos três anos de estudos deles, costumava ter interesse em ver com que frequência a minha descrição preliminar era exata, como tinham mudado pouco, como eu era impotente para alterar suas essências. Raramente estava errado sobre eles. O exercício reforçava a minha confiança natural no meu julgamento, talvez fosse esse o seu propósito. Eu acreditava que podia conhecê-los e que os conhecia. Não consigo sentir isso quanto aos meus companheiros de fuga. Continuo não sabendo praticamente nada sobre eles: seus pais, suas famílias, sua educação, seus amores, suas esperanças e desejos. No entanto, nunca me senti tão à vontade com outros seres humanos como me senti hoje com estes quatro estranhos com quem estou agora, ainda de forma meio relutante, comprometido e um dos quais estou aprendendo a amar.

Foi um dia perfeito de outono, o céu de um azul-celeste, a luz do sol agradável e aprazível, mas forte como em pleno junho, o ar com um doce aroma, carregando a ilusão de fumaça de lenha, feno ceifado, os frescores reunidos do verão. Talvez por esse arvoredo de faias ser tão remoto, tão fechado, compartilhamos uma sensação de absoluta segurança. Passamos nosso tempo cochilando, conversando, trabalhando, jogando jogos infantis com pedras e gravetos e páginas arrancadas do meu diário. Rolf verificou e limpou o carro. Observando a sua atenção meticulosa a cada centímetro, a esfregação e o polimento vigorosos, era impossível acreditar que esse mecânico nato, inocentemente ocupado com seu simples prazer no trabalho, era o mesmo Rolf que ontem demonstrou tanta arrogância, uma ambição tão desenfreada.

Luke se ocupou com as provisões. Rolf demonstrou certa liderança natural ao dar responsabilidade para ele. Luke decidiu que devíamos consumir a comida fresca primeiro e depois as latas por ordem de prazo de validade, descobrindo nessa prioridade obviamente sensata uma confiança inusitada em sua própria habilidade administrativa. Ele organizou as latas, fez listas, criou cardápios. Depois de comermos, ele se sentava em silêncio com seu livro de orações ou vinha se juntar a Miriam e Julian enquanto eu lia *Emma* para elas. Deitado sobre as folhas de faia e contemplando relances do céu azul que se intensificava, me senti tão inocentemente alegre como se estivéssemos ali para um piquenique. Estávamos de fato em um piquenique. Não discutimos planos para o futuro ou perigos por vir. Agora isso me parece extraordinário, mas acho que não planejar ou discutir ou debater não foi tanto uma decisão, mas um desejo de manter este dia imaculado. E não gastei tempo relendo as entradas anteriores do diário. Em minha euforia atual, não tenho vontade de encontrar aquele homem egocêntrico, irônico e solitário. Este diário durou menos de dez meses e, depois de hoje, não precisarei mais dele.

A luz está se esvaindo agora e mal consigo ver a página. Dentro de uma hora, devemos retomar a viagem. O carro, brilhando por conta dos cuidados de Rolf, está abastecido e pronto. Assim como me sinto confiante de que esta será a última entrada do meu diário, sei que enfrentaremos perigos e horrores que neste momento são inimagináveis para mim. Nunca fui supersticioso, mas não dá para discutir ou descartar esta convicção. Mas, mesmo acreditando nela, ainda estou em paz. E fico feliz de termos subtraído essa pausa, essas horas roubadas alegres e inocentes, ao que parece, do tempo inexorável. Durante a tarde, ao vasculhar a parte de trás do carro, Miriam encontrou uma segunda lanterna, pouco maior do que um lápis, entalada na lateral do banco. Não seria muito adequada para substituir a que tinha parado de funcionar, mas fico grato por não sabermos que estava lá. Precisávamos deste dia.

27

O relógio do painel de controle marcava cinco para as três, mais tarde do que Theo esperara. A estrada, estreita e deserta, abria-se palidamente diante deles, depois deslizou sob os pneus como uma faixa de tecido rasgado e sujo. A superfície estava se deteriorando e de tempos em tempos o carro sacudia violentamente quando atingiam um buraco. Era impossível dirigir rápido em uma estrada dessas, ele não ousava arriscar um segundo pneu furado. A noite estava escura, mas não um breu total: a meia-lua tremulava entre nuvens rápidas, as estrelas eram pontinhos altos de constelações incompletas, a Via Láctea era uma mancha de luz. O carro, de direção fácil, parecia ser um refúgio em movimento e aquecia a respiração deles, com um ligeiro odor de coisas familiares e nada assustadoras que, em seu estado perplexo, Theo tentava identificar: combustível, corpos humanos, o antigo cachorro de Jasper, morto havia muito tempo, até um leve aroma de hortelã. Rolf estava ao seu lado, calado, porém tenso, olhando para a frente. No banco de trás, Julian se espremia entre Miriam e Luke. Era o lugar menos confortável, mas era o que ela queria; talvez estar apoiada entre os dois corpos lhe desse a ilusão de segurança extra. Os olhos dela estavam fechados, a cabeça repousada no ombro de Miriam. Então, enquanto ele observava pelo retrovisor, a cabeça sacudiu, escorregou e rolou para a frente. Com delicadeza, Miriam colocou-a em uma posição mais confortável. Luke também parecia ter dormido, com a cabeça inclinada para trás e a boca levemente aberta.

A estrada torceu-se e serpenteou, mas a superfície ficou mais lisa. Theo acalmou-se e adquiriu confiança no decorrer das horas de direção sem problemas. Talvez a viagem não precisasse ser desastrosa afinal. Gascoigne devia ter falado, mas não sabia sobre a criança. Aos olhos de Xan, os Cinco Peixes com certeza eram um bando pequeno e desprezível de amadores. Poderia até não se dar o trabalho de mandar persegui-los. Pela primeira vez desde que a viagem começara, Theo sentiu uma centelha de esperança.

Ele viu o tronco caído bem a tempo e freou violentamente antes de o capô do carro raspar nos galhos salientes. Rolf acordou com o chacoalhão e praguejou. Theo desligou o motor. Houve um momento de silêncio em que dois pensamentos, seguindo um ao outro tão rapidamente que foram quase simultâneos, trouxeram-no à consciência plena. O primeiro foi alívio: o tronco não parecia pesado apesar da moita de folhas de outono. Ele e os outros dois homens provavelmente conseguiriam arrastá-lo para fora da estrada sem muita dificuldade. A segunda constatação foi pavor. O tronco não poderia ter caído de um modo tão inconveniente, não houvera nenhum vento forte nos últimos tempos. Era uma obstrução proposital.

E naquele mesmo segundo os Ômegas os cercaram. Horrivelmente, chegaram primeiro despercebidos, em silêncio total. Em cada uma das janelas do carro, os rostos pintados olhavam para dentro, iluminados pelas chamas das tochas. Miriam soltou um breve grito involuntário. Rolf gritou: "Pra trás! Dá ré!" e tentou agarrar o volante e o câmbio. Eles travaram as mãos um do outro. Theo o empurrou para o lado e deu marcha à ré. O motor roncou e ganhou vida, o carro precipitou-se para trás. Eles pararam depois de bater com uma violência que o jogou para a frente. Os Ômegas deviam ter agido rápida e silenciosamente, prendendo-os com uma segunda obstrução. Agora os rostos estavam nas janelas de novo. Ele fitou dois olhos inexpressivos, brilhantes, de bordas brancas, em uma máscara de espirais azuis, vermelhas e amarelas. Sobre a testa pintada, o cabelo estava preso em um coque. Em uma das mãos, o Ômega levava uma tocha flamejante, na outra um porrete, como o cassetete de um policial, decorado com finas tranças de cabelo. Theo lembrou-se com horror de lhe contarem que os Faces Pintadas, quando matavam, cortavam o cabelo da vítima e o trançavam em um troféu – um boato em que ele não acreditara muito, parte do folclore do terror. Agora ele olhava com um misto de pavor e fascínio para a trança pendurada e se perguntava se viera da cabeça de um homem ou de uma mulher.

Ninguém no carro abriu a boca. O silêncio, que pareceu durar minutos, só poderia ser prolongado por segundos. E então a dança ritual começou. Com um brado potente, as figuras trotaram lentamente em volta do carro, batendo os cassetetes nas laterais e no teto, um batuque ritmado para as vozes que cantavam alto. Vestiam shorts apenas, mas seus corpos não estavam pintados. Os peitos desnudos eram brancos como leite sob a chama das tochas, as caixas torácicas delicadamente vulneráveis. As pernas em movimento, as cabeças ornamentadas, os rostos padronizados fendidos por bocas grandes de canto tirolês, possibilitou vê-los como uma gangue de crianças crescidas jogando seus jogos perturbadores, mas inocentes em essência.

Seria possível, Theo se perguntou, conversar com eles, argumentar, estabelecer ao menos um reconhecimento de humanidade em comum? Mas ele não desperdiçou tempo com esse pensamento; lembrou-se de encontrar certa vez uma das vítimas deles e um fragmento da conversa veio-lhe à mente. "Dizem que eles matam a única vítima sacrificial mas, nessa ocasião, graças a Deus, ficaram satisfeitos com o carro." A vítima acrescentara: "Só não mexa com eles. Abandone o veículo e afaste-se". Para ele, escapar não fora fácil; para eles, sobrecarregados com uma mulher grávida, parecia impossível. Contudo havia um fato que poderia desviá-los do assassinato se fossem capazes de pensar racionalmente e acreditassem: a gravidez de Julian. A evidência agora era suficiente até para um Ômega, mas ele não precisava se perguntar qual seria a reação de Julian a essa ideia; não haviam fugido de Xan e do Conselho para cair nas garras dos Faces Pintadas. Olhou de volta para Julian. Ela estava sentada com a cabeça curvada. Presumivelmente rezando. Ele lhe desejou boa sorte com o seu Deus. Os olhos de Miriam estavam arregalados e apavorados. Era impossível ver o rosto de Luke, mas, do seu banco, Rolf proferiu uma torrente de palavrões.

A dança continuava, os corpos rodopiantes movendo-se cada vez mais rápido, o canto cada vez mais alto. Era difícil ver quantos havia, mas ele estimou que não poderia ser menos de uma dúzia. Não faziam nenhum movimento para abrir as portas do carro, mas ele sabia que as travas não ofereciam nenhuma segurança real. Havia Ômegas suficientes para virar o carro. Havia tochas para incendiá-lo. Era apenas uma questão de tempo até que fossem forçados a sair.

Os pensamentos de Theo estavam a mil. Que chances havia de uma fuga bem-sucedida, pelo menos para Julian e Rolf? Através do caleidoscópio de corpos que se contorciam, ele examinou o terreno. À esquerda havia um muro de pedras baixo em ruínas, em algumas partes, estimou, não mais do que noventa centímetros. Para além do muro podia ver uma faixa escura de árvores. Ele tinha a arma, uma única bala, mas sabia que mesmo mostrar a arma poderia ser fatal. Poderia matar só um, e o resto cairia sobre eles em uma retaliação furiosa. Seria um massacre. Era inútil pensar em força física, em menor número como estavam. A escuridão era sua única esperança. Se Julian e Rolf conseguissem chegar à faixa de árvores, haveria pelo menos a chance de se esconder. Continuar correndo, chocando-se perigosa e ruidosamente contra a vegetação rasteira, apenas convidaria perseguição, mas talvez fosse possível se esconder. Havia uma chance, embora pequena, de que se contentariam só com o carro e as três vítimas restantes.

Eles não podem ver que estamos conversando, não podem saber que estamos tramando fugir, pensou Theo. Não havia receio de que suas vozes seriam entreouvidas, os gritos e berros que tornavam a noite horrenda quase sufocava a sua voz. Era preciso falar alto e claro se fosse para Julian e Luke ouvirem no banco de trás, mas ele tomou o cuidado de não virar a cabeça.

– Eles vão obrigar a gente a sair no final – disse. – Vamos ter que planejar exatamente o que vamos fazer. Você é quem decide, Rolf. Quando tirarem a gente do carro, ajude Julian a subir naquele muro, depois corram para as árvores e se escondam. Escolha o momento. Nós vamos tentar dar cobertura para vocês.

– Como? Como assim cobertura? Como vocês poderiam dar cobertura para a gente? – perguntou Rolf.

– Conversando. Chamando a atenção deles – disse Theo, e então teve um lampejo. – Dançando com eles.

– Dançar com esses canalhas? – repetiu Rolf em voz alta, à beira da histeria. – Que tipo de show você acha que é esse? Eles não conversam. Esses canalhas não conversam e não dançam com suas vítimas. Eles queimam, eles matam.

– Nunca fazem mais do que uma vítima. Temos que garantir que não seja você nem Julian.

– Eles vão vir atrás de nós. Julian não pode correr.

– Duvido que eles vão se preocupar com isso tendo outras três possíveis vítimas e o carro para queimar. Precisamos escolher o momento certo. Faça Julian passar por cima daquele muro mesmo que tenha que arrastá-la. Depois corram para as árvores. Entendeu?

– Isso é loucura.

– Se conseguir pensar em outro plano, a hora é agora.

– Poderíamos mostrar Julian para eles – respondeu Rolf, após pensar por um momento. – Contar a eles que ela está grávida, deixar que vejam por si mesmos. Dizer que eu sou o pai. Poderíamos fazer um pacto com eles. Pelo menos isso nos manteria vivos. Vamos conversar com eles agora, antes que tentem nos arrastar para fora do carro.

Do banco de trás do carro, Julian se manifestou pela primeira vez.

– Não – disse ela claramente.

Depois daquela única palavra, ninguém falou nada por um momento.

– Eles vão fazer a gente sair – recomeçou Theo. – Ou isso, ou vão atear fogo no carro. É por esse motivo que temos que planejar agora exatamente o que fazer. Se começarmos a dançar também, se não matarem a gente nesse momento, poderemos distraí-los por tempo suficiente para dar uma chance a você e a Julian.

– Não vou sair daqui. Eles vão ter que me arrastar para fora – disse Rolf, quase histérico.

– É o que eles vão fazer.

Luke falou pela primeira vez.

– Se não provocarmos, talvez eles se cansem e desistam – opinou ele.

– Eles não vão desistir – asseverou Theo. – Eles sempre queimam o carro. Temos a escolha de estar dentro ou fora quando queimarem.

Ouviu-se um estrondo. O para-brisa estremeceu e formou-se um labirinto de rachaduras, mas não se quebrou. Então um dos Ômegas bateu com o porrete na janela da frente. O vidro estilhaçou, caindo sobre o colo de Rolf. O ar noturno entrou no carro com a aragem da morte. Rolf arquejou e recuou quando o Ômega enfiou a tocha acesa pela janela e a manteve flamejando contra o rosto dele.

O Ômega riu; depois disse, com uma voz agradável, educada e quase sedutora:

– Saiam daí, saiam daí, saiam daí, quem quer que vocês sejam.

Mais dois estrondos e as janelas de trás cederam. Miriam soltou um grito quando uma tocha abrasou seu rosto. Sentiu-se um cheiro de cabelo chamuscado. Theo só teve tempo de falar:

– Lembrem-se. A dança. Depois corram para o muro.

E então os cinco foram cercados de imediato, agarrados e arrastados.

Os Ômegas, erguendo as tochas bem alto com a mão esquerda, os porretes com a direita, ficaram observando-os por um segundo, e então recomeçaram a dança ritual com os reféns no centro. Mas desta vez seus movimentos eram mais lentos de início, mais cerimoniais, o canto mais profundo, não mais celebratório: fúnebre. Theo se juntou a eles imediatamente, erguendo os braços, contorcendo o corpo, misturando sua voz com as deles. Um a um, os outros quatro tomaram um lugar no círculo. Eles estavam separados. Isso era ruim. Ele queria Rolf e Julian próximos para lhes dar o sinal para partir. Mas a primeira parte do plano, e a mais perigosa, havia funcionado. Receara que, com seu primeiro movimento, eles o derrubariam, e prepararara-se para um único golpe aniquilador que teria posto fim à responsabilidade, fim à vida. O golpe não acontecera.

De súbito, como que obedecendo a ordens secretas, os Ômegas começaram a bater o pé cada vez mais rápido, então começaram a dançar em rodopios de novo. O Ômega à frente dele girou, depois começou a saltitar para trás com passos leves e delicados, como um gato, rodando o porrete sobre a cabeça. Sorriu com o rosto próximo ao de Theo, quase encostando um nariz no outro. Theo podia sentir o cheiro dele, um cheiro bolorento que não era desagradável, podia ver os redemoinhos e curvas da pintura, azul, vermelha e preta, delineando as maçãs do rosto, alastrando-se sobre a linha da testa, cobrindo cada centímetro do rosto com um padrão que era ao mesmo tempo bárbaro e sofisticado. Por um segundo, ele se lembrou dos ilhéus pintados do Mar do Sul com seus coques no Pitt River Museum, de Julian e de si mesmo juntos naquele vazio silencioso.

Os olhos do Ômega, poças negras entre a chama da cor, estavam fixos nos dele. Theo não ousava desviar o olhar para tentar procurar por Julian ou Rolf. Eles dançavam girando sem parar, cada vez mais rápido. Quando Julian e Rolf entrariam em ação? Enquanto fitava os olhos do Ômega, sua mente desejava que agissem naquele instante, antes que seus captores se cansassem daquela falsa camaradagem. Então o Ômega afastou-se de Theo para dançar mais para a frente, e ele conseguiu virar a cabeça. Rolf, ao lado de Julian, estava do outro lado do círculo, saltitando em uma paródia desajeitada de dança, estendendo os braços rigidamente para cima, enquanto Julian segurava a capa com a mão esquerda, deixando a mão direita livre, e balançava o corpo encoberto no ritmo do clamor dos dançarinos.

E então houve um momento de terror. O Ômega que saltitava atrás dela estendeu a mão esquerda e pegou seu cabelo trançado. Ele deu um puxão e a trança se rompeu. Ela parou por um segundo, depois voltou a dançar, o cabelo rodopiando ao redor da cabeça. Eles estavam chegando agora à margem gramada e à parte mais baixa do muro. Theo podia ver claramente sob a luz da tocha as pedras tombadas sobre a relva, o vulto escuro das árvores mais além. Queria gritar: "Agora. Tentem agora. Vão! Vão!"; mas, de repente, Rolf entrou em ação. Ele agarrou a mão de Julian e juntos os dois correram para o muro. Rolf pulou primeiro, então arrastou Julian por cima das pedras. Alguns dos dançarinos, absortos, extáticos, continuaram com seus gemidos altos, mas o Ômega mais próximo foi rápido. Deixou cair a tocha e, com um grito desvairado, saiu correndo atrás deles e agarrou a ponta da capa de Julian enquanto o tecido roçava o muro.

Luke deu um salto à frente. Agarrando o Ômega, tentou inutilmente arrastá-lo de volta, gritando:

– Não, não. Me pegue! Me pegue!

O Ômega soltou a capa e, com um grito de fúria, voltou-se para Luke. Por um segundo, Theo viu Julian hesitar, estendendo um braço, mas Rolf puxou-a e as duas figuras em fuga se perderam entre as sombras das árvores. A coisa acabou em segundos, deixando Theo com a confusa imagem do braço estendido e dos olhos suplicantes de Julian, de Rolf arrastando-a para longe, da tocha do Ômega flamejando entre a relva.

Os Ômegas tinham sua vítima autosselecionada. Um silêncio terrível recaiu enquanto eles o cercavam, ignorando Theo e Miriam. Ao primeiro baque de madeira em osso, Theo ouviu um único grito, mas não sabia dizer se tinha vindo de Miriam ou Luke. De repente Luke estava no chão, e seus assassinos caíram sobre ele como feras em torno da presa, empurrando uns aos outros em busca de um lugar, desferindo abundantes golpes em frenesi. A dança acabou, a cerimônia da morte acabou, a matança começara. Eles matavam em silêncio, um silêncio terrível no qual Theo podia ouvir cada osso sendo partido, estilhaçado, os ouvidos estourando com o jorro do sangue de Luke. Ele agarrou Miriam e arrastou-a para o muro.

– Não. Não podemos, não podemos! Não podemos deixá-lo – arquejou ela.

– Precisamos. Não temos mais como ajudá-lo, Miriam. Julian precisa de você.

Os Ômegas não fizeram qualquer movimento no sentido de segui-los. Quando Theo e Miriam chegaram às imediações do bosque, pararam e olharam para trás. Naquele momento, a matança parecia não tanto um frenesi de sede de sangue, mas um assassinato calculado. Cinco ou seis dos Ômegas seguravam as tochas no alto em um círculo dentro do qual, em silêncio agora, os vultos escuros dos corpos seminus, braços brandindo os porretes, subiam e desciam em um balé ritual de morte. Mesmo à distância, Theo tinha a sensação de que o ar estava fragmentado com o massacre dos ossos de Luke. Mas ele sabia que os únicos sons reais eram a respiração de Miriam e as batidas do próprio coração. Percebeu que Rolf e Julian haviam se aproximado discretamente atrás deles. Juntos viram em silêncio quando os Ômegas, o trabalho terminado, começaram de novo uma gritaria de triunfo e correram para o carro. Sob a luz das tochas, Theo conseguiu distinguir o formato de um grande portão margeando a estrada. Dois dos Ômegas o seguraram aberto, e o carro passou às sacudidelas pela margem gramada e pelo portão, com um dos membros da gangue na direção, o resto empurrando a traseira. Theo sabia que eles deviam ter o próprio carro, provavelmente uma pequena van, embora não conseguisse se lembrar de tê-la visto. Mas teve uma esperança ridícula e momentânea de que pudessem abandoná-lo temporariamente na empolgação de atear fogo ao carro, de que pudesse haver uma chance, por menor que fosse, de chegar até a van, talvez até encontrar a chave na ignição. A ideia era zero racional, ele sabia. Mas, ao mesmo tempo que lhe ocorreu o pensamento, ele avistou uma pequena van preta subir a estrada e passar pelo portão, entrando no campo.

Não foram longe; Theo calculou que não passava de cinquenta metros. Então a gritaria e a dança selvagem recomeçaram. Houve uma explosão quando o Renault pegou fogo, e com ele se foram os suprimentos médicos de Miriam, a comida, a água, os cobertores. Toda a esperança.

– Podemos buscar o Luke agora – disse Julian. – Agora, enquanto estão ocupados.

– Não, melhor deixar – falou Rolf. – Se eles perceberem que o corpo sumiu, isso só vai lembrá-los de que ainda estamos aqui. Voltamos mais tarde para buscá-lo.

Julian deu um leve puxão da camisa de Theo.

– Por favor, vá buscá-lo. Talvez tenha uma chance de ele ainda estar vivo.

– Ele não vai estar vivo, mas não vou abandoná-lo lá – disse Miriam na escuridão. – Vivo ou morto, estamos juntos.

Ela já estava avançando quando Theo a segurou pela manga.

– Fique com Julian. Rolf e eu cuidamos disso – falou ele baixinho.

Sem olhar para Rolf, dirigiu-se à estrada. De início, pensou que estivesse sozinho, mas em alguns minutos Rolf o havia alcançado.

Quando chegaram ao vulto escuro encolhido de lado, como se adormecido, Theo disse:

– Você é mais forte. Você pega a cabeça.

Viraram o corpo em um esforço conjunto. O rosto de Luke desaparecera. Mesmo sob a distante luz avermelhada lançada pelo carro em chamas, dava para ver que a cabeça fora totalmente espancada até se tornar uma polpa de sangue, pele e ossos quebrados. Os braços estavam retorcidos, as pernas pareceram se curvar quando Theo se preparou para erguê-lo. Era como tentar pegar uma marionete quebrada.

Ele era mais leve do que Theo havia imaginado, embora tanto ele quanto Rolf respirassem com dificuldade enquanto atravessavam a vala rasa entre a estrada e o muro e passavam o corpo gradualmente por cima das pedras. Quando se juntaram aos outros, Julian e Miriam se viraram sem dizer uma palavra e seguiram na frente, como se fossem parte de um cortejo fúnebre. Miriam acendeu a lanterna e eles seguiram o minúsculo foco de luz. O percurso parecia interminável, mas Theo calculou que só deviam ter andado cerca de um minuto quando chegaram a uma árvore caída.

– Vamos deixá-lo aqui – falou ele.

Miriam tivera o cuidado de não focar a lanterna em Luke.

– Não olhe para ele – disse ela a Julian. – Não precisa.

– Preciso ver – disse Julian com a voz calma. – Se eu não vir, vai ser pior. Me dê a lanterna.

Sem mais protestos, Miriam entregou o objeto. Julian passou a luz lentamente sobre o corpo de Luke e depois, ajoelhando-se ao lado da cabeça dele, tentou limpar o sangue do rosto com a saia.

– É inútil – advertiu Miriam em tom gentil. – Não sobrou mais nada aí.

– Ele morreu para me salvar – falou Julian.

– Morreu para salvar todos nós.

De repente, Theo se deu conta de estar sentindo uma grande fadiga. *Precisamos enterrá-lo*, pensou. *Precisamos enterrá-lo antes de seguir em frente. Mas seguir para onde e como? Temos que pegar outro carro, comida, água, cobertores de alguma maneira.* Mas o que mais precisavam agora era de água. Ele ansiava por água; a sede sobrepujava a fome. Julian estava ajoelhada ao lado do corpo de Luke, aninhando no colo a cabeça destroçada do sacerdote, seu cabelo escuro caindo sobre o rosto dele. Ela estava em silêncio total.

Então Rolf abaixou-se e tomou a lanterna da mão de Julian. Focou em cheio o rosto de Miriam. Ela piscou sob o feixe estreito, porém intenso, de luz, erguendo a mão instintivamente.

– De quem é o filho que ela está esperando? – perguntou ele.

Sua voz soou rouca e baixa e tão distorcida que poderia ter saído de uma laringe adoentada.

Miriam baixou a mão e olhou para ele com firmeza, mas não disse nada.

– Eu perguntei de quem é o filho que ela está esperando – repetiu ele.

A voz de Rolf estava mais clara agora, mas Theo podia ver que seu corpo todo tremia. Instintivamente, ele se aproximou de Julian. Rolf se voltou para ele.

– Fique fora disso! Esse assunto não tem nada a ver com você. Perguntei para a Miriam – disse ele, e depois repetiu com mais violência: – Nada a ver com você! Nada!

– Por que você não pergunta para mim? – perguntou Julian, a voz emergindo da escuridão.

Pela primeira vez desde que Luke morrera, ele se virou para ela. A luz da lanterna passou lenta e gradualmente do rosto de Miriam para o dela.

– É do Luke – contou ela. – Essa criança é do Luke.

– Tem certeza? – perguntou Rolf, muito baixo.

– Sim, eu tenho certeza.

Ele apontou a lanterna para o corpo de Luke e esquadrinhou-o com o frio interesse profissional de um carrasco verificando se o condenado morrera, se não haveria a necessidade do *coupe de grâce* final. Então, com um movimento agressivo, afastou-se deles, tropeçou entre as árvores e atirou-se contra uma das faias, abraçando o tronco.

– Meu Deus, que hora para perguntar! – exclamou Miriam. – E que hora para ficar sabendo.

– Vai falar com ele, Miriam – pediu Theo.

– As minhas habilidades não têm nenhuma serventia para ele. Rolf vai ter que lidar com isso sozinho.

Julian continuava ajoelhada ao lado da cabeça de Luke. Theo e Miriam, parados, olhavam fixamente para a sombra escura como que receosos de que, se a perdessem de vista, desapareceria entre as sombras mais escuras do bosque. Eles não podiam ouvir nada, mas Theo ficou com a impressão de que Rolf estava esfregando o rosto contra a casca da árvore como um animal atormentado tentando se livrar de mosquitos que o ferroassem. Agora empurrava o corpo todo contra a árvore, como se estivesse descontando a raiva e a agonia na madeira inflexível. Observando aqueles membros que balançavam em sua obscena paródia de desejo, reforçou para Theo a indecência de testemunhar tanta dor.

Ele virou as costas e perguntou, baixinho, para Miriam:

– Você sabia que Luke era o pai?

– Sabia.

– Ela contou a você?

– Eu presumi.

– Mas não disse nada...

– O que você queria que eu dissesse? Nunca tive o hábito de perguntar quem era o pai dos bebês que eu trazia ao mundo. Um bebê é um bebê.

– Esse é diferente.

– Não para uma parteira.

– Ela o amava?

– Ah, é isso que os homens sempre querem saber. É melhor perguntar para ela.

– Miriam, por favor fale comigo sobre isso – pediu Theo.

– Acho que ela sentia pena dele. Acho que ela não amava nenhum dos dois, nem Rolf nem Luke. Está começando a amar você, o que quer que isso signifique, mas acho que você sabe disso. Se não soubesse ou não tivesse esperança, não estaria aqui.

– Luke nunca foi testado? Ou ele e Rolf desistiram de ir fazer o exame de esperma?

– Rolf desistiu, pelo menos nesses últimos meses. Ele achou que os técnicos tinham sido negligentes ou que simplesmente não estão se dando ao trabalho de testar metade dos espécimes que pegam. Luke estava liberado dos testes. Ele teve epilepsia moderada na infância. Era um rejeitado, assim como Julian.

Eles haviam se afastado um pouco de Julian. Agora, voltando a olhar para o seu contorno escuro de joelhos, Theo comentou:

– Ela está tão calma. Qualquer um pensaria que ela vai ter esse bebê nas melhores circunstâncias possíveis.

– Quais são as melhores circunstâncias possíveis? As mulheres deram à luz em meio à guerra, às revoluções, à fome, aos campos de concentração, em marcha. Ela tem o essencial, você e uma parteira em quem confia.

– Ela confia no Deus dela.

– Talvez você devesse tentar fazer o mesmo. Pode ser que isso te dê um pouco da calma de Julian. Mais tarde, quando o bebê chegar, vou precisar da sua ajuda. Certamente não preciso de você ansioso.

– E você? – perguntou ele.

Miriam sorriu, entendendo a pergunta.

– Você quer saber se acredito em Deus? Não, é tarde demais para mim. Acredito na força e na coragem de Julian e na minha própria habilidade. Mas se Ele nos ajudar a passar por isso, talvez eu mude de ideia, talvez eu veja se a gente consegue engatar alguma coisa.

– Acho que Ele não faz barganhas.

– Ah, Ele faz, sim. Posso não ser religiosa, mas conheço a minha Bíblia. Minha mãe se certificou disso. Ele barganha com certeza. Mas supostamente é justo. Se Ele quer que acreditem, é melhor dar algumas provas.

– De que Ele existe?

– De que se importa.

E continuaram parados, os olhos observando aquele vulto escuro, quase imperceptível contra o tronco mais escuro do qual parecia fazer parte, mas quieto agora, estático, recostado contra a árvore como em um extremo de exaustão.

– Ele vai ficar bem? – perguntou Theo, mesmo sabendo da futilidade da pergunta.

– Não sei. Como eu poderia saber?

Miriam saiu do lado dele e caminhou na direção de Rolf, então parou e ficou esperando em silêncio, sabendo que, se ele precisasse do conforto de um toque humano, não haveria mais ninguém a quem recorrer.

Julian levantou-se, afastando-se do corpo de Luke. Theo sentiu a capa que ela usava roçar em seu braço, mas não se virou para olhar para ela. Percebeu um misto de emoções; raiva, que sabia não ter o direito de sentir, e alívio, tão forte que quase beirava a alegria, por Rolf não ser o pai da criança. Mas a raiva era maior. Quis gritar com ela, dizendo: "É isso que você era então? A prostituta do grupo? E o Gascoigne? Como você sabe que o filho não é dele?". Mas essas palavras teriam sido imperdoáveis – e, pior, inesquecíveis. Theo sabia que não tinha o direito de questioná-la, mas não conseguia conter as duras acusações que lhe vinham à boca nem esconder a dor por trás delas.

– Você amou algum deles? Você ama o seu marido?

– Você amava a sua mulher? – retrucou ela baixinho.

Era uma pergunta séria, notou ele, não uma retaliação, e ele deu uma resposta séria e verdadeira.

– Eu me convenci de que a amava quando me casei. Mentalizei os sentimentos apropriados sem saber quais eram os sentimentos apropriados. Atribuí a ela qualidades que ela não tinha e então a desprezei por não as ter. Depois eu poderia ter aprendido a amá-la se tivesse pensado mais nas necessidades dela e menos nas minhas.

Ele pensou: *É o retrato de um casamento.* Talvez a maioria dos casamentos, bons ou ruins, pudesse ser resumida a quatro frases.

Ela olhou fixamente para ele por um momento, então falou:

– Essa é a resposta para a sua pergunta.

– E o Luke?

– Não, eu não o amava, mas gostava que ele estivesse apaixonado por mim. Eu o invejava porque ele conseguia amar tanto, conseguia sentir tanto. Ninguém nunca me quis com uma emoção tão intensa. Então dei a ele o que queria. Se eu o tivesse amado, teria sido...

Ela parou por um instante, depois continuou:

– Teria sido menos pecaminoso.

– Não é uma descrição forte para um simples ato de generosidade?

– Mas não foi um simples ato de generosidade. Foi um ato de autoindulgência.

Ele sabia que não era hora para uma conversa dessas, mas quando haveria tempo? Ele tinha de saber, tinha de entender.

– Mas não teria tido problema, menos pecaminoso, usando os seus termos, se você o tivesse amado. Então você concorda com Rosie McClure que o amor justifica tudo, desculpa tudo? – perguntou ele.

– Não, mas é natural, é humano. O que fiz foi usar o Luke por curiosidade, tédio, talvez para me vingar um pouco do Rolf por se importar mais com o grupo do que comigo, para castigar Rolf porque eu tinha deixado de amá-lo. Você consegue entender? A necessidade de magoar alguém porque não consegue mais amar?

– É, consigo.

– Foi tudo muito comum, previsível, baixo – acrescentou ela.

– E sórdido.

– Não. Isso, não. Nada que tivesse relação com o Luke era sórdido. Mas causou mais mal para ele do que trouxe alegria. Mas você não achou que eu fosse santa.

– Não, mas achei que fosse boa.

– Agora sabe que não sou – replicou ela baixinho.

Olhando pela penumbra, Theo viu que Rolf se afastara da árvore e estava voltando para se juntar a eles. Miriam avançou para esperá-lo. Os três pares de olhos fitavam o rosto de Rolf, observando, esperando as primeiras palavras. Quando ele se aproximou, Theo observou que a bochecha esquerda e a testa eram uma ferida aberta, cuja pele fora esfregada até ficar em carne viva.

A voz de Rolf estava perfeitamente calma, mas estranhamente aguda, de modo que, por um momento ridículo, Theo pensou que um estranho saíra da escuridão.

– Antes de continuar, precisamos enterrá-lo e isso significa esperar até amanhecer. Então é melhor tirarmos o casaco dele antes que fique muito rígido. Precisamos de todas as roupas quentes que tivermos.

– Não vai ser fácil enterrá-lo sem algum tipo de pá – comentou Miriam. – A terra está macia, mas precisamos abrir um buraco de algum jeito. Não podemos simplesmente cobri-lo com folhas.

– Isso pode esperar até a manhã – disse Rolf. – Vamos tirar o casaco agora. Não tem utilidade para ele.

Mas Rolf não tomou nenhuma providência para levar sua sugestão a cabo e Miriam e Theo é que rolaram o corpo e tiraram o casaco dos braços. As mangas estavam bem manchadas de sangue. Theo podia sentir com as mãos que estavam úmidas. Eles rolaram o corpo outra vez, posicionando-o de barriga para cima, os braços retos nas laterais.

– Amanhã vamos pegar outro carro. Nesse meio-tempo, vamos descansar o máximo que pudermos – falou Rolf.

Acomodaram-se juntos na grande bifurcação de uma faia caída. Um galho saliente ainda carregado de folhas quebradiças de outono dava a ilusão de segurança, e o grupo se amontou ali debaixo, como crianças cientes de delinquências graves escondendo-se de uma forma não muito eficiente da busca dos adultos. Rolf ocupou a parte mais externa com Miriam ao seu lado, depois Julian entre Miriam e Theo. Os corpos rígidos pareciam infectar o ar ao redor com ansiedade. O próprio bosque estava angustiado, seus barulhinhos incessantes sibilavam e sussurravam no ar agitado. Theo não conseguia dormir e sabia, pela respiração irregular, pelas tosses contidas e pelos pequenos grunhidos e suspiros, que os outros compartilhavam a sua vigília. Haveria um tempo para dormir. Viria com o calor maior do dia, com o enterro daquele contorno escuro que enrijecia e que, fora de vista do outro lado da árvore caída, era uma presença viva na mente de todos. Theo percebeu o calor do corpo de Julian encostado ao seu e sabia que ela devia sentir um conforto semelhante vindo dele. Miriam colocara o casaco de Luke ao redor do corpo dela e Theo teve a sensação de poder sentir o cheiro do sangue que secava. Sentia-se suspenso em um limbo, consciente do frio, da sede, dos inúmeros barulhinhos do bosque, mas não da passagem do tempo. Como seus companheiros, suportava a madrugada e esperava o amanhecer.

28

A luz do dia, vacilante e desoladora, soprou furtivamente um hálito gelado no bosque, envolvendo as cascas das árvores e os galhos quebrados, tocando os troncos e os ramos baixos e desfolhados, dando à escuridão e ao mistério forma e substância. Abrindo os olhos, Theo não conseguia acreditar que de fato cochilara, embora devesse ter perdido a consciência momentaneamente, uma vez que não se lembrava de ver Rolf se levantar e deixá-los.

Agora o via caminhando de volta em meio às árvores.

– Estive explorando – disse ele. – Não é um bosque propriamente, é mais como uma mata. Tem pouco mais de setenta metros de largura mais ou menos. Não dá para nos escondermos aqui por muito tempo. Tem um tipo de vala entre o fim do bosque e o campo. Deve servir para ele.

Mais uma vez, Rolf não fez nenhum movimento para tocar o corpo de Luke. Miriam e Theo é que conseguiram entre os dois erguê-lo. Miriam segurou as pernas de Luke, separadas, apoiadas em suas cochas. Theo pegou o peso da cabeça e dos ombros, sentindo que já podia detectar o começo do *rigor mortis*. O corpo vergava entre eles enquanto seguiam Rolf entre as árvores. Julian andava ao lado deles, a capa bem aconchegada em torno dela, o rosto calmo, mas muito pálido, o casaco manchado de sangue e a estola creme de Luke dobrados sobre seu braço. Ela os carregava como troféus de batalha.

A distância até a borda da mata tinha apenas uns quarenta e cinco metros e eles se viram olhando para uma área rural suavemente ondulada. A colheita havia acabado e fardos de palha jaziam como pálidas almofadas aleatórias na elevação distante. O sol, uma bola de forte luz branca, já estava começando a dispersar a névoa fina que recobria os campos e as colinas distantes, absorvendo as cores do outono e fundindo-as em um verde-oliva suave no qual as árvores se destacavam individualmente como recortes pretos. Seria outro dia agradável de outono. Com o coração alegre, Theo viu que havia uma cerca viva de pés de amora carregados margeando o bosque. Foi preciso todo o seu autocontrole para não largar o corpo de Luke e se jogar sobre eles.

A vala era rasa, não passava de uma valeta estreita entre a mata e o campo, mas teria sido difícil encontrar um local mais conveniente. O campo havia sido arado recentemente e a terra sulcada parecia relativamente fofa. Inclinando-se, Theo e Miriam soltaram o corpo e deixaram-no rolar até a depressão rasa. Theo gostaria que pudessem ter feito isso com mais reverência, menos como se estivessem descartando um animal indesejado. Luke parara de cabeça para baixo. Sentindo que não era o que Julian queria, ele saltou para dentro da vala e tentou virar o corpo. A tarefa foi mais difícil do que presumira; teria sido melhor não tentar. No final, Miriam teve de ajudá-lo, e eles fizeram um grande esforço juntos em meio à terra e às folhas antes de o que restara do rosto espancado e sujo de lama de Luke estar voltado para o céu.

– Vamos cobri-lo primeiro com folhas e depois com terra – sugeriu Miriam.

Rolf continuava sem se mexer para ajudar, mas os outros três voltaram para o bosque e vieram com braçadas de folhas secas e em decomposição, o marrom clareado pelo tom intenso de bronze das folhas de faia recém-caídas. Antes de começarem o enterro, Julian enrolou a estola de Luke e deixou-a cair na sepultura. Por um segundo, Theo sentiu-se tentado a protestar. Eles tinham tão pouco: suas roupas, uma lanterna pequena, a arma com a bala. A estola poderia ter sido útil. Mas para o quê? Por que dar de má vontade a Luke o que era dele? Os três cobriram o corpo de folhas, depois começaram a empurrar com as mãos a terra da beirada do campo para o topo da sepultura. Teria sido mais rápido e fácil para Theo chutar os caroços sulcados de terra sobre o corpo e compactar batendo os pés, mas, na presença de Julian, ele se sentia incapaz de agir com uma eficiência tão brutal.

Durante o enterro, Julian ficara calada, mas perfeitamente calma.

– Ele deveria ser sepultado em solo consagrado – disse ela de repente.

Pela primeira vez pareceu chateada, indecisa e lamentosa como uma criança preocupada.

Theo foi tomado por um acesso de irritação. Quase perguntou a Julian o que ela esperava que fizessem. Esperar até escurecer, depois desenterrar o corpo, arrastá-lo até o cemitério mais próximo e reabrir um dos túmulos?

– Todo lugar onde jaz um homem bom é um solo consagrado – disse Miriam em tom suave, olhando para Julian.

A jovem se virou para Theo.

– Luke iria querer que lêssemos o Ofício de Sepultura. O livro de orações dele está no bolso do casaco. Por favor, faça isso por ele.

Ela chacoalhou o casaco manchado de sangue e tirou de um bolso frontal interno o livrinho de couro preto, depois o entregou para Theo. Demorou pouco para encontrar a página. Ele sabia que o ofício não era longo, mas mesmo assim decidiu cortá-lo. Não podia negar isso a ela, mas não era uma tarefa que recebia com prazer. Começou a pronunciar as palavras, Julian à sua esquerda e Miriam à sua direita. Rolf estava de pernas abertas ao pé da sepultura, de braços cruzados, olhando para a frente. Seu rosto devastado estava tão pálido, o corpo tão rígido que Theo quase teve medo de que ele fosse cair e se estatelar na terra fofa. Mas sentiu um respeito maior por ele. Era impossível imaginar o tamanho da decepção ou da amargura pela traição. Contudo, pelo menos ainda estava de pé. Theo se perguntou se teria sido capaz de tal controle. Ele manteve os olhos no livro de oração, mas percebeu que os olhos escuros de Rolf o fitavam do outro lado da sepultura.

De início, sua voz soou estranha aos seus próprios ouvidos, mas, quando chegou ao salmo, as palavras haviam tomado conta e ele falava baixinho, com confiança, parecendo conhecê-las de cor:

– Senhor, Tu tens sido o nosso refúgio, de geração em geração. Antes que os montes nascessem e se formassem a terra e o mundo, de eternidade a eternidade, Tu és Deus. Tu reduzes o homem ao pó e dizes: "Tornai, filhos dos homens. Pois mil anos, aos teus olhos, são como o dia de ontem que se foi e como a vigília da noite".

Ele chegou às palavras do enterro. Quando pronunciou a frase "a terra, à terra, a cinza, às cinzas, o pó ao pó na esperança certa e inabalável da ressurreição para a vida eterna, mediante nosso Senhor Jesus Cristo", Julian agachou-se e jogou um punhado de terra sobre o túmulo. Após um segundo de hesitação, Miriam fez o mesmo. Com seu corpo inchado e deselegante, era difícil para Julian agachar, e Miriam estendeu a mão para oferecer apoio. Passou pela cabeça de Theo, espontânea e indesejada, a imagem de um animal defecando. Desprezando a si mesmo, afastou-a da mente. Quando proferiu as palavras da graça, a voz de Julian se juntou à sua. Então ele fechou o livro de oração. Rolf continuou sem se mexer e sem falar.

De repente, com um movimento impetuoso, ele girou sobre os calcanhares e disse:

– Mais tarde vamos ter que conseguir outro carro. Agora vou dormir um pouco. É melhor vocês fazerem o mesmo.

Ao passarem pela cerca viva, encheram a boca de amoras, manchando de roxo as mãos e os lábios. Os arbustos, intocados, estavam carregados de frutas maduras, pequenas granadas rechonchudas de doçura. Theo assombrou-se com o fato de Rolf conseguir resistir a elas. Ou será que já comera sua cota naquela manhã? As frutas, rompendo-se na língua, restauraram a esperança e a força em gotas de um sumo inacreditavelmente delicioso.

Assim, com a fome e a sede parcialmente aplacadas, voltaram até a mata para o mesmo tronco caído que parecia oferecer pelo menos o conforto psicológico de um esconderijo. As duas mulheres se deitaram perto uma da outra, envolvidas pelo casaco enrijecido de Luke. Theo se estendeu ao pé delas. Rolf já encontrara sua cama do outro lado do tronco. A terra estava fofa com o húmus de décadas de folhas caídas, mas, mesmo que estivesse dura feito aço, ainda assim Theo teria dormido.

29

Começava a anoitecer quando ele acordou. Julian estava de pé ao seu lado.

– Rolf foi embora – disse ela.

Instantaneamente ele despertou de vez.

– Tem certeza?

– Tenho certeza.

Theo acreditava nela, mas, mesmo assim, precisou dizer falsas esperanças.

– Ele pode ter saído para dar uma caminhada. Ele precisava ficar sozinho, queria pensar.

Pensou: *Agora ele se foi.*

Ainda tentando obstinadamente convencê-la, quando não a si mesmo, continuou:

– Ele está irritado e confuso. Não quer mais estar com você quando a criança nascer, mas não posso acreditar que vá traí-la.

– Por que não? Eu o traí. É melhor acordar a Miriam.

Mas não foi necessário. As vozes dos dois haviam chegado à consciência de Miriam, que despertava. Ela se sentou abruptamente e olhou para o lugar onde Rolf se deitara. Levantando-se com dificuldade, falou:

– Ele foi embora. A gente devia ter imaginado isso. Mas, seja como for, não poderíamos ter impedido.

– Eu poderia – comentou Theo. – Eu tenho a arma.

Foi Miriam quem respondeu à pergunta nos olhos de Julian.

– A gente tem uma arma. Não se preocupe, poderia ser uma coisa útil para se ter – disse, e então se virou de Julian para Theo. – Talvez você tivesse conseguido, sim, mas por quanto tempo? E como? Com um de nós apontando a arma para a cabeça dele noite e dia, revezando para dormir, para vigiá-lo?

– Você acha que ele vai ao Conselho?

– Ao Conselho não, ao Administrador. Ele mudou de lado. Rolf sempre foi fascinado pelo poder, agora vai juntar suas forças com a fonte dele. Mas não acho que vá telefonar para Londres. A notícia é importante demais para vazar. Ele vai querer dá-la pessoalmente, só para o Administrador. Isso nos dá algumas horas, talvez mais... se tivermos sorte. Depende de quando ele partiu e que distância percorreu.

Theo pensou: cinco horas ou cinquenta, que diferença faz? O peso do desespero recaía-lhe sobre a mente e os membros, deixando-o fisicamente enfraquecido, de modo que o instinto de deixar-se cair na terra quase o subjugou. Houve um segundo, pouco mais, em que até o pensamento ficou entorpecido, mas passou. A lucidez se reafirmou e com ela veio a esperança renovada. O que ele faria se fosse Rolf? Andaria até a estrada, faria sinal para o primeiro carro, encontraria o telefone mais próximo? Mas seria assim tão simples? Rolf era um homem procurado, sem dinheiro, meio de transporte ou comida. Miriam estava certa. O segredo que ele levava era de tal importância que devia ser mantido a salvo até que pudesse ser contado ao homem para quem teria mais significado e que pagaria mais por ele: Xan.

Rolf tinha de chegar até Xan, e chegar até ele em segurança. Ele não podia correr o risco de uma captura, de ser alvejado por um membro da Polícia de Segurança Nacional com o dedo nervoso. Nem a prisão por parte dos granadeiros seria menos desastrosa: a cela onde ficaria à mercê deles, suas exigências para ver o Administrador da Inglaterra sendo recebidas com risadas e desdém de imediato. Não, tentaria ir a Londres, viajando como eles sob o manto da noite, vivendo da terra. Uma vez na capital, poderia aparecer no velho Ministério das Relações Exteriores, exigir ver o Administrador, seguro por saber que chegara ao lugar onde essa exigência seria levada a sério, onde o poder era absoluto e seria exercido. E, se a persuasão fracassasse e o acesso fosse negado, ele teria uma última cartada. "Preciso vê-lo. Diga a ele que a mulher está grávida." Xan o receberia então.

Mas, uma vez dada a notícia e uma vez levado a sério, viriam rapidamente. Mesmo que Xan pensasse que Rolf estava mentindo ou enlouquecendo, ainda assim eles viriam. Mesmo que achassem que aquela era a última gravidez fantasma, os sinais, os sintomas, o ventre saliente, tudo destinado a terminar em uma farsa, ainda viriam. Isso era importante demais para correr o risco de cometer um erro. Viriam de helicóptero com médicos e parteiras e, quando a verdade prevalecesse, com câmeras de televisão. Julian seria gentilmente encaminhada para aquele leito de hospital público, ao encontro da tecnologia obstétrica, inutilizada há vinte e cinco anos. O próprio Xan presidiria e daria a notícia a um mundo incrédulo. Não haveria pastores simples ao redor daquele berço.

– Calculo que estejamos a uns vinte e quatro quilômetros ao sul de Leominster. O plano original continua valendo. Vamos encontrar um refúgio, uma casa ou cabana, tão escondida nas profundezas da floresta quanto possível. Claro que o País de Gales está fora de cogitação. Poderíamos ir para sudeste, para a Floresta de Dean. Precisamos de veículo, água e comida. Assim que escurecer, vou andar até o vilarejo mais próximo e roubar um carro. Estamos a uns dezesseis quilômetros de uma vila. Vi as luzes a distância pouco antes de os Ômegas nos pegarem.

Ele quase esperou que Miriam perguntasse como. Em vez disso, ela disse:

– Vale a pena tentar. Não corra mais riscos do que o necessário.

– Por favor, Theo, não leve a arma – pediu Julian.

Ele se virou para ela, contendo a raiva.

– Vou levar o que precisar e fazer o que tiver que fazer. Quanto tempo mais você consegue ficar sem água? Não podemos sobreviver de amoras. Precisamos de comida, bebida, cobertores, coisas para o parto. Precisamos de um carro. Se pudermos chegar a um esconderijo antes de Rolf chegar até o Conselho, ainda temos alguma esperança. Ou talvez você tenha mudado de ideia. Talvez você queira seguir o exemplo dele e se entregar.

Julian balançou a cabeça, mas não abriu a boca. Theo viu que havia lágrimas nos olhos dela. Ele queria aninhá-la em seus braços, mas permaneceu distante e, enfiando a mão no bolso interior, sentiu o peso frio da arma.

30

Ele saiu assim que escureceu, impaciente para partir, ressentindo-se de cada momento desperdiçado. A segurança deles dependia da rapidez com que conseguiria um carro. Julian e Miriam vieram até a borda do bosque e o observaram até ele desaparecer. Virando-se para um último vislumbre, teve de lutar contra uma convicção momentânea de que aquela poderia ser a última vez que as via. Lembrava-se de que as luzes da vila ou cidadezinha estavam a oeste da estrada. O caminho mais direto poderia ser atravessar os campos, mas ele deixara a lanterna com as mulheres e tentar um percurso por uma área rural sem luz e em um lugar desconhecido seria um convite para o desastre. Começou a correr e então, meio andando, meio correndo, seguiu o trajeto pelo qual haviam viajado. Meia hora depois, chegou a uma encruzilhada e, após pensar um pouco, virou à esquerda.

Levou mais uma hora de caminhada rápida para chegar aos arredores do vilarejo. A estrada secundária, sem iluminação, era delimitada de um lado por cercas vivas altas e dispersas e, do outro, por uma mata espaçada. Theo andou desse lado e, quando ouviu um carro se aproximando, entrou na sombra das árvores, em parte por um desejo instintivo de se esconder, em parte pelo medo, não de todo irracional, de que um homem solitário andando rapidamente pela escuridão pudesse despertar interesse.

No entanto, agora a cerca viva e a mata davam lugar a casas isoladas, distantes, afastadas da estrada por grandes jardins. Com certeza haveria um carro nessas garagens, provavelmente mais de um. Mas as casas e as garagens seriam bem protegidas. Aquela prosperidade ostentosa não era vulnerável para um ladrão casual e inexperiente. Ele estava procurando vítimas mais fáceis de intimidar.

Chegando à cidade, começou a andar mais devagar. Podia sentir os batimentos do coração acelerando, as batidas fortes e ritmadas contra a caixa torácica. Não queria adentrar até o centro. Era importante encontrar o que precisava o mais rápido possível e fugir. E então ele viu, em um pequeno recinto à sua direita, uma fileira de casarões geminados, pintados com textura cristalina. Cada par de casas era idêntico, com uma janela saliente ao lado da porta e uma garagem na parede do fundo. Andou quase na ponta dos pés para inspecionar as duas primeiras. A casa da esquerda estava vazia, as janelas tampadas com tábuas e uma placa de VENDE-SE presa no portão da frente. Era óbvio que estava vazia havia algum tempo. A grama estava alta e desordenada, e o único canteiro redondo no meio era uma bagunça de roseiras que haviam crescido demais, galhos espinhosos entrelaçados, as últimas flores murchas pendendo e morrendo.

A casa da direita estava ocupada e parecia bem diferente. Havia luz no cômodo da frente por trás de cortinas fechadas, e o jardim frontal tinha um gramado bem cortado com um canteiro de crisântemos e dálias margeando a vereda. Uma nova cerca fora erguida no limite entre as duas casas, talvez para ocultar a desolação ao lado, ou para manter as ervas daninhas afastadas. Parecia ideal para esse propósito. Sem vizinhos, não haveria ninguém para ver ou ouvir às escondidas e, com acesso fácil para a estrada, ele podia ter a esperança de fazer uma fuga rápida. Mas será que havia um carro na garagem? Andando até o portão, olhou com atenção para a trilha de cascalhos e conseguiu distinguir marcas de pneu e uma pequena mancha de óleo. A mancha era preocupante, mas a casinha estava tão bem cuidada, o jardim tão imaculado, que ele não podia acreditar que o carro, por menor e mais antigo que fosse, não estivesse em condições de andar. Mas e se não estivesse? Então ele teria de começar de novo e uma segunda tentativa seria duas vezes mais perigosa. Enquanto parou ao lado do portão, olhando para a direita e para a esquerda para se certificar de que sua permanência prolongada ali não estava sendo observada, sua mente explorou as possibilidades. Podia impedir que as pessoas daquela casa dessem o alarme: só seria preciso cortar o telefone e amarrá-los. Mas e se não conseguisse encontrar um carro na próxima casa em que tentasse, e depois na outra? A perspectiva de amarrar uma sequência de vítimas era tão risível quanto perigosa. Na melhor das hipóteses, teria apenas duas chances. Se fosse malsucedido ali, o melhor plano talvez fosse parar um carro na estrada e forçar o motorista e os passageiros a saírem. Pelo menos assim teria certeza de estar com um veículo em bom funcionamento.

Com uma última olhada rápida, destrancou o portão sem fazer barulho e caminhou rápido, quase que na ponta dos pés, até a porta da frente. Soltou um pequeno suspiro de alívio. A cortina fora apenas parcialmente puxada até o painel lateral da janela saliente e havia uma fresta de uns cinco centímetros entre a borda da cortina e a moldura da janela através da qual ele pôde observar claramente o que estava acontecendo na sala.

Não havia lareira e a sala era dominada por um aparelho de TV bem grande. À sua frente havia duas poltronas e ele conseguiu ver as cabeças grisalhas de um casal de idosos, provavelmente marido e mulher. O cômodo tinha poucos móveis, com um conjunto composto de uma mesa e duas cadeiras de frente para uma janela lateral e uma pequena escrivaninha de carvalho. Não viu nenhum quadro, nenhum livro, nenhum enfeite, nenhuma flor, mas em uma parede estava pendurada uma grande fotografia colorida de uma menina nova e, debaixo dela, uma cadeira alta de criança com um ursinho que tinha uma imensa gravata de bolinha.

Mesmo através do vidro ele podia ouvir a televisão com clareza. Os idosos deviam ser surdos. Ele reconheceu o programa: *Neighbours*, uma telenovela de baixo orçamento do final dos anos 1980 e começo dos anos 1990, produzida na Austrália e precedida por um jingle de uma banalidade incomparável. O programa aparentemente tivera inúmeros fãs quando exibido pela primeira vez nos antigos aparelhos de TV e agora, adaptado para os aparelhos de alta definição, desfrutava um renascimento, tornando-se na verdade uma espécie de culto. O motivo era óbvio. As histórias, ambientadas em um bairro remoto e aquecido pelo sol, evocavam uma nostalgia por um mundo imaginário de inocência e esperança. Eram, sobretudo, histórias sobre os jovens. As imagens insubstanciais, porém luminosas, dos rostos jovens, dos membros jovens, o som de vozes jovens, criavam a ilusão de que, em algum lugar sob um céu antípoda, ainda existia esse mundo viçoso e reconfortante e era possível entrar nele à vontade. Nesse mesmo espírito e com base na mesma necessidade, as pessoas compravam vídeos de partos ou cantigas de ninar e antigos programas de televisão para os jovens, da banda *The Flower-Pot Men*, do programa infantil *Blue Peter*.

Ele tocou a campainha e esperou. Depois de escurecer, calculou que os dois atenderiam a porta juntos. Através da madeira insubstancial, ele pôde ouvir o arrastar de pés e depois o ranger de ferrolhos. A porta se abriu até o limite do fecho de segurança e, pela fresta, ele pôde ver que o casal era mais velho do que esperara. Um par de olhos remelosos, mais desconfiados do que ansiosos, fitou os dele.

– O que você quer? – perguntou o homem com uma voz inesperadamente brusca.

Theo supôs que sua voz baixa e educada seria tranquilizadora.

– Sou do Conselho Local – respondeu ele. – Estamos fazendo uma pesquisa sobre os passatempos e interesses das pessoas. Tenho um formulário para preencherem. Só vai levar um minuto. Tem que ser feito agora.

O homem hesitou, depois tirou a corrente do trinco. Com um rápido empurrão, Theo entrou, as costas contra a porta, o revólver na mão.

– Tudo bem. Vocês não estão em perigo. Não vou machucar vocês. Fiquem quietos, façam o que eu pedir e estarão a salvo – disse ele antes que pudessem falar ou gritar.

A mulher começou a tremer violentamente, agarrando-se ao braço do marido. Ela era muito frágil, de ossos pequenos, seu cardigã castanho-claro caindo de ombros que pareciam fracos demais para suportar o peso.

Theo fitou os olhos dela, sustentando seu olhar de pavor desnorteado, e falou com toda a persuasão que conseguiu impor:

– Não sou criminoso. Preciso de ajuda. Preciso do seu carro, de comida e bebida. Vocês têm carro?

O homem fez que sim com a cabeça.

– De que marca? – continuou Theo.

– Um Citizen.

O carro popular, barato para comprar e econômico para andar. Todos eles tinham dez anos de uso agora, mas haviam sido bem-feitos e eram confiáveis. Poderia ter sido pior.

– Tem combustível no tanque?

O homem confirmou outra vez.

– Em bom estado para circular? – indagou Theo.

– Ah, sim, sou meticuloso quanto ao carro.

– Certo. Agora quero que vocês subam para o andar de cima.

A ordem os deixou apavorados. O que eles pensaram, que ele planejava matá-los no próprio quarto?

– Não me mate – implorou o homem. – Sou tudo o que ela tem. Ela está doente. Do coração. Se eu morrer, ela vai ter que passar pelo Termo.

– Ninguém vai machucar vocês. Não vai acontecer Termo nenhum – disse ele, e depois reforçou com veemência: – Termo nenhum!

Eles subiram devagar, passo a passo, a mulher ainda agarrada ao marido.

No andar de cima, uma rápida olhada mostrou que a planta da casa era simples. Na parte da frente estava o quarto principal e, defronte, o banheiro com um lavatório separado ao lado. Na parte de trás havia dois quartos menores. Com a arma, ele fez um sinal para entrarem no maior dos dois quartos do fundo. Havia uma única cama e, tirando a colcha, ele viu que estava feita.

– Rasgue tiras dos lençóis – disse Theo para o homem.

O homem pegou o lençol com as mãos nodosas e fez uma tentativa fracassada de rasgar o algodão. Mas a bainha era forte demais para ele.

– Precisamos de uma tesoura – falou Theo, impaciente. – Onde está?

Foi a mulher quem respondeu.

– No quarto da frente. Na minha penteadeira.

– Por favor, vá pegá-la.

Ela cambaleou tensamente para fora do quarto e voltou em alguns segundos com uma tesoura de unha. Era pequena, porém adequada. Mas desperdiçaria minutos preciosos se ele deixasse a tarefa para as mãos trêmulas do idoso.

– Fiquem longe vocês dois, lado a lado, encostados na parede – ordenou ele em tom áspero.

Eles obedeceram e Theo ficou de frente para os idosos, a cama entre eles e a arma pousada perto de sua mão direita. Então ele começou a rasgar os lençóis. O barulho soava extraordinariamente alto. Ele parecia estar rasgando o ar, a própria tecitura da casa. Quando terminou, disse para a mulher:

– Venha e se deite na cama.

Ela olhou para o marido como que pedindo permissão e ele fez um rápido aceno.

– Faça o que ele mandou, querida.

Ela teve um pouco de dificuldade para subir na cama e Theo teve de erguê-la. O corpo da mulher era extraordinariamente leve e, pondo a mão debaixo da coxa dela, ergueu-a tão rapidamente que ela quase rolou com o impulso e caiu do outro lado no chão. Tirando os sapatos dela, amarrou seus tornozelos bem forte, depois suas mãos atrás das costas.

– Está tudo bem? – perguntou ele.

Ela fez um breve aceno. A cama era estreita e ele se perguntou se haveria espaço para o homem ao lado dela, mas o marido, percebendo o que ele tinha em mente, falou rapidamente:

– Não separe a gente. Não me obrigue a ir para o outro quarto. Não atire em mim.

– Não vou atirar em vocês – garantiu Theo, impaciente. – A arma nem está carregada.

A mentira era suficientemente segura àquela altura. A arma servira ao seu propósito.

– Deite-se ao lado dela – ordenou ele secamente.

Havia espaço, mas por pouco. Ele amarrou as mãos do homem atrás das costas, depois os tornozelos e, com uma última tira de tecido, amarrou as pernas de um às do outro. Os dois estavam deitados sobre o lado direito, bem perto um do outro. Ele achava que os braços deles não estavam confortáveis atrás das costas, mas não ousara amarrá-los em frente ao corpo para que o homem não usasse os dentes a fim de se libertar.

– Onde estão as chaves da garagem e do carro? – perguntou ele.

– Na escrivaninha da sala de estar – sussurrou o homem. – Na gaveta de cima, à direita.

Ele os deixou. Foi fácil encontrar as chaves. Então voltou para o quarto.

– Vou precisar de uma mala grande. Vocês têm uma?

Foi a mulher quem respondeu.

– Embaixo da cama.

Ele a arrastou para fora. Era grande, porém leve, feita apenas de papelão reforçado nos cantos. Theo se perguntou se valia a pena levar o resto dos lençóis rasgados. Enquanto hesitava, segurando-os nas mãos, o homem pediu:

– Por favor, não amordace a gente. Não vamos gritar, eu prometo. Por favor, não amordace a gente. Minha mulher não vai conseguir respirar.

– Vou ter que avisar alguém que vocês estão aqui amarrados – disse Theo. – Não posso fazer isso antes de doze horas, mas vou fazer. Vocês estão esperando alguém?

– A sra. Collins, a nossa empregada, vai estar aqui amanhã às sete e meia – respondeu o homem sem olhar para ele. – Ela vem cedo porque tem outro trabalho depois.

– Ela tem uma chave?

– Tem, ela sempre tem uma chave.

– Não estão esperando mais ninguém? Um familiar, por exemplo?

– Não temos família. Tínhamos uma filha, mas ela morreu.

– Mas vocês têm certeza de que a sra. Collins vai estar aqui às sete e meia?

– Temos, ela é muito confiável. Ela vai estar aqui.

Ele abriu a cortina de tecido leve de algodão florido e olhou para a escuridão. A única coisa que conseguia ver era uma parte do jardim e, atrás dele, o contorno escuro de uma colina. Eles podiam gritar a noite toda que era pouco provável que suas vozes frágeis fossem ouvidas. Mesmo assim, ele deixaria a televisão ligada no volume mais alto possível.

– Não vou amordaçar vocês – assegurou ele. – Vou deixar o volume da TV alto para que ninguém escute, então não gastem energia tentando gritar. Mas vocês vão ser soltos quando a sra. Collins chegar amanhã. Tentem descansar, dormir. Lamento ter que fazer isso. Vocês vão receber o carro de volta mais cedo ou mais tarde.

Enquanto falava, parecia uma promessa ridícula e desonesta a se fazer.

– Tem alguma coisa que vocês queiram? – perguntou Theo.

– Água – respondeu a mulher em tom fraco.

Aquela única palavra o lembrou de sua própria sede. Parecia extraordinário que, após longas horas ansiando por água, tivesse esquecido a própria necessidade, mesmo que por um momento. Foi ao banheiro e, pegando uma caneca de escovas, sem sequer se dar ao trabalho de enxaguá-la, bebeu água gelada até seu estômago não suportar mais. Então voltou a encher a caneca e voltou para o quarto. Ergueu a cabeça da mulher em seu braço e pôs a caneca nos lábios dela. Ela bebeu sequiosamente. A água escorreu pela lateral do rosto e caiu no cardigã fino. As veias roxas na têmpora dela pulsavam como se fossem explodir e os tendões do pescoço delgado estavam distendidas como cordas. Depois que ela terminou, Theo pegou um pedaço de roupa de cama e limpou sua boca. Então voltou a encher a caneca e ajudou o marido a beber. Sentiu uma estranha relutância em deixá-los. Um convidado maligno e indesejado, ele não conseguia encontrar as palavras apropriadas para se despedir.

À porta, virou-se e falou:

– Lamento ter tido que fazer isso. Tentem dormir um pouco. A sra. Collins vai estar aqui de manhã.

Ele se perguntou se estava tranquilizando os idosos ou a si mesmo. Pelo menos, pensou, eles estão juntos.

– Vocês estão razoavelmente confortáveis? – reforçou ele.

A idiotice da pergunta o impressionou mesmo enquanto a pronunciava. Confortáveis? Como poderiam estar confortáveis, amarrados como animais em uma cama tão estreita que qualquer movimento poderia fazê-los cair? A mulher sussurrou alguma coisa que seus ouvidos não conseguiram captar, mas que o marido dela pareceu entender. Com um movimento rígido, ele ergueu a cabeça e olhou direto para Theo, que viu nos olhos esmaecidos um apelo por compreensão, por piedade.

– Ela quer ir ao banheiro – disse ele.

Theo quase deu uma risada alta. Voltou a ter oito anos de idade ouvindo a voz impaciente da mãe: "Você devia ter pensado nisso antes de termos começado". O que esperavam que ele dissesse? "Vocês deviam ter pensado nisso antes de eu amarrar os dois?" Um deles devia ter pensado. Agora era tarde demais. Ele pensou em Julian e Miriam esperando com uma ansiedade desesperada sob a sombra das árvores, forçando os ouvidos para escutar a aproximação de cada carro, imaginou a decepção delas com cada um que passava. E ainda havia tanto a fazer: o carro a verificar, as provisões a pegar. Levaria minutos para desmanchar esses múltiplos nós e ele não tinha minutos a perder. Ela ia ter de ficar deitada na própria sujeira até a sra. Collins chegar de manhã.

Mas ele não podia fazer isso. Amarrados e sem poder fazer nada como ela estava, fedendo de medo, deitada em rígido constrangimento, incapaz de olhá-lo nos olhos, havia uma indignidade que Theo não podia infligir a ela. Os dedos dele começaram a esgaravatar o tecido esticado. Era ainda mais difícil do que ele esperara e, no final, pegou a tesoura de unha e cortou o nó, soltando os tornozelos e as mãos dela, tentando não notar os inchaços em seus punhos. Ajudá-la a descer da cama não foi fácil: o corpo frágil da anciã, que parecera leve como um pássaro, estava agora enrijecido pelo medo. Demorou quase um minuto para ela conseguir começar a se dirigir a passos lentos para o lavatório com o braço dele em torno de sua cintura, apoiando-a.

– Não feche a porta. Deixe entreaberta – disse ele, a vergonha e a impaciência tornando sua voz rouca.

Ele esperou do lado de fora, resistindo à tentação de ficar andando de um lado a outro do patamar, as batidas do coração marcando os segundos que se transformaram em minutos antes que ouvisse a descarga e ela aparecesse devagar.

– Obrigada – sussurrou ela.

De volta ao quarto, ele a ajudou a subir na cama, então rasgou mais tiras do que sobrara do lençol e amarrou-a de novo, mas menos apertado dessa vez.

– É melhor você ir também – sugeriu ele ao marido dela. – Pode ir pulando até lá se eu lhe der uma ajuda. Só tenho tempo para soltar as suas mãos.

Mas isso não foi mais fácil. Mesmo com as mãos livres e um braço apoiado nos ombros de Theo, o velho não tinha força e equilíbrio para dar até o menor dos pulos e Theo teve que praticamente arrastá-lo até o lavatório.

Por fim, ele levou o ancião de volta para a cama. E agora precisava se apressar. Já havia desperdiçado muito tempo. Com a mala em mãos, foi rápido para o fundo da casa. Havia uma cozinha pequena, meticulosamente limpa e arrumada, uma geladeira muito grande e uma pequena despensa. Mas os despojos eram decepcionantes. A geladeira, apesar do tamanho, tinha apenas uma caixa de leite de meio litro, um pacote com quatro ovos, duzentos e vinte e cinco gramas de manteiga em um pires coberto com papel-alumínio, um pedaço de queijo cheddar embrulhado e um pacote de biscoitos aberto. No freezer em cima, não encontrou nada além de um pacotinho de ervilhas e um pedaço de bacalhau bem congelado. A despensa era igualmente decepcionante, rendendo só uma pequena quantidade de açúcar, café e chá. Era ridículo que uma casa tivesse tão poucas provisões. Sentiu um acesso de raiva contra o casal idoso, como se o seu desapontamento fosse culpa deles. Presumivelmente, eles faziam compras uma vez por semana e Theo não tivera sorte de acertar o dia da compra. Pegou tudo, enfiando as provisões em um saco plástico. Havia quatro canecas penduradas em um suporte. Pegou duas e achou três pratos em um armário em cima da pia. De uma gaveta, pegou uma faca de descascar afiada, uma faca de trinchar, três conjuntos de faca de mesa, garfo e colher e pôs uma caixa de fósforos no bolso. Depois correu para o andar de cima, desta vez para o quarto da frente, onde puxou os lençóis, as cobertas e um travesseiro da cama. Miriam precisaria de toalhas limpas para o parto. Correu para o banheiro e achou meia dúzia de toalhas dobradas no armário. Deviam ser suficientes. Enfiou toda a roupa de cama na mala. Colocara a tesoura de unha no bolso, lembrando-se de que Miriam pedira uma tesoura. No armário do banheiro, achou uma garrafa de desinfetante e acrescentou isso ao espólio.

Não podia mais gastar tempo na casa, mas restava um problema: água. Ele tinha a garrafa de meio litro de leite: mal daria para aplacar a sede de Julian. Procurou um recipiente adequado. Não havia uma garrafa vazia em parte alguma. Flagrou-se quase xingando o casal de idosos enquanto procurava febrilmente por qualquer tipo de frasco que armazenasse água. A única coisa que conseguiu encontrar foi uma garrafa térmica. Pelo menos poderia levar um pouco de café quente para Julian e Miriam; não precisava esperar a água ferver. Era melhor fazer com água quente da torneira, por mais estranho que fosse o gosto. Elas ficariam ansiosas para beber imediatamente. Feito isso, encheu a chaleira e as únicas duas caçarolas com tampas bem apertadas que encontrou. Teriam de ser levadas separadamente para o carro, desperdiçando mais tempo. Por último, bebeu da torneira de novo, jogando água sobre o rosto.

Na parede ao lado da porta da frente, logo à entrada, havia uma fileira de ganchos para casaco que continham um casaco velho, um cachecol de lã comprido e duas capas de chuva, ambas claramente novas. Theo hesitou apenas por um segundo antes de pegá-las e colocá-las sobre o ombro. Julian precisaria delas para não se deitar no chão úmido. Mas eram as únicas coisas novas da casa e roubá-las parecia o ato mais cruel de suas pequenas depredações.

Abriu a porta da garagem. O porta-malas do Citizen era pequeno, mas ele pôs a chaleira e uma das caçarolas cuidadosamente entre a mala e as roupas de cama e as capas de chuva. A outra caçarola e a sacola plástica com a comida e as canecas e os talheres ele colocou no banco de trás. Quando ligou o motor, descobriu, para seu alívio, que funcionava sem problemas. Era óbvio que o carro fora bem cuidado. Mas ele viu que havia menos de meio tanque de combustível e que não havia mapas na bolsa lateral da porta. Provavelmente, os idosos só usavam o carro para viagens curtas e compras. Quando posicionou o carro na entrada e depois fechou a porta da garagem, ele se lembrou de que se esquecera de aumentar o volume da televisão. Disse a si mesmo que a precaução não era importante. Com a casa ao lado vazia e o extenso jardim estendendo-se ao fundo, era improvável que os gritos débeis do casal fossem ouvidos.

Enquanto dirigia, pensava sobre o próximo passo. Seguir em frente ou dar meia-volta? Xan saberia, através de Rolf, que eles planejavam atravessar a fronteira do País de Gales e encontrar uma floresta. Ele esperaria por uma mudança de planos. O grupo poderia estar em qualquer parte do oeste do país. A busca levaria tempo mesmo que Xan enviasse um grupo grande de homens da PSE ou de granadeiros. Mas ele não faria isso; aquela presa era singular. Se Rolf conseguisse chegar até ele sem revelar a notícia até esse último encontro vital, então Xan também o manteria em segredo até a verdade ser checada. Ele não correria o risco de que Julian caísse nas mãos de um oficial inescrupuloso PSE ou dos Granadeiros. E Xan não saberia quão pouco tempo tinha se quisesse estar presente no parto. Rolf não poderia contar o que não sabia. Até que ponto também ele confiava nos outros membros do Conselho?

Não, Xan viria em pessoa, provavelmente com um grupo pequeno e cuidadosamente escolhido. Eles conseguiriam no final, isso era inevitável. Mas levaria tempo. A própria importância e delicadeza da tarefa, a necessidade do sigilo, o tamanho da equipe de busca, tudo isso prejudicaria a rapidez.

Então para onde e em que direção? Por um momento, ele se perguntou se seria uma manobra eficaz voltar para Oxford, esconder-se no bosque Wytham, acima da cidade, com certeza o último lugar onde Xan pensaria em procurar. Mas não seria uma viagem perigosa demais? Se bem que qualquer estrada era perigosa e seria duplamente quando os idosos fossem descobertos às sete e meia e contassem o que aconteceu. Por que parecia mais arriscado voltar do que seguir em frente? Talvez porque Xan estava em Londres. E, no entanto, para um fugitivo comum, Londres em si era o esconderijo óbvio. Londres, apesar de sua população reduzida, ainda era uma coleção de vilarejos, becos secretos, amplas torres de apartamentos meio vazias. Mas Londres estava cheia de olhos e não havia ninguém lá a quem ele pudesse recorrer sem riscos, nenhuma casa à qual tivesse acesso. Seu instinto, e ele supunha que seria o de Julian, seria ficar o mais longe possível de Londres e manter o plano original de se esconder em uma parte remota do interior do país. Cada quilômetro de distância de Londres parecia um quilômetro em direção à segurança.

Enquanto dirigia pela estrada misericordiosamente vazia, com cautela, pegando o jeito do carro, Theo se entregou a uma fantasia a qual tentava se convencer de que era um objetivo racional e atingível. Imaginou a casa de um lenhador, de aroma doce, as paredes resinosas ainda guardando o calor do sol do verão, enraizada com tanta naturalidade quanto uma árvore nas profundezas de um bosque sob a cobertura protetora de fortes galhos carregados de folhas, deserta há anos e agora em decadência, mas com roupa de cama, fósforos, comida enlatada suficiente para sustentar os três. Haveria uma fonte de água fresca, lenha que eles buscariam para as fogueiras quando o outono desse lugar ao inverno. Eles poderiam viver lá durante meses se necessário, talvez até anos. Era o idílio que, de pé ao lado do carro em Swinbrook, ele ridicularizara e desprezara, mas cuja ideia agora o reconfortava, mesmo sabendo que o sonho era uma fantasia.

Ele se forçou a compartilhar da confiança de Julian: em algum lugar do mundo, outras crianças nasceriam. Esta criança não seria mais singular, não estaria mais especialmente em perigo. Xan e o Conselho não teriam mais necessidade de tirá-la da mãe, mesmo que soubessem que era a primeira de uma nova era. No entanto, tudo isso estava no futuro e poderia ser enfrentado e resolvido quando o momento chegasse. Pelas semanas seguintes, os três poderiam viver em segurança até a criança nascer. Ele não conseguia ver mais adiante e disse a si mesmo que não precisava.

31

Sua mente e todas as suas energias físicas haviam se concentrado nas duas últimas horas com tanta intensidade na tarefa em mãos que não lhe ocorreu que ele poderia ter dificuldade para reconhecer as margens do bosque. Virando à direita na viela para pegar a estrada, tentou se lembrar de quanto viajara antes de entrar na cidade. Mas a caminhada se transformara na lembrança em uma turbulência de medo, ansiedade e resolução, de sede agonizante, de respiração ofegante e de dor na lateral do corpo, sem uma recordação clara de distância ou tempo. Uma pequena mata despontou à esquerda, parecendo de pronto familiar, o que o deixou mais animado. Contudo as árvores terminaram quase que imediatamente, dando lugar a uma cerca viva baixa e a um campo aberto. Depois surgiram mais árvores e o começo de um muro de pedras. Ele dirigia devagar, os olhos na estrada. Então viu o que temia e ao mesmo tempo esperava ver: os salpicos do sangue de Luke no asfalto, não mais vermelho, um espalhafato escuro sob a luz dos faróis e, à sua esquerda, as pedras quebradas do muro.

Quando elas não saíram na mesma hora de trás das árvores para encontrá-lo, Theo teve um momento de ansiedade e temeu que não estivessem lá, que tivessem sido levadas. Encostou o Citizen bem perto do muro, pulou e entrou na mata. Ao ouvir seus passos, elas saíram e ele ouviu Miriam murmurar:

– Graças a Deus. Estávamos começando a ficar preocupadas. Conseguiu um carro?

– Um Citizen. Foi basicamente só o que consegui. Não tinha muita coisa na casa para pegar. Tem uma garrafa térmica com café.

Miriam quase a tomou das mãos dele. Ela girou a tampa e serviu o café com cuidado, cada gota preciosa, depois entregou para Julian.

– As coisas mudaram, Theo – disse ela, a voz propositalmente calma. – Não temos muito tempo agora. As contrações começaram.

– Quanto tempo? – perguntou Theo.

– Nem sempre dá para dizer em um primeiro parto. Podem ser só algumas horas. Podem ser vinte e quatro. Ela está nos estágios iniciais, mas precisamos encontrar um lugar logo.

E então, de repente, toda a sua indecisão anterior foi varrida por um vento purificador de certeza e esperança. Uma única palavra lhe veio à mente, tão clara que era como se uma voz alheia houvesse falado em alto e bom som. Wychwood. Ele imaginou uma caminhada solitária de verão, uma trilha sombreada ao lado de um muro de pedra quebrado que levava às profundezas da floresta e depois abrindo-se em uma clareira musgosa com um lago e, mais acima na trilha, do lado direito, uma cabana. Wychwood não teria sido a sua primeira opção ou uma escolha óbvia: a floresta era pequena demais, fácil demais para vasculhar, ficava só a uns trinta quilômetros de Oxford. Mas agora essa proximidade era uma vantagem. Xan esperaria que eles seguissem em frente. Em vez disso, eles voltariam para um lugar do qual ele se lembrava, um lugar que conhecia, um lugar onde seguramente encontrariam abrigo.

– Entrem no carro – falou ele. – Nós vamos voltar. Vamos para Wychwood. Comeremos no caminho.

Não havia tempo para discutir, para examinar as alternativas possíveis. As mulheres tinham a própria e tremenda preocupação. Caberia a ele a decisão de quando ir e como chegar lá.

Theo não tinha nenhum receio real de que seriam atacados de novo pelos Faces Pintadas. Esse horror parecia, àquela altura, o cumprimento de sua convicção meio supersticiosa no começo da viagem de que estavam destinados a uma tragédia inescapável, assim como sua natureza e o momento em que aconteceria eram imprevisíveis. Agora ela viera e fizera o seu pior, estava terminada. Como um passageiro com pavor de voar e esperando despencar cada vez que o avião plana, ele podia descansar sabendo que o desastre esperado ficara para trás e que havia sobreviventes. Mas sabia que nem Julian nem Miriam conseguiam exorcizar com tanta facilidade o pavor dos Faces Pintadas. O medo delas tomou conta do pequeno carro. Pelos primeiros quinze quilômetros, elas permaneceram tensas atrás dele, os olhos fixos na estrada, como se esperassem, a cada curva, a cada pequena obstrução, ouvir outra vez os gritos desvairados de triunfo e ver as tochas ardentes e os olhos brilhantes.

Havia outros perigos também e o medo predominante. Não tinham como saber em que momento Rolf os havia deixado de fato. Se houvesse chegado até Xan, a busca por eles poderia estar em curso nesse momento, os obstáculos para bloqueio nas estradas sendo descarregados e arrastados para os seus lugares, os helicópteros sendo tirados dos hangares e abastecidos para esperar a primeira luz do dia. As estradas secundárias – estreitas, serpenteando entre cercas vivas dispersas e bravias e muros de pedra quebrados, talvez irracionalmente, para lhes oferecer a melhor esperança de estarem a salvo. Como todas as criaturas caçadas, o instinto de Theo era o de virar e contorcer, continuar escondido, procurar a escuridão. Mas as pistas secundárias tinham seus próprios riscos. Quatro vezes, temendo o risco de um segundo pneu furado, ele precisou frear de modo brusco em um trecho intransitável de asfalto rachado e dar meia-volta com o carro. Uma vez, pouco depois das duas horas, essa manobra quase foi desastrosa: os pneus de trás caíram em uma vala e demorou meia hora para que os esforços conjuntos dele e de Miriam colocassem o Citizen de volta na estrada.

Theo amaldiçoava a falta de mapas, mas, à medida que as horas foram passando, as nuvens desapareceram e revelaram com mais clareza o padrão das estrelas, e ele pôde ver a mancha da Via Láctea e se orientar a partir do Arado, das estrelas principais da Ursa Maior e da Estrela Polar. No entanto, aquela tradição antiga não passava de um cálculo aproximado da sua rota, e ele estava em constante perigo de se perder. De tempos em tempos, uma placa de sinalização desolada como uma forca do século 18 despontava na escuridão e ele seguia cuidadosamente o caminho sobre a rota em direção a ela, meio que esperando ouvir o tinido de correntes e ver um corpo contorcendo-se devagar, com seu pescoço alongado, enquanto o pontinho de luz da lanterna, como um olho perscrutador, identificava os nomes meio destruídos de vilarejos desconhecidos. A noite estava mais gelada agora, uma prévia do frio do inverno; o ar, que não cheirava mais a relva e terra aquecida pelo sol, irritava as suas narinas com um ligeiro odor antisséptico, como se estivessem perto do mar. Cada vez que o motor era desligado, o silêncio era absoluto. Debaixo de uma placa cujos nomes poderiam muito bem ter sido escritos em uma língua estrangeira, ele se sentiu desorientado e alheado, como se os campos escuros e desolados, a terra sob os seus pés, esse ar estranho e sem perfume, não fossem mais o seu habitat natural e não houvesse segurança ou lar para essa espécie ameaçada em parte alguma sob o céu indiferente.

Pouco depois que a viagem começou, o progresso do trabalho de parto de Julian desacelerou ou parou. Isso diminuiu a ansiedade de Theo: os atrasos não eram mais desastrosos e a segurança podia prevalecer sobre a velocidade. Mas ele sabia que o atraso assustava as mulheres. Supunha que elas agora tinham tão pouca esperança quanto ele de se esquivar de Xan por semanas ou até dias. Se o trabalho de parto fosse um alarme falso ou se prolongasse, eles ainda poderiam cair nas mãos de Xan antes que a criança nascesse. De tempos em tempos, inclinando-se para a frente, Miriam lhe pedia baixinho para parar ao lado da estrada para que ela e Julian pudessem fazer exercícios. Ele também saía e, encostado no carro, observava os dois vultos escuros indo e voltando ao longo da cerca viva, ouvia suas vozes sussurradas e sabia que elas estavam distanciadas dele por mais do que alguns metros de estrada secundária, que elas compartilhavam uma intensa inquietação da qual estava excluído. Elas tinham pouco interesse e mostravam pouca preocupação quanto ao trajeto, quanto aos percalços da viagem. Tudo isso, o próprio silêncio delas parecia insinuar, dizia respeito a ele.

De madrugada, no entanto, Miriam disse que as contrações de Julian haviam recomeçado e estavam fortes. Ela não conseguiu disfarçar o triunfo em sua voz – e antes do amanhecer Theo soube exatamente onde estavam. A última placa indicara Chipping Norton. Era hora de deixar as estradinhas tortuosas e arriscar os últimos quilômetros pela estrada principal.

Pelo menos agora estavam em uma superfície melhor. Ele não precisava dirigir com um receio constante de outro pneu furado. Nenhum outro carro passou por eles e, depois dos três primeiros quilômetros, suas mãos tensas relaxaram no volante. Ele dirigia com cuidado, porém rápido, ansioso agora para chegar à floresta o quanto antes. O nível de combustível estava ficando perigosamente baixo e não havia uma forma segura de abastecer. Ficou surpreso ao notar como haviam percorrido pouco terreno desde que a viagem começara em Swinbrook. Parecia-lhe que haviam estado na estrada por semanas, viajantes agitados, infelizes e sem provisões. Sabia que não havia nada que pudesse fazer para evitar a captura nessa viagem, que certamente seria a última. Se chegassem a um bloqueio rodoviário da PSE, não haveria esperança de blefar ou se safar conversando; afinal, a PSE não era formada por Ômegas. A única coisa que ele podia fazer era dirigir e confiar.

De quando em quando, pensava ouvir os arquejos de Julian e o murmúrio baixo e tranquilizador de Miriam, mas elas conversavam pouco. Depois de mais ou menos quinze minutos, ouviu Miriam se remexendo no banco de trás e depois o tinido ritmado de um garfo batendo em porcelana. Ela entregou uma caneca a ele.

– Eu racionei a comida até agora. A Julian precisa de força para o parto. Bati os ovos no leite e acrescentei açúcar. Esta é a sua parte, eu fiquei com a mesma quantia. A Julian ficou com o resto.

Apenas um quarto da caneca estava cheio e a doçura espumosa normalmente o teria enojado. Agora ele a engoliu com avidez, desejando mais, sentindo de pronto o seu poder fortalecedor. Devolveu a caneca e recebeu um biscoito com manteiga coberto com um pedaço de queijo duro. O queijo nunca teve um sabor tão bom.

– Dois para cada um de nós, quatro para a Julian – disse Miriam.

– Devemos dividir em partes iguais – protestou Julian, mas a última palavra foi alcançada por um arquejo de dor.

– Você não vai guardar um pouco de reserva? – perguntou Theo.

– De três quartos de um pacote de biscoitos e pouco mais de duzentos gramas de queijo? Precisamos da nossa força nesse momento.

O biscoito e o queijo seco aumentaram a sede dos três e eles terminaram a refeição tomando a água que estava na caçarola menor. Miriam entregou a ele as duas canecas e os talheres na sacola plástica e Theo os colocou no assoalho. Depois, como que temendo que suas palavras pudessem ter insinuado uma censura, ela acrescentou:

– Você não teve sorte, Theo. Mas conseguiu um carro e isso não foi fácil. Sem ele, não teríamos tido chance alguma.

Theo esperava que ela dissesse: "Dependíamos de você e você não nos desapontou", e deu um sorriso triste ao pensar que justamente ele, que se importara tão pouco com a aprovação de qualquer um, queria tanto o elogio e a aprovação dela.

Por fim chegaram aos arredores de Charlbury. Ele reduziu a velocidade, atento à velha estação Finstock, a curva da estrada. Era logo após a curva que ele devia procurar pela trilha à direita que levava até a floresta. Estava acostumado a se aproximar dela vindo de Oxford e mesmo nessa época era fácil perder o ponto para virar. Foi com um suspiro sonoro que ele passou pelos prédios da estação, fez a curva e viu à direita a fileira de cabanas de pedra que marcavam a aproximação da trilha. As cabanas estavam vazias, fechadas com tábuas, quase degradadas. Por um instante, ele se perguntou se uma delas proporcionaria um refúgio, mas eram óbvias demais, próximas demais da estrada. Ele sabia que Julian queria ficar bem no interior da floresta.

Ele subiu a trilha com cuidado entre campos malcuidados em direção ao distante coágulo das árvores. Amanheceria em breve. Olhando para o relógio, viu que a sra. Collins teria chegado para soltar o casal de idosos. Naquele momento, provavelmente estariam saboreando uma xícara de chá, contando sobre o seu suplício, esperando a polícia chegar. Mudando a marcha para transpor a parte difícil de uma subida, pensou ter ouvido Julian tomar fôlego e produzir um pequeno som estranho, algo entre um grunhido e um gemido.

Agora a floresta enfim os recebia com seus fortes braços escuros. A trilha ficou mais estreita, as árvores se tornaram mais fechadas. À direita, havia um muro de pedras meio demolido, suas pedras quebradas entulhando a trilha. Ele passou para a primeira marcha e tentou manter o carro estável. Depois de pouco mais de um quilômetro e meio, Miriam inclinou-se para a frente e falou:

– Acho que vamos caminhar um pouco. Será mais fácil para a Julian.

Julian seguiu apoiada em Miriam, e as duas foram andando com cautela sobre os buracos e as pedras da trilha. Sob as luzes laterais do carro, um coelho assustado de cauda branca ficou petrificado por um momento, então saiu em disparada diante deles. De repente, houve uma enorme agitação e um contorno branco seguido por outro atravessou os arbustos e por pouco não pegou o capô do carro. Eram uma corça e seu veado jovem. Juntos saltaram o banco de areia, passando rapidamente pelos arbustos, e desapareceram sobre o muro, seus cascos tilintando nas pedras.

De tempos em tempos, as duas mulheres paravam e Julian se curvava, com o braço de Miriam apoiando-a. Depois que isso aconteceu pela terceira vez, Miriam fez um sinal para Theo parar.

– Acho que talvez ela fique melhor no carro agora – disse ela. – Quanto falta?

– Ainda estamos margeando um campo aberto. Deve haver uma entrada à direita em breve. Depois disso, é pouco mais de um quilômetro e meio.

Estremecendo, o carro prosseguiu. A curva lembrada revelou ser uma encruzilhada e, por um momento, ele ficou irresoluto. Depois pegou a direita, onde a trilha, ainda mais estreita, chegava a um declive. Certamente era esse o caminho até o lago e, mais adiante, a cabana da qual ele se lembrava.

– Tem uma casa à direita – gritou Miriam.

Ele virou a cabeça bem a tempo de vê-la, um vulto escuro distante vislumbrado por uma fresta estreita do grande monte e árvores e arbustos emaranhados. Jazia sozinha em um grande terreno inclinado.

– Não é boa. Óbvia demais. O terreno não tem nenhuma cobertura. Melhor seguirmos em frente.

Estavam entrando agora no coração da floresta. A viela parecia interminável. A cada metro de movimentos bruscos, a trilha se estreitava e ele podia ouvir os galhos raspando e arranhando o carro. Lá no alto, o sol cada vez mais forte era uma luz branca difusa que mal dava para ver sobre os galhos entrelaçados dos sabugueiros e dos pilriteiros. Para Theo, parecia que estavam desesperadamente tentando controlar a direção, que deslizavam desamparadamente por um túnel de escuridão verde que acabaria em uma cerca viva impenetrável. Ele se perguntava se sua memória o enganara, se deveriam ter virado à esquerda, quando a trilha se alargou e se abriu em uma clareira gramada. Então viram diante de si o brilho pálido do lago.

Theo parou o carro a apenas alguns metros da borda e saiu, depois virou-se para ajudar Miriam a erguer Julian do banco. Por um momento, ela ficou agarrada a ele, respirando fundo, depois soltou-o, sorriu e caminhou até a água segurando no ombro de Miriam. A superfície do lago – que mal podia ser chamado de lago – estava tão repleta de lâminas verdes das folhas caídas e vegetação aquática que parecia uma extensão da clareira. Para além dessa cobertura verde e trêmula, a superfície era viscosa como melaço, marcada por minúsculas bolhas que se moviam suavemente e se fundiam, se desintegravam, estouravam e se extinguiam. Nos trechos de água limpa entre a vegetação, era possível ver o reflexo do céu à medida que a névoa da manhã se dissipava e revelava a primeira luz do dia, opaca. Sob o brilho dessa superfície, nas profundezas douradas, tendões de plantas aquáticas, galhos emaranhados e ramos quebrados estavam densamente incrustados com lama, como o casco de um navio há muito afundado. Na margem, touceiras de juncos encharcados flutuavam achatados na água e, à distância, uma pequena carqueja preta nadava apressada e um cisne solitário abria caminho majestosamente entre a vegetação. O lago era cercado por árvores que cresciam quase à beira da água, carvalho, freixo e sicômoro, um vívido pano de fundo verde, amarelo, dourado e castanho-avermelhado que parecia, à primeira luz, apesar das sombras do outono, reter algo do frescor e do brilho da primavera. Uma árvore nova na outra margem estava salpicada de folhas amarelas, seus ramos e galhos finos invisíveis contra a primeira luz do sol, de modo que o ar parecia cheio de bolinhas de ouro.

Julian andou pela borda do lago.

– A água parece mais limpa aqui e a margem é bem firme. É um bom lugar para se lavar – gritou ela.

Eles foram até lá e, ajoelhando-se, mergulharam os braços no lago e jogaram a água pungente no rosto e no cabelo. A sensação de prazer os fez rir. Theo viu que suas mãos haviam remexido a água, transformando-a em uma lama esverdeada. Aquilo não podia ser seguro para beber nem mesmo se fervessem.

– A questão é se nos livramos do carro agora – falou Theo quando voltaram ao Citizen. – Ele pode proporcionar o melhor abrigo que provavelmente vamos conseguir, mas é chamativo e estamos quase sem combustível. É provável que só ande mais uns três quilômetros.

Foi Miriam quem respondeu.

– Deixe para lá.

Ele olhou para o relógio. Eram quase nove horas. Pensou que seria bom ouvirem o noticiário. Banal, previsível e desinteressante como provavelmente seria, ouvi-lo era um pequeno gesto de despedida antes de se desligarem de qualquer notícia a não ser a deles mesmos. Ficou surpreso de não ter pensado no rádio antes, que não se dera ao trabalho de ligá-lo durante a viagem. Dirigira em uma ansiedade tão tensa que o som de uma voz desconhecida, até mesmo o som de música, teria parecido intolerável. Então estendeu o braço através da janela aberta e ligou o aparelho. Ouviu com impaciência os detalhes sobre o clima, informações sobre as estradas que estavam oficialmente fechadas ou que não seriam mais reparadas, pequenas preocupações domésticas de um mundo que encolhia.

Ele estava prestes a desligar quando a voz do locutor mudou, tornando-se mais lenta e mais pressagiosa. "Isto é um alerta. Um pequeno grupo de dissidentes, um homem e duas mulheres, estão viajando em um Citizen azul roubado em algum ponto da fronteira galesa. Ontem à noite o homem, que se acredita ser Theodore Faron, de Oxford, entrou à força em uma casa nas cercanias de Kingston, amarrou os donos e roubou o carro. A mulher, a sra. Daisy Cox, foi encontrada esta manhã amarrada e morta na cama. O homem agora é procurado por assassinato. Está armado com um revólver. Para qualquer um que vir o carro ou essas três pessoas, pede-se para não se aproximar, mas sim telefonar imediatamente para a Polícia de Segurança do Estado. A placa do carro é MOA694. Repetindo: MOA694. Fui solicitado a repetir o alerta. O homem está armado e é perigoso. Não se aproximem."

Theo não percebeu que não havia desligado. Estava ciente apenas das batidas do seu coração e de uma tristeza doentia que se instalou e o envolveu, física como uma enfermidade mortal, horror e aversão por si próprio derrubando-o quase de joelhos. Ele pensou: *Se isto é culpa, não posso suportar. Não vou suportar.*

Ele ouviu a voz de Miriam.

– Parece que Rolf chegou ao Administrador. Eles sabem sobre os Ômegas, sabem que só sobraram três de nós. Mas, de qualquer forma, existe ao menos um consolo. Eles ainda não sabem que o nascimento vai acontecer a qualquer momento. Rolf não tinha como contar qual era a data esperada do parto. Ele não sabe. Acha que Julian ainda tem um mês pela frente. O Administrador jamais pediria para as pessoas procurarem o carro se pensasse que havia uma chance de encontrarem um recém-nascido.

– Não existe consolo. Eu a matei – comentou ele em um tom monótono.

– Você não a matou! – disse Miriam com uma voz firme, estranhamente alta, quase gritando em seu ouvido. – Se fosse para ela morrer de susto, isso teria acontecido quando você mostrou a arma. Você não sabe a causa da morte. Deve ter sido por causas naturais, Theo. Poderia ter acontecido de qualquer maneira. Ela estava velha e tinha coração fraco. Você mesmo disse. Não é culpa sua, você não teve intenção.

– Não – balbuciou ele –, não, eu não tive intenção. Não tive intenção de ser um filho egoísta, um pai indiferente, um péssimo marido. Quando foi que tive intenção de alguma coisa? Meu Deus, que mal eu não poderia causar se começasse a ter!

Parou por um instante, depois continuou:

– A pior parte foi que eu gostei. Gostei mesmo!

Miriam estava descarregando o carro, pondo os cobertores nos ombros.

– Gostou de amarrar aquele velho e a mulher dele? É claro que não gostou. Você fez o que tinha que fazer.

– Não de amarrar. Eu não quis fazer aquilo. Mas gostei da empolgação, do poder, gostei de saber que podia. Nem tudo foi péssimo. Foi para eles, mas não para mim.

Julian não falou nada. Ela se aproximou e pegou a mão dele. Rejeitando o gesto, Theo se voltou violentamente para ela.

– Quantas outras vidas o seu bebê vai custar antes de nascer? E com que propósito? Você está tão calma, tão destemida, tão segura de si. Você acha que vai ser menina. Que tipo de vida essa menina vai ter? Você acredita que ela vai ser a primeira, que outros nascimentos vão se seguir, que neste momento há mulheres grávidas que ainda não perceberam que estão carregando a nova raça do mundo. Mas suponha que esteja errada. Suponha que esta criança seja a única. A que tipo de inferno você a está condenando? Você consegue começar a imaginar a solidão dos últimos anos dela... mais de vinte horríveis e intermináveis anos sem esperança de jamais ouvir a voz de outro ser humano? Jamais, jamais, jamais! Meu Deus, vocês não têm imaginação, nenhuma das duas?

– Você acha que eu não pensei nisso, nisso e muito mais? – retrucou Julian baixinho. – Theo, não posso desejar que ela nunca tivesse sido concebida. Não consigo pensar nela sem alegria.

Miriam, sem perder tempo, já havia tirado a mala e as capas de chuva do porta-malas e pegado a chaleira e a caçarola de água.

– Pelo amor de Deus, Theo, controle-se – disse ela, mais irritada do que brava. – Nós precisávamos de um carro, você conseguiu. Talvez pudesse ter escolhido um melhor e conseguido com menos custo. Você fez o que fez. Se quiser remoer a culpa, problema seu, mas deixe para depois. Tudo bem, ela está morta e você se sente culpado, e sentir culpa é uma coisa que você não gosta. Uma pena. Acostume-se. Por que diabos você deveria escapar disso? Faz parte de ser um humano. Ou você não tinha notado?

Theo quis dizer: "Existe um bom número de coisas que não notei nesses últimos quarenta anos". Mas as palavras com tom de remorso autoindulgente pareceram-lhe falsas e desonrosas. Em vez disso, ele comentou:

– É melhor nos livrarmos do carro, e rápido. Esse é um problema que a transmissão de rádio resolveu para a gente.

Ele soltou o freio e apoiou o ombro na traseira do Citizen, raspando um ponto de apoio na grama cheia de cascalho, agradecido pelo fato de o solo estar seco e ser levemente inclinado. Miriam posicionou-se do lado direito e juntos eles empurraram. Por alguns segundos, de modo inexplicável, seus esforços foram infrutíferos. Então ele começou a avançar aos poucos.

– Empurre com força quando eu disser – falou ele. – Não queremos que ele fique preso de frente na lama.

Os pneus da frente estavam quase na beirada quando ele gritou: "Agora", e os dois empurraram com toda a força. O carro se projetou sobre a borda do lago e caiu na água, produzindo um jorro que pareceu acordar todos os pássaros da floresta. O ar ficou barulhento, repleto de gritos e guinchos, e os galhos leves das árvores altas sacudiram, ganhando vida. A água borrifou para cima, salpicando o rosto dele. A cobertura de folhas flutuantes se fragmentou e dançou. Ofegantes, eles observaram enquanto o carro, devagar, quase serenamente, pousou e começou a afundar, a água gorgolejando pelas janelas abertas. Antes que desaparecesse, em um impulso, Theo tirou o diário do bolso e arremessou-o na água.

Então Theo teve um momento de pavor horrível, vívido como um pesadelo, mas que não podia ter a esperança de expulsar acordando. Estavam todos ali, presos no carro que afundava, e, enquanto a água entrava, ele procurava desesperadamente pela maçaneta, tentando prender a respiração contra a agonia no peito, querendo gritar para Julian, mesmo sabendo que não se atrevia a falar ou sua boca ficaria entupida com lama. Ela e Miriam estavam no banco de trás, afogando, e não havia nada que ele pudesse fazer para ajudar. Brotou suor em sua testa e, cerrando as palmas úmidas, obrigou-se a desviar os olhos do horror do lago e olhou para o céu, arrancando a mente do pavor imaginado de volta para o horror da normalidade. O sol estava pálido e redondo como uma lua cheia, mas resplandecendo em sua auréola de névoa, os galhos altos das árvores escurecidos contra o seu brilho. Ele fechou os olhos e esperou. Quando horror passou, e ele conseguiu olhar outra vez para a superfície do lago.

Voltou-se para Julian e Miriam, como se esperasse ver nos rostos das duas o pânico brusco que devia ter transformado de momento seu próprio rosto. Mas elas estavam olhando para o carro que afundava com um interesse tranquilo, quase imparcial. Um aglomerado de folhas ia surgindo e se avolumando nas ondulações que se espalhavam, como que empurrando umas às outras em busca de lugar. Ele ficou admirado com a calma delas, com essa aparente capacidade de confinar todas as lembranças, todo o pavor na preocupação do momento.

– Luke. Vocês não falaram dele no carro – comentou ele em tom áspero. – Nenhuma de vocês mencionou o nome dele desde que foi enterrado. Vocês pensam nele?

A pergunta soou como uma acusação.

Miriam tirou os olhos do lago e fitou-o com firmeza.

– Pensamos nele tanto quanto possível. O que nos preocupa agora é que esse bebê nasça em segurança.

Julian aproximou-se dele e tocou seu braço.

– Vai haver um momento para lamentar a perda de Luke e Gascoigne. Theo, vai haver um tempo – disse ela, como se fosse ele a pessoa que mais precisava de consolo.

O carro afundara por completo. Theo receara que a água na margem talvez fosse rasa demais, que o teto ficasse visível mesmo sob a cobertura de bambus, mas, espreitando aquela escuridão turva, não conseguiu ver nada além de redemoinhos de lama.

– Você pegou os talheres? – perguntou Miriam.

– Não. Você não pegou?

– Droga, estão na parte da frente do carro. Mas isso não importa agora. Não temos mais comida.

– É melhor levarmos o que temos para a cabana – sugeriu ele. – Fica a uns noventa metros subindo por aquela trilha ali, à direita.

Meu Deus, permita que ainda esteja lá, por favor, que ainda esteja lá. Era a primeira vez que Theo rezava em quarenta anos, mas as palavras não eram tanto um pedido, eram mais uma esperança meio supersticiosa de que, de algum modo, pela força de sua necessidade, ele pudesse fazer a cabana existir. Pôs um dos travesseiros e as capas de chuva no ombro, depois pegou a chaleira de água em uma das mãos e a mala na outra. Julian colocou um segundo cobertor ao redor dos ombros e inclinou-se para pegar a caçarola de água só para Miriam tomá-la de suas mãos, que falou:

– Você leva o travesseiro. Eu cuido do resto.

Sobrecarregados, subiram a trilha a passos lentos. Foi então que ouviram o barulho metálico do helicóptero. Meio aprisionados pelos galhos entrelaçados, mal precisavam de esconderijo extra, mas por instinto afastaram-se da trilha, passando para o emaranhado verde dos arbustos mais velhos e ficaram imóveis, quase sem respirar, como se cada inspiração pudesse chegar àquele objeto brilhante de ameaça, àqueles olhos observadores e àqueles ouvidos atentos. O barulho aumentou até ficar ensurdecedor. Com certeza estavam bem em cima deles. Theo quase esperou que os arbustos que os abrigavam ganhassem vida sacudindo com violência. Então o helicóptero começou a dar a volta, o ruído recuando e depois retornando, trazendo consigo um medo renovado. Passaram-se quase cinco minutos até o barulho do motor enfim desvanecer, tornando-se um zunido distante.

– Talvez não estejam procurando a gente – disse Julian baixinho.

Sua voz estava fraca e, de repente, ela se curvou de dor e agarrou o braço de Miriam.

– Acho que eles não estão fazendo um passeio. – A voz de Miriam tinha um tom sombrio. – Em todo caso, eles não encontraram a gente. – Ela se virou para Theo. – Fica muito longe essa cabana?

– Menos de cinquenta metros, se me lembro bem.

– Vamos torcer para que esteja.

A trilha estava mais ampla agora, facilitando a passagem deles; mas Theo, andando atrás das duas mulheres, sentia-se sobrecarregado com algo mais do que o peso físico de sua carga. Sua avaliação anterior do provável progresso de Rolf agora parecia ridiculamente otimista. Por que fazer um percurso lento e furtivo até Londres? Por que se apresentar em pessoa ao Administrador? A única coisa da qual ele precisava era um telefone público. O número do Conselho era conhecido por todos os cidadãos. Essa aparente acessibilidade fazia parte da política de abertura de Xan. Nem sempre se podia falar com o Administrador, mas sempre se podia tentar. Algumas pessoas até conseguiam que passassem a ligação. Essa pessoa, uma vez identificada, uma vez verificada, teria prioridade. Eles lhe diriam para se esconder, para não falar com ninguém até que fossem buscá-lo, quase certamente de helicóptero. Era provável que já estivesse nas mãos deles há mais de doze horas.

E não seria difícil encontrar os fugitivos. De manhãzinha, Xan ficara sabendo sobre o carro roubado, a quantidade de combustível no tanque, ficara sabendo com sobra até que distância eles poderiam ter esperanças de viajar. Ele só precisava fincar a ponta de um compasso no mapa e desenhar um círculo. Theo não tinha dúvida alguma quanto ao significado daquele helicóptero. Já estavam procurando pelo ar, marcando as casas isoladas, procurando pelo brilho do teto de um carro. Xan já teria organizado a busca por terra. Mas restava uma esperança. Talvez ainda houvesse tempo para a criança nascer, como a mãe queria, em paz, em privacidade, sem ninguém para assistir além das duas pessoas que ela amava. A busca não poderia ser rápida; ele devia estar certo a esse respeito. Xan não ia querer vir em peso ou atrair a atenção pública, não ainda, não até que pudesse verificar em pessoa a veracidade da história de Rolf. O Administrador usaria apenas homens cuidadosamente selecionados para essa empreitada. Ele não tinha sequer como saber se eles se esconderiam em um bosque. Rolf lhe contaria que esse era o plano original, mas Rolf não estava mais no comando.

Agarrava-se a essa esperança, desejando sentir a confiança que sabia que Julian precisaria quando ouviu a voz dela.

– Theo, olha. Não é lindo?

Ele se virou e veio andar ao lado dela. Julian estava perto de um pilriteiro enorme, cheio de frutos vermelhos. Do galho mais alto descia, como uma espuma branca, uma cascata de clematis, delicada como um véu, através do qual os frutos brilhavam como joias. Olhando para o rosto enlevado da moça, ele pensou: eu só sei que é bonito, ela consegue sentir a beleza. Ele olhou para um arbusto de sabugueiro atrás dela e pareceu ver pela primeira vez com clareza as esferas pretas reluzentes e a delicadeza dos talos vermelhos. Era como se em um instante a floresta houvesse se transformado de um lugar de escuridão e ameaça – onde no fundo Theo estava convencido de que um deles morreria – em um santuário, belo e misterioso, indiferente quanto a esses três intrusos curiosos, um lugar onde nada que vivesse poderia estar completamente alheio a ele.

Theo ouviu a voz de Miriam, exultante.

– A cabana ainda está lá!

32

A cabana era maior do que havia imaginado. A memória, contrária ao costume, não aumentara o lugar, mas sim o diminuíra. Por um momento, Theo se perguntou se aquela construção trilateral, dilapidada, de madeira escura, com nove metros de largura, poderia ser a cabana de que se lembrava. Então notou a bétula prateada à direita da entrada. Quando a vira pela última vez, era apenas uma árvore jovem, mas agora seus galhos pendiam sobre o telhado. Ele viu com alívio que a maior parte do telhado parecia estar em boas condições, embora algumas das tábuas tivessem escorregado. Na lateral, muitas estavam faltando ou irregulares e a cabana toda, em sua decrepitude torta e solitária, parecia que não suportaria mais do que alguns invernos. Um caminhão enorme de transporte de madeira, salpicado de ferrugem, afundara inclinado no meio da clareira, os pneus partidos e apodrecendo e uma roda imensa solta ao lado. Nem toda a lenha fora removida quando a silvicultura chegara ao fim, e um monte de toras permanecia organizada em uma pilha ao lado de duas enormes árvores cortadas. Os troncos desnudos brilhavam como osso polido, e o solo estava cheio de pedaços e lascas de tronco.

Lentamente, quase cerimoniosamente, eles entraram na cabana, virando as cabeças, os olhos ansiosos, como inquilinos tomando posse de uma residência desejada, porém desconhecida.

– Bem, pelo menos é um abrigo e parece que há lenha seca e gravetos suficientes para acender uma fogueira – comentou Miriam.

Apesar da espessa cerca viva ao redor, formada por arbustos entrelaçados e árvores jovens e pela borda das árvores, era menos isolado do que Theo se lembrava. A segurança deles dependeria mais da improbabilidade de um passante casual encontrar aquela passagem no meio do emaranhado da floresta do que do fato de a cabana passar despercebida. Mas não era um passante casual que ele temia. Se Xan decidisse realizar uma busca por terra em Wychwood, seria apenas questão de horas até serem descobertos, por mais secreto que fosse o esconderijo deles.

– Não sei ao certo se devemos correr o risco de acender uma fogueira – disse ele. – É muito importante?

– O fogo? Nesse momento não muito, mas será quando o bebê nascer e a luz do dia se for. As noites estão ficando frias. Vamos precisar manter o bebê e a mãe aquecidos – respondeu Miriam.

– Então vamos correr o risco, mas não antes do necessário. Eles vão estar procurando por fumaça.

A cabana parecia ter sido abandonada com certa pressa, a menos talvez que os trabalhadores esperassem voltar e houvessem sido impedidos ou recebido um aviso de que a empreitada estava encerrada. Havia duas pilhas de tábuas menores no fundo da cabana, uma pilha com pedaços pequenos de lenha e parte do tronco de uma árvore nivelado que claramente fora usado como mesa, já que tinha uma chaleira de latão desgastada e duas canecas esmaltadas lascadas. O telhado nesse ponto estava bom e a terra pisada estava macia com aparas e serragem.

– Por aqui vai servir – falou Miriam.

Ela chutou e raspou as aparas, formando uma cama rústica, estendeu as duas capas de chuva e ajudou Julian a se deitar, depois colocou um travesseiro debaixo da cabeça dela. Julian soltou um grunhido de prazer, então virou de lado e dobrou as pernas. Miriam sacudiu um dos lençóis e o colocou sobre ela, cobrindo-o com um cobertor e com o casaco de Luke. Em seguida, ela e Theo trataram de organizar as provisões: a chaleira e a caçarola restante com água, as toalhas dobradas, a tesoura e a garrafa de desinfetante. O pequeno estoque pareceu aos olhos de Theo patético por sua inadequação.

Miriam ajoelhou-se ao lado de Julian e delicadamente posicionou-a de costas.

– Você pode fazer uma pequena caminhada se quiser – ela disse para Theo. – Vou precisar da sua ajuda mais tarde, mas não neste minuto.

Ele saiu, sentindo-se irracionalmente rejeitado por um momento, e sentou-se no tronco da árvore cortada. A paz da clareira o envolveu. Ele fechou os olhos e ficou escutando. Pareceu-lhe, depois de um instante, que podia ouvir uma miríade de pequenos sons, normalmente inaudíveis aos ouvidos humanos, uma folha raspando no galho, um graveto seco quebrando: o mundo vivo da floresta, secreto, laborioso, alheio ou despreocupado com os três intrusos. Mas ele não ouvia nada humano, nenhum passo, nenhum som distante de carros se aproximando, nenhum barulho de helicóptero voltando. Ousou ter esperanças de que Xan tivesse rechaçado Wychwood como esconderijo deles, de que poderiam estar seguros, pelo menos por mais algumas horas, tempo suficiente para a criança nascer. E pela primeira vez Theo entendeu e aceitou o desejo de Julian de dar à luz em segredo. Um refúgio na floresta, por mais inadequado que fosse, com certeza era melhor do que a alternativa. Ele imaginou de novo a outra opção, o leito alto e esterilizado, as bancadas de máquinas para atender todas as emergências médicas possíveis, os ilustres obstetras convocados da aposentadoria, de máscara e avental, ali reunidos porque, após vinte e cinco anos, era mais seguro contar com as memórias e o conhecimento de todos ali reunidos, cada um desesperado pela honra de fazer o parto daquela criança milagrosa e, no entanto, todos com certo medo da responsabilidade aterrorizante. Ele podia imaginar os acólitos, as enfermeiras e as parteiras de avental, os anestesistas e, mais além, entretanto dominantes, as câmeras de televisão com suas equipes, o Administrador atrás da tela dele esperando para dar a notícia decisiva para um mundo em expectativa.

Mas o que Julian temera era mais do que a destruição da privacidade, a eliminação da dignidade pessoal. Para ela, Xan era perverso. A palavra tinha um significado para Julian. Ela enxergava, com clareza e sem nenhum deslumbramento, através da força, do charme, da inteligência, do humor, o coração, não de vazio, mas de escuridão. O que quer que o futuro reservasse para o seu filho, ela não queria ninguém perverso presente na hora de seu nascimento. Ele conseguia entender agora aquela escolha obstinada e lhe parecia, naquela paz e tranquilidade, certa e sensata. Mas a obstinação de Julian já custara a vida de duas pessoas, uma das quais era o pai do seu filho. Ela poderia argumentar que do mal pode vir o bem; era sem dúvida mais difícil argumentar que do bem pode vir o mal. Confiara na terrível misericórdia do seu Deus, mas que outra opção tinha a não ser confiar? Não podia controlar a própria vida, assim como não podia controlar nem interromper as forças físicas que nesse momento distendiam e atormenta-vam seu corpo. Se Deus existia, como poderia ser o Deus de Amor? A pergunta se tornara banal, ubíqua, mas, para Theo, jamais fora respondida de maneira satisfatória.

Ele ouviu a floresta outra vez, sua vida secreta. Os ruí-dos, que pareciam aumentar enquanto ele prestava aten-ção, pareciam repletos de ameaça e terror: o animal ne-crófago correndo e saltando sobre a presa, a crueldade e a satisfação da caça, a luta instintiva por comida, pela sobrevivência. O mundo físico inteiro mantinha-se unido pela dor, o grito na garganta e o grito no coração. Se o Deus dela fazia parte desse tormento, se era o seu criador e sus-tentáculo, então era um Deus dos fortes, não dos fracos. Ele contemplava o abismo fixado entre os dois pela crença dela, mas sem desânimo. Theo não podia diminuí-lo, mas podia estender suas mãos sobre ele. E talvez, no final das contas, a ponte fosse o amor. Como ele a conhecia pouco e ela a ele. A emoção que sentia por Julian era tão misteriosa quanto irracional. Precisava entender essa emoção, definir sua natureza, analisar o que sabia estar além da capacida-de de análise. Mas ele sabia algumas coisas agora, e talvez fossem tudo o que precisasse saber. Só desejava o bem de Julian. Colocaria o bem dela antes do seu próprio. Não con-seguia mais se separar dela. Morreria para que ela vivesse.

O silêncio foi quebrado pelo som de um gemido se-guido por um grito agudo. Antes aquilo teria suscitado seu constrangimento, o receio humilhante de que o achassem inadequado. Agora, consciente apenas de sua necessidade de estar com ela, ele correu para a cabana. Julian estava outra vez deitada de lado, de modo bastante sereno, e sor-riu para ele, estendendo a mão. Miriam estava ajoelhada ao lado dela.

– O que posso fazer? – perguntou ele. – Me deixem ficar. Vocês querem que eu fique?

– Claro que você deve ficar – respondeu Julian, a voz tão uniforme como se nunca houvesse dado um grito agudo. – Queremos que fique. Talvez seja melhor você acender o fogo agora. Assim vai estar pronto quando precisarmos.

O rosto dela estava inchado, a testa úmida de suor, mas Theo ficou admirado com sua tranquilidade, sua calma. E ele tinha algo a fazer, um trabalho com o qual podia se sentir confiante. Se conseguisse achar aparas de madeira perfeitamente secas, haveria a esperança de poder acender um fogo que não soltasse tanta fumaça. O dia estava praticamente sem vento, mas mesmo assim tinha de ser cuidadoso ao acendê-lo para que nem um pouco de fumaça fosse para o rosto de Julian ou do bebê. Um pouco mais na parte da frente da cabana seria melhor, onde o telhado estava quebrado, mas seria perto o suficiente para aquecer a mãe e a criança. E ele precisaria contê-lo, ou haveria risco de incêndio. Algumas pedras do muro quebrado dariam uma boa lareira. Saiu para pegá-las, selecionando-as com cuidado por tamanho e formato. Ocorreu-lhe que poderia até usar algumas mais planas para formar uma espécie de chaminé. Ao voltar, arranjou as pedras em um círculo, encheu-o com as aparas de madeira mais secas que conseguiu encontrar, depois acrescentou alguns gravetos. Por fim, colocou pedras planas no alto, direcionando a fumaça para fora da cabana. Quando terminou, sentiu parte da satisfação de um menininho. E quando Julian se ergueu e riu com prazer, sua voz se juntou à dela.

– Seria melhor se você se ajoelhasse aqui ao lado e segurasse a mão dela – disse Miriam.

Durante o próximo espasmo de dor, ela apertou tanto a mão de Theo que os nós dos dedos dele estalaram.

– Ela está bem – disse Miriam ao ver a expressão dele, sua necessidade desesperada por tranquilização. – Ela está se saindo maravilhosamente bem. Não posso fazer um exame interno porque não seria seguro agora. Estou sem luvas esterilizadas e a bolsa estourou. Mas calculo que o colo do útero esteja quase totalmente dilatado. A segunda etapa vai ser mais fácil.

– Querida, o que eu posso fazer? – perguntou ele para Julian. – Me diga o que posso fazer.

– Só continue segurando a minha mão.

Ajoelhado ao lado delas, ele ficou admirado com Miriam, com a serena confiança com que, mesmo após vinte e cinco anos, exercia a sua antiga arte, suas mãos marrons e afáveis pousadas sobre a barriga de Julian, sua voz murmurando tranquilidade:

– Descanse agora, depois siga a próxima contração. Não tente resistir, ok? Lembre-se da sua respiração. Muito bem, Julian, muito bem.

Quando a segunda etapa do parto começou, ela pediu para Theo se ajoelhar às costas de Julian e apoiar o corpo dela, então pegou dois pedaços menores de madeira e os colocou contra os pés de Julian. Theo ajoelhou-se e pegou o peso do corpo de Julian, passando os braços debaixo dos seios dela e puxando-a para si. Ela repousou contra o peito dele, os pés firmemente escorados nos dois pedaços de madeira. Ele olhou para o rosto dela, num momento quase irreconhecível, vermelho e distorcido, enquanto ela gemia e respirava com dificuldade em seus braços, no momento seguinte em paz, misteriosamente livre de angústia e esforço enquanto arquejava de modo suave, os olhos fixos em Miriam, esperando pela próxima contração. Julian parecia tão calma que ele quase podia acreditar que havia dormido. O rosto dos dois estava tão perto que era o seu suor misturado com o dela que de tempos em tempos ele limpava. O ato primitivo, do qual Theo era tanto participante quanto espectador, isolava-os em espaço isolado de tempo no qual nada importava, nada era real a não ser a mãe e a jornada dolorosa e escura do filho dela da vida secreta no útero para a luz do dia. Ele notava o murmúrio incessante da voz de Miriam, baixo, porém insistente, elogiando, encorajando, instruindo, alegremente atraindo a criança ao mundo, e pareceu-lhe que parteira e paciente eram uma única mulher e que também ele fazia parte da dor e do esforço, não necessário de fato, mas dignamente aceito e, no entanto, excluído do âmago do mistério. E desejou, com um súbito acesso de angústia e inveja, que fosse seu filho que estivessem trazendo ao mundo com um esforço tão agoniado.

E então ele viu, com assombro, que a cabeça estava despontando – uma bola sebosa coberta com fios de cabelo escuro.

Ele ouviu a voz de Miriam, baixa, porém triunfante.

– A cabeça está coroando. Pare de empurrar, Julian. Agora só respire.

A voz de Julian estava áspera como a de um atleta após uma corrida difícil. Ela deu um único grito e, com um som indescritível, a cabeça foi empurrada para as mãos de Miriam, que a esperavam. Ela a pegou, delicadamente a virou e, quase que de imediato, com um último empurrão, a criança deslizou para o mundo por entre as pernas da mãe com um fluxo de sangue. Foi erguida por Miriam e colocada sobre a barriga da mãe. Julian estivera errada quanto ao sexo. Era um menino. Seu sexo, parecendo tão dominante, tão desproporcional quanto ao corpinho rechonchudo, era como uma proclamação.

Rapidamente, Miriam puxou sobre ele o lençol e o cobertor que cobriam Julian, juntando-os.

– Está vendo, você tem um filho – falou ela, e riu.

Para Theo, era como se a decrépita cabana reverberasse sua voz alegre e triunfante. Ele olhou para os braços estendidos e o rosto transfigurado de Julian, depois virou o rosto. A alegria era quase demais para suportar.

– Vou ter que cortar o cordão e mais tarde faremos o pós-parto. É melhor você acender o fogo agora, Theo, e ver se consegue esquentar água na chaleira. Julian vai precisar de uma bebida quente.

Ele voltou para a lareira improvisada. Suas mãos tremiam, de modo que o primeiro fósforo apagou. Mas com o segundo as aparas finas começaram a arder e o fogo saltou como uma celebração, enchendo a cabana com o cheiro de fumaça de madeira. Theo o alimentou cuidadosamente com os gravetos e os pedaços de cascas, depois se virou para pegar a chaleira. Mas esse momento foi desastroso: ele a tinha colocado perto demais do fogo e, dando um passo atrás, chutou-a. A tampa saiu e ele viu, com horror, a preciosa água infiltrando-se na serragem e manchando a terra. Eles já haviam usado a água das duas caçarolas. Agora não havia sobrado nenhuma.

O barulho do sapato dele batendo no metal alertara Miriam. Ela ainda estava ocupada com a criança e, sem virar a cabeça, perguntou:

– O que aconteceu? Foi a chaleira?

– Sinto muito. Fiz besteira, derramei toda a água – respondeu ele com tristeza.

E nesse momento Miriam se levantou e veio até ele.

– Nós vamos precisar de mais água mesmo, água e comida – falou ela em tom calmo. – Tenho que ficar com

Julian até ter certeza de que é seguro deixá-la, mas depois vou até aquela casa por onde passamos. Com sorte, ainda vai ter água, ou talvez tenha um poço.

– Mas você vai ter que atravessar um campo aberto. Eles vão ver você.

– Tenho que ir, Theo – disse ela. – Preciso de algumas coisas. É um risco que vou precisar correr.

Mas ela estava sendo gentil. Era de água que eles mais precisavam e essa necessidade era culpa dele.

– Eu vou. Você fica com ela – propôs Theo.

– Ela quer você ao lado dela – falou Miriam. – Agora que o bebê nasceu, ela precisa mais de você do que de mim. Tenho que me certificar de que o fundo do útero esteja bem contraído e verificar se o pós-parto está completo. Depois disso será seguro deixá-la. Tente colocar o bebê no peito. Quanto antes ele começar a sugar o seio, melhor.

Theo ficou com a impressão de que ela gostava de explicar os mistérios do seu ofício, gostava de usar as palavras que há tantos anos não eram ditas, mas que não haviam sido esquecidas.

Vinte minutos mais tarde, ela estava pronta para sair. Enterrara a placenta e tentara limpar o sangue das mãos esfregando-as na grama. Depois, pousou-as, aquelas mãos afáveis e experientes, pela última vez na barriga de Julian.

– Posso me limpar no lago por conta própria. Acho até que suportaria tranquilamente a chegada do seu primo se tivesse certeza de que ele me proporcionaria um banho quente e uma refeição com quatro pratos antes de atirar em mim. É melhor eu levar a chaleira. Vou ser o mais rápida que puder – declarou ela.

Em um impulso, Theo a envolveu com os braços e a abraçou por um instante.

– Obrigado, obrigado – disse ele.

Depois a soltou e observou enquanto ela corria com suas largas e graciosas passadas pela clareira e sumia de vista sob os galhos pendentes da viela.

33

O bebê não precisou de nenhum incentivo para mamar. Era uma criança esperta, abrindo para Theo seus brilhantes olhos sem foco, agitando as mãozinhas de estrela-do--mar, projetando a cabeça para o peito da mãe, a boquinha aberta procurando vorazmente o mamilo. Era extraordinário que algo tão novo pudesse ser tão vigoroso. Ele mamava e dormia. Theo se deitou ao lado dela e passou o braço ao redor deles. Sentiu a maciez úmida do cabelo dela contra a sua bochecha. Estavam deitados sobre o lençol sujo e amassado com odor de sangue, suor e fezes, mas ele nunca vivenciara tamanha paz, nunca percebera que a alegria poderia ser tão docemente composta com a dor. Ficaram meio que cochilando em uma calma sem palavras, e Theo teve a impressão de que vinha da pele quente do bebê, transitório, porém mais forte até do que o cheiro de sangue, o estranho aroma agradável dos recém-nascidos, seco e pungente como palha.

Então Julian se remexeu e perguntou:

– Quanto tempo faz que Miriam saiu?

Ele levou o pulso esquerdo para perto do rosto.

– Pouco mais de uma hora.

– Ela não devia estar demorando tanto. Por favor, vá encontrá-la, Theo.

– Não é só de água que a gente precisa. Se a casa estiver mobiliada, vai ter outras coisas que ela vai querer pegar.

– Mas ela traria só algumas para começar e poderia voltar depois. Ela sabe que vamos estar ansiosos. Por favor, vá atrás dela. Sei que aconteceu alguma coisa.

Como Theo hesitou, ela acrescentou:

– Nós vamos ficar bem.

O uso do plural, o que ele viu nos olhos de Julian quando os voltou para o filho, quase o fez perder o ânimo.

– Eles podem estar muito perto agora – disse ele. – Não quero deixar vocês. Quero que estejamos juntos quando Xan vier.

– Querido, nós vamos estar juntos. Mas ela pode estar com problemas, presa, machucada, esperando desesperadamente por ajuda. Theo, eu preciso saber.

Ele não protestou mais; contudo, levantou-se e falou:

– Vou ser o mais rápido que puder.

Por alguns segundos, ficou em silêncio do lado de fora da cabana e prestou atenção. Fechou os olhos para as cores outonais da floresta, para o feixe de luz do sol sobre troncos e relva, a fim de poder concentrar todos os sentidos em ouvir. Mas não escutou nada, nem o som de um pássaro. Então, quase saltando à frente como um corredor, começou a caminhar pesadamente, passando pelo lago, subindo o túnel estreito de vegetação rumo à encruzilhada, pulando as gretas e os buracos, sentindo o balanço dos sulcos rígidos sob os pés, agachando-se e ziguezagueando sob os galhos baixos que agarravam a roupa. Sua mente era um emaranhado de medo e esperança. Era loucura deixar Julian. Se a PSE estivesse perto e houvesse capturado Miriam, não havia nada que ele pudesse fazer para ajudá-la agora. E, se estivessem tão perto assim, era só uma questão de tempo até encontrarem Julian e a criança. Teria sido melhor ficarem juntos esperando, esperando até que a manhã brilhante se transformasse em tarde e eles tivessem a certeza de que não veriam Miriam novamente, esperando até ouvir sobre a grama o baque de pés marchando.

Mas, desesperado por tranquilidade, ele disse a si mesmo que havia outras possibilidades. Julian estava certa. Miriam podia ter tido um acidente, ter caído, estar no chão, perguntando-se quanto demoraria até ele a encontrar. Sua mente se ocupou com as imagens do desastre, a porta de uma despensa fechando-se rapidamente atrás dela, uma boca de poço defeituosa que ela não vira, uma tábua podre. Tentou se fazer acreditar naquilo, convencer-se de que uma hora era muito pouco tempo, de que Miriam estava ocupada pegando tudo de que pudessem precisar, calculando quanto daquela provisão preciosa ela daria conta de carregar, o que poderia ser deixado para mais tarde, esquecendo-se em sua coleta como aqueles sessenta minutos pareceriam demorar para os que esperavam.

Agora ele estava na encruzilhada e podia ver, pela fresta estreita e os arbustos mais delgados da vasta cerca viva, o campo inclinado e o telhado da casa. Parou por um minuto para recuperar o fôlego, curvando-se para aliviar a dor aguda na lateral do corpo, depois mergulhou no emaranhado de urtigas altas, espinhos e gravetos estaladiços e alcançou a luz mais clara do campo aberto. Não havia nenhum sinal de Miriam. Mais devagar agora, ciente de sua vulnerabilidade e de uma inquietação cada vez maior, atravessou o terreno e chegou à casa. Era uma construção antiga com um telhado irregular de telhas musgosas e chaminés elizabetanas altas, provavelmente fora no passado uma casa de fazenda. Estava separada do campo por um muro de pedras baixo. A selva que fora um dia o jardim dos fundos era dividida em duas partes por um riacho que jorrava de um aqueduto mais acima do barranco. Sobre ele, uma ponte simples de madeira levava à porta dos fundos. As janelas eram pequenas e não tinham cortinas. Silêncio por toda parte. A casa era como uma miragem, o símbolo de segurança há muito desejado, normalidade e paz que ele só precisava tocar para ver desvanecer-se. No silêncio, o fluxo do riacho soava tão alto como uma torrente.

A porta dos fundos era de carvalho negro com detalhes de ferro. Estava entreaberta. Ele a abriu mais e a luz agradável do outono banhou de ouro as lajes de pedra de um corredor que levava para a frente da casa. Outra vez ele parou por um segundo e prestou atenção. Não ouviu nada, nem o tique-taque de um relógio. À sua esquerda havia uma porta de carvalho que levava, Theo presumiu, à cozinha. Estava destrancada, e ele a abriu com um leve empurrão. Após o resplendor do dia, o cômodo estava escuro e, por um momento, não conseguiu ver muito até seus olhos se acostumarem a uma escuridão que as escuras vigas de carvalho e as janelinhas cobertas de sujeira tornavam mais opressiva. Notou um frio úmido, a dureza do piso de pedra e de um extrato no ar, ao mesmo tempo horrível e humano, como o odor prolongado do medo. Tateou a parede em busca de um interruptor sem esperar, quando sua mão o encontrou, que ainda haveria eletricidade. Mas a luz acendeu e então ele a viu.

Estrangulada. O corpo fora abandonado em uma cadeira grande de vime à direita da lareira. Estava lá esparramada, as pernas tortas, os braços jogados sobre as extremidades da cadeira, a cabeça inclinada para trás e o cordão tão enterrado na pele que mal dava para vê-lo. Ele ficou tão horrorizado que, depois da primeira vista, cambaleou até a pia de pedra sob a janela e vomitou violenta, mas ineficientemente. Queria se aproximar de Miriam, fechar seus olhos, tocar sua mão, fazer algum gesto. Devia a ela mais do que virar as costas para aquele horror tremendo de sua morte e vomitar com repugnância, mas sabia que não conseguiria tocá-la nem sequer olhar de novo. Com a testa encostada na pedra fria, levou a mão até a torneira e um jorro de água gelada escorreu sobre sua cabeça. Theo a deixou escorrer como se pudesse limpar o terror, a pena e a vergonha. Queria jogar a cabeça para trás e extravasar a raiva com um grito. Por alguns segundos, ficou desamparado, à mercê de emoções que o deixavam sem conseguir se mexer. Então fechou a torneira, enxugou a água dos olhos e tomou posse da realidade. Tinha de voltar para Julian o mais rápido possível. Viu sobre a mesa a parca coleta da busca de Miriam. Ela encontrara uma cesta grande de vime e a enchera com três latas, um abridor de latas e uma garrafa de água.

Mas ele não podia deixar Miriam como estava. Essa não devia ser a última imagem que ele tinha dela. Por maior que fosse a necessidade de voltar para Julian e a criança, ele lhe devia uma pequena cerimônia. Lutando contra o horror e a repulsa, levantou-se e se obrigou a olhar para ela. Depois, inclinando-se, tirou-lhe o cordão do pescoço, alisou as linhas do seu rosto e fechou seus olhos. Sentiu necessidade de tirá-la daquele lugar horrível. Tomando-a nos braços, levou-a para fora da casa e para a luz do dia, então a colocou cuidadosamente sob uma sorveira-brava. Suas folhas, como línguas de fogo, lançavam um brilho no marrom pálido da pele dela como se as veias ainda pulsassem com vida. O rosto de Miriam quase parecia sereno agora. Ele cruzou os braços dela sobre o peito e pareceu-lhe que a carne inerte ainda podia comunicar, que lhe dizia que a morte não é a pior coisa que pode acontecer a um ser humano, que cumprira o que prometera ao irmão, que fizera o que se propusera a fazer. Ela morrera, mas uma nova vida nascera. Pensando no horror e na crueldade de sua morte, Theo disse a si mesmo que Julian sem dúvida diria que devia haver perdão mesmo para essa barbaridade. Mas essa não era a crença dele. Permanecendo muito quieto e olhando para o corpo, jurou para si mesmo que Miriam seria vingada. Depois pegou a cesta de vime e, sem olhar para trás, atravessou correndo o jardim e a ponte e mergulhou na floresta.

Eles estavam perto, é claro. Ele sabia que estava sendo observado. Mas agora, como se o horror tivesse estimulado seu cérebro, Theo pensava com clareza. O que estariam esperando? Por que o haviam deixado ir embora? Nem precisavam segui-lo. Devia estar claro que estavam muito perto agora de terminar a busca. E ele não tinha dúvida nenhuma sobre duas coisas. O grupo seria pequeno e Xan estaria entre eles. Os assassinos de Miriam não haviam sido parte de uma equipe de busca isolada e adiantada com instruções para encontrar os fugitivos, não os machucar e comunicar a equipe principal. Xan jamais correria o risco de que uma mulher grávida fosse descoberta por alguém além dele ou de alguma pessoa de sua absoluta confiança. Não haveria buscas gerais para uma presa tão valiosa. E Miriam não teria revelado nada a Xan, ele tinha certeza disso. O que esperava encontrar não era uma mãe e uma criança, mas uma mulher em estágio avançado de gravidez com algumas semanas até o nascimento. Não iria querer assustá-la nem precipitar um parto prematuro. Teria sido esse o motivo pelo qual Miriam fora estrangulada, não alvejada? Mesmo àquela distância, ele não quis arriscar o som de um disparo.

Mas esse raciocínio era absurdo. Se Xan quisesse proteger Julian, garantir que ela se mantivesse calma para o nascimento que ele acreditava estar próximo, por que matar a parteira em quem ela confiava e matá-la de um modo tão horrível? Devia saber que um deles – talvez os dois – iria procurá-la. Foi apenas por acaso que ele, Theo, e não Julian, deparara-se com aquela língua inchada de fora, aqueles olhos mortos e protuberantes, o completo horror daquela cozinha pavorosa. Será que Xan se convencera de que, com a criança pronta para nascer, nada, por mais chocante que fosse, poderia realmente fazer mal a ela? Ou será que precisara se livrar de Miriam com urgência, qualquer que fosse o risco? Por que fazer dela prisioneira, com todas as implicações que isso traria, quando um rápido movimento do cordão podia resolver o problema para sempre? E talvez até o horror tivesse sido proposital. Estaria ele anunciando: "Isto é o que eu posso fazer, o que eu fiz. Agora só restaram dois de vocês que faziam parte da conspiração dos Cinco Peixes, apenas dois de vocês que sabem a verdade sobre a estirpe da criança. Vocês estão absoluta e eternamente em meu poder"?

Ou será que seu plano era ainda mais audacioso? Quando a criança nascesse, ele só precisaria matar Theo e Julian e então reivindicar o bebê como seu. Será que, em seu egotismo presunçoso, ele realmente se convencera de que até mesmo isso era possível? Então Theo se lembrou das palavras de Xan: "O que for preciso fazer, eu farei".

Na cabana, Julian estava tão quieta que em princípio ele achou que ela estava dormindo. Mas seus olhos estavam abertos e continuavam fixos no filho. O ar estava repleto da doçura pungente da fumaça da madeira, mas o fogo se apagara. Theo pôs a cesta no chão e, pegando a garrafa de água, abriu-a. Ele se ajoelhou ao lado dela.

Julian o olhou nos olhos e disse:

– Miriam está morta, não está?

Quando Theo não respondeu, ela continuou:

– Ela morreu buscando isso para mim.

Ele levou a garrafa aos lábios dela.

– Então beba e agradeça.

Mas Julian desviou a cabeça, soltando a criança de modo que, se Theo não houvesse segurado o bebê, ele teria rolado do corpo dela. Então ficou quieta, como se estivesse exausta demais para paroxismos de pesar, mas as lágrimas rolaram pelo rosto dela e ele pôde ouvir um gemido baixo, quase musical, como o lamento de uma tristeza universal. Ela chorava por Miriam como ainda não chorara pelo pai do seu filho.

Theo se inclinou e a abraçou desajeitadamente por conta do bebê entre eles, tentando envolver os dois.

– Lembre-se do bebê. Ele precisa de você. Lembre-se do que Miriam ia querer – falou ele.

Ela não disse nada, mas aquiesceu e voltou a pegar a criança. Theo colocou a garrafa de água nos lábios de Julian.

Ele tirou as três latas da cesta. O rótulo caíra de uma delas, a lata parecia pesada, mas não dava para saber o que havia dentro. O do segundo dizia PÊSSEGO EM CALDA. A terceira lata era de feijão cozido em molho de tomate. Miriam morrera por essas coisas e por uma garrafa de água. Mas Theo sabia que essa lógica era simples demais. Miriam morrera porque fazia parte do pequeno grupo que sabia a verdade sobre a criança.

O abridor de latas era de um modelo antigo, parcialmente enferrujado, a aresta cortante estava cega, mas era adequado. Ele abriu a lata, depois torceu a tampa para trás e, aninhando a cabeça de Julian no braço direito, começou a servir-lhe o feijão com o dedo do meio da mão esquerda. Ela sorvia o alimento com avidez. Alimentá-la era um ato de amor. Nenhum dos dois falava.

Cinco minutos mais tarde, quando a lata estava meio vazia, ela disse:

– Agora é a sua vez.

– Não estou com fome.

– É claro que está.

Os nós dos dedos dele eram grandes demais para os dedos alcançarem o fundo da lata, então foi a vez dela de alimentá-lo. Endireitando-se com a criança embalada repousando em seu colo, Julian pôs a pequena mão direita dentro da lata e deu comida para Theo.

– Nossa, delicioso – comentou ele.

Quando a lata estava vazia, ela soltou um breve suspiro, então se deitou, aninhando a criança ao peito. Ele se estendeu ao lado dela.

– Como a Miriam morreu? – perguntou ela.

Era uma pergunta que ele sabia que ela iria fazer. Não poderia mentir para ela.

– Estrangulada. Deve ter sido muito rápido. Talvez ela nem os tenha visto. Acho que não teve tempo de sentir medo ou dor.

– Pode ter levado um segundo, dois, talvez mais. Não podemos viver esses segundos por ela. Não temos como saber o que ela sentiu, o medo, a dor. Dá para sentir a dor e o medo de uma vida inteira em dois segundos – refletiu Julian.

– Querida, acabou para ela agora – disse ele. – Ela está fora do alcance deles para sempre. Miriam, Luke, Gascoigne, todos eles estão fora do alcance do Conselho. Cada vez que uma vítima morre, é uma pequena derrota para a tirania.

– É um consolo fácil demais – devolveu ela e, depois de um instante de silêncio: – Eles não vão tentar separar a gente, vão?

– Nada nem ninguém vai separar a gente, nem a vida nem a morte, nem principados, nem poderes, nem nada que seja do céu nem nada que seja da terra.

Julian pôs a mão na bochecha dele.

– Ah, querido, você não pode fazer essa promessa. Mas gosto de ouvir você dizer isso – disse ela e, depois de um momento, perguntou: – Eles não vão vir?

Mas não havia angústia na pergunta, apenas uma leve perplexidade.

Theo estendeu a mão e pegou a dela, passando os dedos pela carne quente e distorcida que um dia achara tão repugnante. Acariciou a pele, mas não respondeu. Eles ficaram lado a lado, sem se mexer. Theo notou o forte cheiro da madeira serrada e do fogo apagado, do feixe oblongo de luz do sol, como um véu verde, do silêncio sem vento, sem pássaro, das batidas do coração dela e do seu. Estavam envoltos em um ouvir tão intenso, milagrosamente desprovido de ansiedade. Será que era isso o que as vítimas de tortura sentiam quando passavam do extremo da dor para a paz? Ele pensou: "fiz o que me propus a fazer. Este é o nosso lugar, o nosso instante do tempo, e o que quer que eles façam, nunca vão poder tirar isso de nós".

Foi Julian quem quebrou o silêncio.

– Theo, acho que eles estão aqui. Eles vieram.

Ele não ouvira nada, mas levantou-se e disse:

– Fique bem quietinha. Não se mexa.

Virando de costas para que ela não pudesse ver, Theo tirou o revólver do bolso e inseriu a bala. Então saiu para se encontrar com eles.

Xan estava sozinho. Parecia um lenhador com a velha calça de veludo cotelê, a camisa aberta no pescoço e o suéter pesado. Mas lenhadores não vêm armados, e havia o volume de um coldre sob o suéter. Além disso, nenhum lenhador se postara com tamanha confiança, com tamanha arrogância de poder. Brilhando em sua mão esquerda estava a aliança da Inglaterra.

– Então é verdade – falou ele.

– É, é verdade.

– Onde ela está?

Theo não respondeu.

– Não preciso perguntar – continuou Xan. – Sei onde está. Mas ela está bem?

– Ela está bem. Está dormindo. Temos alguns minutos antes que ela acorde.

Xan endireitou os ombros e suspirou de alívio, como um nadador exausto emergindo para tirar a água dos olhos.

Por um momento, ele respirou fundo, depois disse em um tom calmo:

– Posso esperar para vê-la. Não quero assustá-la. Vim com ambulância, helicópteros, médicos, parteiras. Trouxe tudo o que ela precisa. Essa criança vai nascer com conforto e segurança. A mãe será tratada como o milagre que é, ela tem que saber disso. Tranquilize-a, acalme-a, diga a ela que não tem nada a temer de mim.

– Ela tem tudo a temer de você. Onde está Rolf?

– Morto.

– E Gascoigne?

– Morto.

– E eu vi o corpo de Miriam. Então não existe nenhuma pessoa viva que saiba sobre essa criança. Você eliminou todas.

– Exceto você – retorquiu Xan calmamente.

Quando Theo não respondeu, ele continuou:

– Não pretendo matar você, não quero matar você. Preciso de você. Mas temos que conversar agora antes de eu conversar com ela. Preciso saber até que ponto posso confiar em você. Você pode me ajudar com ela, com o que eu tenho que fazer.

– Primeiro me conte o que você tem que fazer – falou Theo.

– Não é óbvio? Se for menino e fértil, ele será o pai da nova raça. Se produzir esperma, esperma fértil, aos treze anos, doze talvez, as nossas mulheres Ômega terão apenas trinta e oito. Talvez seja possível procriar de novo com a própria mulher.

– O pai da criança está morto.

– Eu sei. Arrancamos a verdade do Rolf. Mas, se havia um homem fértil, pode haver outros. Vamos redobrar o programa de testagem. Ficamos negligentes. Vamos testar todos: epilépticos, deformados, todos os homens do país. E a criança pode ser um macho... um macho fértil. Ele será a nossa maior esperança. A esperança do mundo.

– E Julian?

Xan deu risada.

– Provavelmente vou me casar com ela. De qualquer forma, ela será cuidada. Volte para ela agora. Acorde-a. Diga que estou aqui, mas sozinho. Tranquilize-a. Diga-lhe que vai me ajudar a cuidar dela. Por Deus, Theo, você percebe o poder que está nas suas mãos? Volte para o Conselho, seja meu tenente. Você pode ter qualquer coisa que quiser.

– Não.

Seguiu-se uma pausa.

– Você se lembra da ponte em Woolcombe? – perguntou Xan.

A pergunta não era um apelo sentimental a uma antiga lealdade ou ao laço de sangue, nem uma evocação da gentileza dada e recebida. Naquele momento, Xan simplesmente se lembrara e sorriu com o prazer da recordação.

– Eu me lembro de tudo o que aconteceu em Woolcombe – declarou Theo.

– Não quero matar você.

– Vai ter que me matar, Xan. Talvez tenha que matá-la também.

Ele levou a mão à própria arma. Xan riu ao ver isso.

– Sei que não está carregada. Você contou para os idosos, lembra? Você não teria deixado Rolf escapar se tivesse uma arma carregada.

– Como você esperava que eu o impedisse? Atirando no marido diante dos olhos dela?

– Marido? Não percebi que ela se importava tanto com o marido. Essa não foi a imagem que ele tão gentilmente nos passou antes de morrer. Você não acha que está apaixonado por ela, acha? Não a romantize. Ela pode ser a mulher mais importante no mundo, mas não é a Virgem Maria. O filho que ela carrega ainda é o filho de uma vagabunda.

Os dois se entreolharam. Theo pensou: *O que ele está esperando? Será que ele acha que não consegue atirar em mim a sangue frio, assim como acho que não consigo atirar nele?* O tempo foi passando, segundo após segundo interminável. Então Xan estendeu o braço e mirou. E foi nessa fração de segundo que a criança chorou, um choro alto como um miado de gato, como um grito de protesto. Theo ouviu a bala de Xan silvando e atravessando inofensivamente a manga do casaco. Ele sabia que, naquele meio segundo, não poderia ter visto aquilo de que mais tarde se lembrou com tanta clareza, o rosto de Xan transfigurado de alegria e triunfo; não poderia ter ouvido seu grande brado de afirmação, como aquele na ponte em Woolcombe. Mas foi com esse grito lembrado em seus ouvidos que ele atingiu o coração de Xan.

Depois dos dois tiros, ele percebeu apenas o grande silêncio. Quando ele e Miriam empurraram o carro para dentro do lago, a floresta pacífica se tornara uma selva estrondosa, uma cacofonia de guinchos tempestuosos, galhos se quebrando e piados agitados de pássaros que só desvaneceram com a última onda. Mas agora não havia nada. Parecia-lhe que andava em direção ao corpo de Xan como um ator em um filme em câmera lenta, as mãos golpeando o ar, os pés saltitando, mal parecendo tocar o chão, o espaço se estendendo ao infinito, de modo que o corpo do Administrador era um objetivo distante rumo ao qual Theo seguia um árduo caminho em um tempo suspenso. E então, como um chute no cérebro, a realidade tomou posse outra vez e ele notou, simultaneamente, o movimento rápido do próprio corpo, cada criaturinha se mexendo entre as árvores, cada folha de relva que sentia através das solas dos sapatos, o ar passando pelo seu rosto; notou, de forma mais intensa que tudo, Xan deitado aos seus pés. Estava de costas, os braços estendidos, parecendo repousar ao lado do navio Windrush. O rosto aparentava tranquilidade, não surpresa, como se fingisse estar morto; mas, ajoelhando-se, Theo viu que os olhos dele eram duas pedras opacas, uma vez banhadas pelo mar, mas agora deixados sem vida pela última maré vazante. Então tirou o anel do dedo de Xan, levantou-se e esperou.

Eles vieram muito silenciosamente, saindo da floresta: primeiro Carl Inglebach, depois Martin Woolvington; em seguida, as duas mulheres. Atrás deles, mantendo uma distância cuidadosa, estavam seis granadeiros. Chegaram a um metro e vinte de distância do corpo mais ou menos, então pararam. Theo ergueu o anel, em seguida o colocou no dedo deliberadamente e estendeu as costas da mão na direção de todos.

– O Administrador da Inglaterra está morto e a criança nasceu. Escutem – disse.

Ecoou de novo aquele miado comovente, porém imperativo, do recém-nascido. Eles começaram a andar rumo à cabana, mas Theo barrou o caminho e falou:

– Esperem. Preciso pedir para a mãe primeiro.

Dentro da cabana, Julian estava sentada com as costas eretas, a criança bem apertada contra o peito, com a boca aberta ora mamando, ora roçando a pele dela. Quando Theo se aproximou, viu o medo desesperado em seus olhos desanuviando-se, dando lugar a um alívio jubiloso. Ela deixou a criança repousar em seu colo e estendeu os braços para ele.

– Houve dois tiros – comentou Julian com um soluço. – Eu não sabia se iria ver você ou ele.

Por um instante, Theo apertou o corpo trêmulo da moça contra o seu.

– O Administrador da Inglaterra está morto – disse ele. – O Conselho está aqui. Você vai recebê-los, mostrar seu filho para eles?

– Rapidamente – respondeu ela. – Theo, o que vai acontecer agora?

O medo que ela sentira por ele por um momento tirou-lhe a coragem e a força e, pela primeira vez desde o parto, ele a via vulnerável e temerosa.

– Vamos levar você para o hospital, para algum lugar tranquilo – sussurrou ele, os lábios encostados no cabelo de Julian. – Não vou deixar ninguém perturbar você. Não vai precisar ficar lá por muito tempo e vamos ficar juntos. Nunca vou deixar você. Aconteça o que acontecer, vamos ficar juntos.

Theo a soltou e saiu. Eles o estavam esperando em um semicírculo, os olhos fixos em seu rosto.

– Vocês podem entrar agora. Os granadeiros não, só o Conselho. Ela está cansada, precisa de repouso.

– Temos uma ambulância mais abaixo da viela – informou Woolvington. – Podemos chamar os paramédicos e carregá-la até lá. O helicóptero está a uns mil e seiscentos metros de distância, fora do vilarejo.

– Não vamos arriscar o helicóptero – disse Theo. – Chamem os maqueiros. E levem o corpo do Administrador. Não quero que ela veja.

Quando dois granadeiros se apresentaram de imediato e começaram a arrastar o cadáver, Theo falou:

– Tenham algum respeito. Lembrem-se do que ele era até poucos minutos atrás. Vocês não teriam se atrevido a encostar a mão nele.

Então se virou e conduziu o Conselho para dentro da cabana. Pareceu-lhe que eles entraram tímidos, relutantes – primeiro as duas mulheres, depois Woolvington e Carl. Woolvington não se aproximou de Julian, mas se posicionou à cabeça dela, como um sentinela ou um guarda. As duas mulheres se ajoelharam, não tanto por homenagem, mas mais por necessidade de estar perto da criança, pensou Theo. Olharam para Julian como que buscando consentimento. Ela sorriu e estendeu o bebê. Murmurando, chorando, trêmulas devido às lágrimas e às risadas, elas estenderam a mão e tocaram a cabeça da criança, as bochechas, os braços agitados. Harriet estendeu um dedo e o bebê o agarrou em um aperto surpreendente. Ela riu, e Julian, olhando para Theo, comentou:

– A Miriam me disse que os recém-nascidos conseguem agarrar assim. Não dura muito tempo.

As mulheres não responderam; apenas choravam e sorriam, produzindo barulhinhos bobos e contentes de boas-vindas e descoberta. Para Theo aquele parecia um ato alegre e feminino de companheirismo. Ele olhou para

Carl, admirado de que o homem houvesse conseguido fazer a viagem, de que ainda estivesse conseguindo ficar de pé. Carl fitou a criança com seus olhos moribundos e falou seu *Nunc Dimittis*: "Então começa outra vez".

Começa outra vez, com ciúme, com traição, com violência, com assassinato, com este anel no meu dedo, pensou Theo. Ele olhou para a grande safira rodeada pelo brilho dos diamantes, para a cruz de rubi, girando o anel, ciente de seu peso. Colocá-lo na mão fora instintivo e, no entanto, proposital, um gesto para impor autoridade e garantir proteção. Ele sabia que os granadeiros viriam armados. Ver aquele símbolo resplandecente em seu dedo pelo menos os faria parar e lhe daria tempo para falar. Será que precisaria usá-lo agora? Ele tinha todo o poder de Xan ao seu alcance, isso e mais. Com a morte de Carl, o Conselho ficaria sem líder. Por algum tempo ao menos ele precisaria assumir o lugar de Xan. Havia males a serem remediados, mas um de cada vez. Ele não podia fazer tudo ao mesmo tempo; era preciso estabelecer prioridades. Será que fora isso o que Xan pensara? E seria essa repentina intoxicação de poder o que Xan vivenciara todos os dias de sua vida? A sensação de que tudo lhe era possível, de que o que quisesse seria feito, de que o que odiasse seria abolido, de que o mundo poderia ser moldado segundo a sua vontade. Ele puxou o anel do dedo, então parou e voltou a colocá-lo. Haveria tempo mais tarde para decidir se, e por quanto tempo, precisaria daquilo.

– Agora nos deixem a sós – disse ele.

Inclinando-se, Theo ajudou as duas mulheres a se levantarem. Eles saíram tão silenciosamente quanto haviam entrado.

Julian olhou para ele e, pela primeira vez, notou o anel.

– Isso não foi feito para o seu dedo – falou ela.

Por um segundo, não mais, Theo sentiu algo semelhante a irritação. Cabia a ele decidir quando o tiraria.

– É útil por enquanto. Vou tirar no devido tempo.

Julian pareceu satisfeita de momento, e talvez houvesse sido imaginação dele que havia uma sombra nos olhos dela.

Então sorriu e disse:

– Batize o bebê para mim. Por favor, faça isso agora, enquanto estamos sozinhos. É o que o Luke ia querer. É o que eu quero.

– Qual nome você quer dar a ele?

– Batize o menino com o nome do pai e o seu.

– Vou deixar você mais bem acomodada primeiro.

A toalha no meio das pernas dela estava muito manchada. Theo a tirou sem nojo, quase sem pensar, e substituiu-a, dobrando outra. Restara muito pouca água na garrafa, mas ele não precisava dela. Suas lágrimas agora caíam sobre a testa da criança. Recordou o ritual de alguma longínqua lembrança da infância. A água tinha de ser derramada, e havia palavras que tinham de ser ditas. Foi com um polegar molhado nas próprias lágrimas e manchado com o sangue de Julian que Theo fez na testa da criança o sinal da cruz.

SOBRE A AUTORA

Nascida em Oxford em 3 de agosto de 1920, P. D. James é conhecida como uma das escritoras mais influentes no gênero do romance policial e de mistério. Nascida Phyllis Dorothy James, passou a maior parte de sua carreira no Departamento de Polícia Criminal do Ministério do Interior, laboratório que inspiraria suas criações.

Seu primeiro romance, *Cover Her Face*, foi lançado quando ela tinha 42 anos. Autora de vinte obras, muitas protagonizadas pelo detetive e poeta Adam Dalgliesh, P. D. James teve boa parte de suas histórias adaptadas para o cinema e para a televisão.

Filhos da esperança, seu livro mais célebre, deu origem ao filme homônimo de 2006 pelas mãos do diretor mexicano Alfonso Cuarón, protagonizado por Julianne Moore e Clive Owen.

A autora faleceu em sua casa em Oxford, em 27 de novembro de 2014, três anos depois da publicação de sua última obra, *Morte em Pemberley*.

TIPOGRAFIA: Media 77 - texto
Akzidenz Grotesk - entretítulos
PAPEL: Pólen Natural 70 g/m² - miolo
Couché Fosco 150 g/m² - capa
Offset 150g/m² - guardas

IMPRESSÃO: Ipsis Gráfica
Julho/2023